光文社文庫

文庫書下ろし

路地裏の金魚

鳴海《なるみ》　章《しよう》

光　文　社

この作品は光文社文庫のために書下ろされました。

目次

桜の下には……

「もうここら辺りでいいんじゃないですか」

有馬仙太郎《ありませんたろう》は富樫《とがし》の背中に声をかけた。足を止め、富樫がふり返る。

「ん？　どうして？」

「この先へ行っても何もありませんよ。それに桜は腹いっぱいです」

「たしかに」富樫が苦笑して、うなずく。「男二人の夜桜見物なんてサマにならんな」

山谷堀《さんやぼり》公園は浅草《あさくさ》雷門《かみなりもん》の北——といっても住所でいえば、今戸《いまど》に入っていた——にある。ゆるやかに曲がりくねったコンクリートの小径《こみち》は、江戸時代に隅田川《すみだがわ》と吉原遊郭《よしわらゆうかく》を結ぶ猪牙《ちょき》舟《ぶね》が行き交った堀の名残である。

富樫は顔を上げ、桜を見上げた。

「おれは昼間の桜の方が好きだな。清楚な感じがする。夜桜は何だか妖艶《ようえん》で、不気味だ」

仙太郎は黙って、富樫の横顔を見ていた。富樫が穏やかな笑顔を仙太郎に向けた。

「梶井基次郎《かじいもとじろう》という小説家は、桜の下には死体が埋まっていると書いた。だけど、この下には粋《いき》な堀が埋まっている」

「溝《どぶ》ですよ。臭くて、汚くて、猫の死体がぷかぷか浮いてるような溝です」

「おいおい」富樫は右の眉《まゆ》を上げた。「つや消しをいうなよ」

「私はここらの生まれなんです。ガキの頃は……、まあ、とにかく臭くて、汚いだけでした」

山谷堀は昭和五十二年にコンクリートで封印され、暗渠《あんきょ》となった。その上は遊歩道になり、山谷堀公園へと変身したが、文字通り臭いものに蓋《ふた》をしただけのことだ。

「お前が生まれた辺りって、何ていったっけ?」

「観音裏《かんのんうら》ですか」

「そうそう、それだ。浅草寺《せんそうじ》の裏側で、観音裏か。なるほどね」

きびすを返した富樫とともに隅田川の方へと引き返した。ゆったりとした足取りで歩きながら富樫が訊《き》いてきた。

「この辺の生まれということは、今でも親御さんが?」

「お袋は何年も前に亡くなりました。親父も越しちゃいました。こっちへ来るのも何年ぶりか、ひょっとしたら十年以上になるかも知れません」

「そうだったのか。でも、懐かしいとは感じるだろ。自分が生まれ育った場所なんだからさ」

「いや……」仙太郎は足元を見つめたまま、首をかしげた。「私が住んでいた家なんかとっくに潰されて、跡地にマンションが建ってます。街並みもすっかり変わってしまいました」

「雷門の周辺は観光地だけど、こっちの方には古き良き下町の風情が残っているように感じるんだけどどな。変わったかね」

「ええ。ごちゃごちゃしてるのは同じですが、建物はずいぶん変わりました」

「そんなもんか」

富樫が後ろをふり返る。

「この先にこの世の桃源郷《とうげんきょう》があるなんて、うっとり想像してたんだがね」

「吉原には今でもソープランドが並んでますよ。ネオンがぴかぴかして、派手さはあまり変わりませんが、不景気みたいですよ」

「またまたつや消しな」

富樫がひっそりと笑った。

吉原遊郭は周囲にぐるり塀をまわし、さらにお歯黒溝《はぐろどぶ》と呼ばれた堀に囲まれていた。遊女たちが逃げださないようにするためである。大火だ、地震だといっても妓《おんな》たちは出るに出られず、毎度のことながら大勢焼け死んだ。もっともそれは客《おとこ》も同じで、業火に焼かれ、膨《ふく》れあがった骸《むくろ》は人相どころか、男女すら判別できず、ひとまとめにして寺に葬られた。

桃源郷どころか、地獄だったろう、と仙太郎は思う。

公園入口の門を出て、右——雷門の方へ向かう。携帯電話に一杯やらないかとメールが来たのは夕方近くで、雷門の前で待ち合わせることになった。かつての上司だが、今はそれぞれ別の部署にいる。富樫から誘いがあるのは珍しかった。

顔を合わせると、取りあえず桜を見ようといわれ、山谷堀公園に向かった。

「有馬ん家《ち》とは逆だな」

ぽつりといった富樫に目をやった。

「逆？」

「ああ。うちは親父が早いうちに死んじまってね。母子家庭だったんだ」

「ご兄弟とかは？」

「妹が一人。だからおれは中学生の頃からアルバイトの連続だった。お袋もパート勤めしてたんだけど、収入なんか知れてるからな。大学生のころは、ガードマン一本槍だった。苦学生の裏返しを狙ったんだ。おれたちの時代には、まだあったんだよ。昼間働いて、夜学に通うってのが。でも、夜間部だと就職に不利なんだよ。だから裏返しにした」

「かしこいですね」

「どうだろうね」富樫が苦笑する。「三年、四年の頃は社長に見込まれて、フルタイムだよ。会社が休みのときだけ、大学に行くって」

「それでも……」

言いよどんだ仙太郎を見て、富樫がうなずく。

「三流私大の文系学部卒にしては、高収入にありついた。わかってる。証券会社に行った連中はバブル崩壊で大スカ食らったが、おれたちはまだ生きのびてる」

生きのびてる、という言葉が胸にちくりと刺さる。

富樫も仙太郎も中堅どころの医薬品メーカーリューホウ製薬で、医薬情報担当者《MR》をしていた。病院をまわり、医者に自社の医薬品情報を提供することで薬を使ってもらうのが仕事である。

雑踏の中を二人はだらだらと歩きつづけた。富樫が首をゆっくりと回す。

「おれも五十になっちまったよ。何だかあっという間だな」

「今どきの五十歳は若いですよ」

「下町風情なんてね、ついこの間まで、どこがいいんだって思ってた。ところが、この二、三年、いいんだな。もつの煮込みにホッピーなんかさ。接待で銀座《ぎんざ》だの六本木《ろっぽんぎ》だの行くけど、時間が間に合えば、一人で神田《かんだ》やら有楽町《ゆうらくちょう》のガード下やらで飲み直してる。それで今夜は浅草で、と思ったわけだ」

「そうだったんですか」

「それにしても歳を取るってのは、それほど大きな罪なのかね。病気したり、躰《からだ》がいうこと聞かなくなったり……、罰にしちゃ重すぎると思わないか」

「このところ、小便の出が悪くてさ。前立腺《ぜんりつせん》かなぁ」

「はあ」

「病院で検査とか受けたんですか」

「近々ね、行くつもりではいるんだ。仕事が忙しくてね」

「でも、早めに診《み》てもらった方がいいですよ。何ともなければ、それに越したことはないんですから」

「そうだな」富樫は何度もうなずいた。「五十になるとさ、同年代の連中と話してても病気の話ばっかりだぜ。やれ高血圧だ、糖尿病だ、心筋梗塞《しんきんこうそく》だって。死んでいく奴もぼちぼち出てくるしな」

富樫が仙太郎に目を向けた。

「お前、いくつになった?」

「三十九です」

「来年、四十《しじゅう》か。有馬もそんな年回りなんだな。でも、若いよ」

「若くはないですよ」

「おれもそう思ってた。だけど、四十代後半くらいからさ、がくっと体力が落ちて、歳とったなぁって感じるようになる。五十になると、もっとだよ」

「そんなもんですか」

あれは三年前か、と仙太郎は胸のうちでつぶやいた。

山谷堀の桜を見てから半年ほどして富樫は亡くなった。前立腺癌だったのだが、いっしょに桜を見上げたときには他の臓器に転移していたらしい。

富樫丈長《たけなが》――初めて医者に会ったときには、名刺を差しだしながら丈夫で長持ちといっていた。

うっとうしい追憶をふり払い、山谷堀から浅草交差点越しに工事用テントに囲まれた一角に目を転じた。かつては二階にからくり時計のあった観光案内所だったが、建物の老朽化を理由に建て替え中らしい。案内所の印象は薄い。いつ建ったのか、まるで憶えておらず、それゆえ老朽化といわれてもぴんと来なかった。からくり時計は白鷺《しらさぎ》の格好をしたり、黄金の竜をくねらせる人形が踊ったというものらしいが、取り壊されるのが決まったというニュース映像で初めて動いているところを見た。

目の前の年寄り夫婦も建築現場を見ている。

「八階建てだって、無粋《ぶすい》よねぇ」

妻がいうのに亭主が大きくうなずいた。

高さがどれほどになるのか想像もつかなかったが、雷門よりはるかに高くなるに違いない。無粋と婆さんが吐き捨てるのも無理なかった。

腕時計に目をやる。午後七時まで、あと十分となった。上着の内ポケットから細長い手帳を取りだし、片手で開いた。黒い表紙はビニール製、2011と金文字で印刷されているが、使いはじめて半年で消えかかっている。

見開き二ページが六段に分かれ、一週間の予定を書きこめる。もっとも下の段は左が土曜日、右が日曜日となっていた。

六月三日の欄に午後七時、雷門前と赤いボールペンの文字で書きこんであるのを確かめ、手帳をポケットに戻す。

昼間のアポイントメントや会議の予定は黒、夜の接待関係は赤、プライベートな用件は緑、訂正は青と書き分けている。四色ボールペンを手帳の表紙に留めているのはそのためだ。

電話番号はすべて携帯電話に登録し、手書きのアドレス帳を使わなくなって何年にもなるが、スケジュールを書きこむ手帳は手放せなかった。電話をかけながら予定を記入するためである。

歩道を行き交い、巨大提灯《ちょうちん》をバックに写真を撮り、仲見世に入っていく観光客には切れ目がなく、川の流れを見つめている気分になる。外国人が多く、修学旅行なのか制服姿の群れも見かけた。

文字通りの人波を注意深く観察している仙太郎の脳裡《のうり》にふたたび富樫が戻ってくる。

『おれたちは特攻隊だからな』

三年前に桜を見上げていたときではなく、それよりはるか前、入社して半年ほどしてからのことだ。

揶揄《やゆ》をこめて特攻隊などと呼ばれているだけで、正式には本社営業本部直轄の特化営業部という。部員は七、八十名ほどで、特定の新製品や新規事業のため、数名から数十名の規模で組まれる営業プロジェクトチームの母体となっていた。製品、事業の立ち上げを営業面でサポートするのが仕事で、製品が市場に定着したり、新薬が承認された時点でプロジェクトチームは解散、通常の営業部門に業務を引き継ぐ。

きついといわれる医薬品営業のうちでも、他社製品が独占している市場へ切り込んでいくだけに殊更《ことさら》きつく、ときに人としてのプライドを捨ててかからねばならなかった。特攻隊の合い言葉は『人間、辞めます』だ。

新商品を短期間で数多くの医者に認知してもらうため、医師会幹部に取り入ったり、さらには新薬承認を得るためのデータを集めてくれる医者に気に入ってもらうため、接待攻勢をかけ、宴会芸をくり広げなければならなかった。素っ裸で踊るなど序の口で、ピッチャーの生ビール、アイスペールに作った水割りの一気飲み、男同士のディープキス、陰毛に火を放って走りまわるジャングルファイアー等々、馬鹿馬鹿しく、えげつない真似をしてきた。二十年近く前のことだが、そうした人格を蔑《ないがし》ろにする芸を喜ぶ医者は多かった。

まともな神経ではやってられない。

それゆえ、人間、辞めます、なのだ。

入社後、半年間の研修を経た仙太郎は十二人の同期入社社員とともに特化営業部へと配属された。研修期間中に噂は聞いていたが、実態は知らされないまま、初日の夜、社員歓迎会と称する営業部の宴会で恥ずかしいも汚いもなく、先輩社員といっしょに全裸になり、生ビールの一気飲みを強要された。翌朝、二人が出社せず、そのまま二度と顔を見ることはなかった。三カ月後には半分になり、一年後には仙太郎ともう一人——中途採用の三十過ぎの男で、すでに結婚して子供が三人いた——が残るだけとなった。

もっとも仙太郎にしたところで、特化営業部で富樫と出会わなければ、とっくに退社していただろう。

富樫は、幻の荒技『ブローバック』によって伝説のプロパーと呼ばれていた。もともと人をそらさない男で、仕事も早く、製品、業界の情報のみならず各病院の裏事情などにも精通しており、富樫に魅了される医者や同僚、部下は少なくなかった。仙太郎もその一人である。

メーカーとしては中堅どころのリューホウ製薬が大資本を背景に大量の人員、巨額の営業予算をくり出してくる大手に対抗するためには、大手のプロパーたちには真似のできない芸当をもって太刀打《たちう》ちする必要があった。それでも数々の敗走の夜を経験してきた。

たとえば、大手の製薬メーカーは巨額を投資してコンピューターメーカー、ソフトウェア会社と共同で、病院間の医療用ネットワークを構築したり、遠隔操作による手術法を確立するなどした。同じころ、仙太郎たち特攻隊は、互いに真っ裸になった同僚の頭に男根をのせてちょんまげと称し、水戸黄門《みとこうもん》や遠山《とおやま》の金《きん》さんの寸劇をしていた。水戸黄門では、この陰嚢《いんのう》が口に入らぬかといいつつ同僚にくわえさせ、遠山の金さんでは桜吹雪《ふぶき》の代わりに菊花《シリのアナ》を並べて見せるのを定番の見せ場としていた。

馬鹿馬鹿しかったが、何十億円、何百億円とかけたコンピューターシステムが出来上がるのを目《ま》の当たりにしては為《な》す術《すべ》もない。まさしく躰《からだ》を張った特攻にしか活路を見いだせなかったのである。結果は、旧帝国陸海軍と同様……。

特攻隊こと、特化営業部は時代遅れだとして二〇〇一年三月いっぱいで廃止されている。

「お待たせ」

小走りに近づいてきたスーツ姿の男が片手を挙げた。縁なしのメガネ、やや広くなったひたいに前髪を垂らしている。本社学術部の天現寺治宣《てんげんじはるのぶ》。国立大学薬学部で修士課程まで進んだが、営業の仕事をしている。高いスーツを身にまといながらどこかくたびれて見えるのは医薬品業界の営業マン特有といえた。

天現寺の後ろにでっぷり太った五十がらみの男と、スーツ姿の女が立っていた。女も若くはない。仙太郎はでっぷり太った男の前に進みでると、最敬礼した。

「お久しぶりでございます」

太った男は私立哲教《てつきょう》大学医学部の助手で月埜《つきの》といい、特攻隊時代に何度も接待している相手だ。女は雨宮凜子《あまみやりんこ》、彼女もまた元特攻隊のＭＲである。

顔を上げた仙太郎はまっすぐに月埜を見た。

「さて口開けはどこへまいりますか。うなぎか、鮨《すし》でもいかがでしょう」

「いや」

月埜が首を振る。頬《ほお》や顎《あご》の下の脂肪がぶるぶる震えた。

「ホッピー通りっていうのがあるんだろ。牛すじの煮込みで牛ホッピーを飲ませる店が並んでいるっていうじゃないか。前にテレビで見てね、一度行きたいと思ってたんだ」

「かしこまりました。ご案内します」

仙太郎は一歩下がり、前方に手を差しのべた。うなずいた月埜が歩きはじめる。当たり前のような顔をして凜子がつづく。

天現寺が気弱な笑みを浮かべて仙太郎を見た。苦笑いで応じ、天現寺を促《うなが》して歩きはじめる。

第一章　お馬鹿十番勝負

1

浅草寺の西にある通りの両サイドには、牛すじ煮込み、ホッピーを売り物にする店がずらりと並んでいて、ホッピー通りと呼ばれる。そのうちの一軒に仙太郎は月埜、凜子、天現寺を案内し、軒先のテントの下で路上に置かれたテーブルを囲んだ。何時間も煮込まれた牛すじ肉は口に入れたとたん、ほろほろと崩れる。

「やわらかーい」

一口食べるなり感嘆の声を発した凜子の目尻には三十代後半という年齢相応のしわが刻まれていた。世間的には熟女といわれる年まわりなのだろうが、仙太郎のみならず月埜にとっても、ひょっとしたら天現寺にとっても可愛らしい年下の女の子であることに変わりはない。過去を共有する仲間内において時間は止まる。いつでも、あのときのままなのだ。

「生っていうのがいいね、生っていうのが」

上唇《うわくちびる》に白い泡をつけた月埜が凜子をのぞきこんでいう。凜子は月埜の腕を肘《ひじ》で押し、にやりとして、ひと言。

「膣内《ナカ》はダメですからね」

あっけらかんとした物言いに苦笑いが浮かびそうになる。

凜子は女性が珍しかったころからの医薬情報担当者をしていて、しかも特攻隊にいた。毎晩のように宴席に呼ばれ、そのたび医者と腕を組んで夜闇の向こう側へと消えていったものだ。入社一年後には、部内でトップクラスの成績を上げるようになった。

妊娠がらみの嘘は産婦人科の医者でも簡単に引っかかる、と凜子はうそぶく。体面とプライドがあるせいか診察しようともしないらしい。

違う、と思った。

産婦人科の医者だろうと、婚外の膣内《ちつない》射精から来る後ろめたさゆえに狼狽《ろうばい》し、長年詰めこんだ知識などどこかにふっ飛んでしまうのだろう。

妊娠しちゃったみたい……。

女に耳元でささやかれた刹那《せつな》の恐怖は、経験した者でないとわからない。さらに見返りも要求しないで始末したといわれれば、ほっとすると同時に何としてでも埋め合わせをしようと決意するものだ。女と男の生理をからみ合わせて構築される人間関係には、どのような営業手法もかなわなかった。

ホッピー通りの店で供されるのは生ホッピーが多い。瓶《びん》入りと違って、生ビールのように金属製の樽《たる》からサーバーで注がれる。加熱時間が短く、泡がきめ細かい。それでも煮込みをあてにジョッキで二杯も飲めば、充分といえた。

仙太郎は月埜に訊いた。

「先生、次はどうしますか。もう一杯、行きます？　それとも河岸《かし》を変えますか」

「そうだなぁ」

首をかしげていた月埜がジョッキを口に運び、中身を飲み干した。大きく息を吐いて、ジョッキを置く。

「次は焼き肉がいいな。エネルギーが要《い》るんだ、今夜のぼくには」

にやける月埜の腕を、凜子がまた肘で押した。

月埜の要望に従い、店を出るとホッピー通りからかつての国際劇場——今の浅草ビューホテル前へ抜ける小路に入った。赤や黄色の看板が掲げられ、ようやく人がすれ違えるだけの狭い路上に、まるで行く手を邪魔するように行灯《あんどん》がいくつも出ている。

「ディープだねぇ」

感心してつぶやく月埜をふり返った。興味と不安が入り混じった顔つきで左右に視線を飛ばしている。

「この辺りは本場物の焼き肉を食わせますよ」

うなずいたものの月埜の顔は、嬉しそうというより不安そうに見える。

「こちらにしましょう」

そういって仙太郎は一軒の戸を開ける。狭い店は混み合っていて、空気が青白くかすむほど煙が立ちこめていたが、入ってすぐ左側にある四人がけのテーブルが空いていた。女将《おかみ》が近づいてくる。

「何人？」

「四人」

「どうぞ」

空いているテーブルを指した。

月埜と凜子を奥に、天現寺を手前に座らせ、そのとなりに座る。女将がテーブルのわきに立ち、おしぼりを四本置く。

「お飲み物は？」

月埜に目を向けた。

「まず、ビールにしますか。ここは自家製マッコリがお薦めですが」

「自家製？」

訊きかえして眉を上げる月埜にうなずいてみせる。女将がすかさずいった。

「うちの、美味《おい》しいよ」

ちらりと女将を見あげた月埜が恐る恐るといった感じで答える。

「じゃあ、それ」

凜子も天現寺もうなずいたのでマッコリを四人分注文する。女将が厨房に向かうと、メニューを広げて月埜の前に置いた。

「肉は何にしますか」

「そうだなぁ」月埜が仙太郎に目を向けた。「何がお薦めなの?」

「ここはカルビもハラミもうまいんですが、とくにお薦めは内臓《モツ》系ですね」

おしぼりで顔をごしごしこすり、手を下ろした月埜がにっこり頬笑む。

「いいね、モツ。おれは消化器が専門だからさ。胃袋、小腸、大腸……何でも来いだ。子宮は今夜からじっくり勉強しなおすつもりだけどね」

ぴったり躰をつけるようにして隣りに座っている凜子を見て、月埜がにやにやする。凜子はまたしても肘で月埜の二の腕を押した。月埜は仙太郎に目を戻した。

「お任せするよ」

ほどなく大ジョッキになみなみと注がれたマッコリが四つ運ばれてくる。乳白色の酒はかすかにオレンジ色がかっていた。月埜は手にしたジョッキをしげしげと眺め、感心したようにいった。

「へえ、氷が入ってないのか。掛け値なしだな」

四人はジョッキを合わせた。かすかに酸味と炭酸のような刺激のあるマッコリはねっとり甘く、舌にからみついてくる。月埜はジョッキの半分ほどもひと息で飲み、大きく息を吐いた。天現寺はほんの少し飲んだだけで、目をぱちくりさせた。市販されている瓶詰めマッコリのアルコール度数はせいぜい五、六度といったところだが、この店では自家製ゆえ二十度はある。

伝票ホルダーを手にした女将にモツ系を中心に注文した。書き取った女将は注文をくり返すことなく、ふたたび厨房に戻っていった。

本社学術部の天現寺が月埜を誘いだし、凜子をつけ、さらに仙太郎にまで応援を要請してきたということは新薬の開発が進んでいるに違いなかった。

新薬開発には数億円から数十億円の投資がなされるが、開発から市場に投入されるまでには四段階の試験を経なくてはならない。第一段階は薬の毒性を確かめるための試験で、これは開発研究者が自《みずか》らに投与して行うのが慣例となっている。いわゆる自己責任という奴だ。

第二段階以降から患者に投与され、効果の判定が始まるのだが、ここから先はメーカーではなく、医師の領分となる。もちろん町医者に試験を依頼するわけではなく、大学医学部が主体となって試験を進めていく。しかし、医学部ならどこの大学でもいい、教授なら誰でもいいというわけではなく、医薬品業界において影響のある、ほんの一握りの教授に頼らなくてはならない。こうした教授たちはほぼ百パーセント東大卒である。

かつて外資系のあるメーカーがたまたま東大出身ではない教授と新薬開発に取り組んだ。東大一辺倒の風潮に抗《あらが》おうとか、慣例を破ろうなどと大それたことを考えたわけでは決してなかった。ところが、なぜか厚生労働省の認可が下りず、医薬品として市場に投入されることはなかった。その後、くだんの薬は海外で販売され、効果も認められたのだが、いまだ日本国内では認可されていない。厚労省の官僚たちも主だったところは東大卒が占めているし、民主主義の国ではあらゆる場面で多数派が正義ということだ。そして正義は必ず勝つ。

新薬開発に必要なすべての臨床試験を取り仕切り、研究会を立ちあげ、厚労省の認可まで持っていける東大卒の教授たちを業界ではボスと呼んでいる。

月埜は、哲教大学医学部の出身なのでボスではないが、リューホウ製薬の新薬開発を数多く手がけているボス――安西《あんざい》教授の下で長年働いている。五十を過ぎていまだ助手ではあるが、安西にぴったり寄り添い、リューホウ製薬との仲立ちをしているだけでなく、臨床試験で便宜を図ってくれるありがたい存在である。

研究会の中心にはボスの安西がいるのだが、実際に費用を賄《まかな》い、お膳立てをするのはリューホウ製薬である。研究会で症例をチェックし、薬効ありと判定されれば、既存薬との比較試験が始まる。もっとも研究会が立ちあげられた時点で薬効ありという結果はほぼ確定している。すでに多額の開発費を投じている以上、薬効が認められないというのは許されない。

実は、研究会を立ちあげる以前に新薬は患者に投与され、薬効は確認されているのだ。医薬品として認可されていなくても医者が処方し、患者が承諾すれば、投与は可能になる。違法ではないが、場合によってはすれすれの作業で、投与に踏み切る医師とメーカーとの間には阿吽《あうん》の呼吸が必要となる。安西に直属し、雑用一切を引きうけ、さらにこうした薬効確認試験をすべて行っているのが月埜なのだ。月埜が実験した結果はすべて安西に報告されており、安西は自信をもって研究会を立ちあげるという仕組みだ。

新薬には副作用がともなう。たとえば、投薬による発熱などが一般的だが、患者には新薬のみが与えられているわけではなく、それまでの治療に使われていた薬も並行して投与されている。発熱は新薬とは別の薬によるものという所見が月埜によって添えられるといった程度の操作はされるが、世間ではいざ知らず、医療界では許容範囲と見なされる。

研究会が立ちあげられた後、既存薬との比較試験などが行われるが、ここでも同様の操作が必要になる。ボスの下、全国各所で行われた試験の結果を取りまとめるのがまたしても月埜なのだ。もっとも月埜自身はデータをリューホウ製薬に丸投げするだけで、取捨選択するのは会社であり、ときに報告書の中身をすり替えたり、多少手を加えたりもする。

多額の投資を無駄にするわけにはいかない。

焼き上がった肉を次々口に入れては嚙みつづけている月埜のひたいは脂でてかてかに光っている。仙太郎はロースターにせっせと肉を並べていた。

月埜が箸《はし》を止め、目を上げた。

「そういえば、あんたと一緒にいた富樫さんって亡くなったよね。何年前だっけ?」

「かれこれ三年になりますね」

仙太郎は目を上げず、立ちのぼる煙に顔をしかめた。

「何だか、懐かしいな」

ぼそりとつぶやいた月埜がジョッキに残っていたマッコリを飲み干す。仙太郎はすかさず二杯目を注文した。

月埜が懐かしむのには理由があった。リューホウ製薬が安西を独占できるようになったきっかけを作ったのが富樫なのだ。

のちに〈お馬鹿十番勝負〉といわれるようになった壮絶な営業合戦の夜、主役は富樫だった。

2

三日、三週間、三カ月、三年というのが社会人になって会社を辞めたくなる節目《とき》だという。最近では三時間ならぬ三分間という区切りも存在するらしいが。

仙太郎が社会人になって三日目の朝は前夜に新入社員歓迎会があって、その後のプロパー人生を象徴するくらいたっぷり飲まされ、ひどい宿酔《ふつかよ》いで、吐き気と頭痛に耐えるのが精一杯、とても会社を辞めるなど考える余裕がなかった。三週間目に突入する月曜日の朝は寝過ごして大遅刻、そのまま一週間まともに顔も上げられないままやり過ごした。まる二カ月が経ったころには一人前のサラリーマンぶりたくて、背伸びをし、五月病——すでに六月に突入していたが——だと暗い顔をしている同僚に、同情する振りをしつつ、内心では何と女々《めめ》しい、弱っちい奴かと馬鹿にしていた。

高校時代の同級生が自殺したのは同じころだ。仕事が忙しいからと通夜《つや》にも告別式にも顔を出さなかった。本当のところ、祭壇に飾られた遺影を目にするのが怖かった。ひょっとしたら遺影に収まっていたのは自分だったかも知れない。同級生がまるで自分の身代わりになったように感じた。

サラリーマンになりたてで、将来など見通すこともできないのに将来に対する不安などあるはずはなかった。だが、毎朝決まった時間に目覚ましで起こされ、半分眠ったままで顔を洗い、歯を磨いて、ワイシャツに袖《そで》を通し、気がついたら通勤電車に揺られていたという生活をくり返し、これが定年までつづくのかと思うと、塞《ふさ》いだ。

そして入社三年目の春、哲教大学医学部教授にして、新薬開発を進めるボス安西教授と取り巻きたちをめぐって、他社プロパーと、後世〈お馬鹿十番勝負〉と呼ばれる伝説的な一夜を迎えることとなった。

相手は業界ナンバーワンの大手企業、しかも五人。対するこちらは富樫と二人だったことが闘争心に火を点《つ》け、油を注ぎ、過給器《ターボチャージャー》をぶんぶん回す結果となった。場所は六本木のキャバクラで、すでに三軒目か、四軒目、一滴も酒を飲まない安西以外はべろべろに酔っぱらっていて、店に入るなり、七人のプロパー、安西教授の取り巻きである助教授二人、助手三人――そのうちの一人が月埜だった――の合計十二人がパンツ一丁になっていた。最初に全裸になったのは富樫、仙太郎がすぐにつづいた。

何が大手だ、業界ナンバーワンだ、クソッ、負けるか、この野郎……、と胸のうちで呪文のように唱えつづけていた。

テーブルの真ん中にアイスペールをどんと置いた富樫は真新しいブランデーのボトルの封を切ると、中身を全部注いだ。氷が入っていたので、酒が溢《あふ》れそうになったが、何とかボトルを空にすることができた。富樫が立ちあがり、アイスペールを両手で捧げ持つ。顔も胸も腹も太股《ふともも》までも真っ赤で、血管が縦横に走った白目に虹彩《こうさい》が浮かんでいた。富樫は声を張りあげた。

「人間、辞めます」

安西と十二人の裸の男、四人のホステスが一斉に拍手する中、富樫はアイスペールを口につけると咽仏《のどぼとけ》を上下させながら飲みはじめた。こぼれたブランデーが顎《あご》から裸の胸、下腹部へと流れていく。ホステスたちが嬌声《きょうせい》をあげる。飲むほどに富樫の下腹は充血し、徐々に上向きになっていくのだ。男から見ても惚れ惚れするほど、あるいは嫉妬心を掻き立てられるほどに隆々とした逸物《いちもつ》――実際、敵プロパーたちはにやにやしながらもはっきり苦々しい表情になっていた――を突きたて、アイスペールの底を上向かせていく。

そしてついにブランデー一本分を飲みきり、アイスペールに残った氷を頭からかぶってみせた。氷が床に散らばり、ホステスは悲鳴を上げ、裸の男たちは椅子《いす》に座ったまま両足を上げた。

「ぷはぁ」

ふたたび拍手が巻き起こったが、富樫は得意げな顔をすぐに青ざめさせ、空になったアイスペールを口元にあてがうと嘔吐《おうと》した。その夜は中華料理を食べたのだが、幸いにも仙太郎は富樫の反吐《へど》を目にすることはなかった。

レロレロレロレロレロレロ……。

胃袋の中身を一気に吐きだした富樫がふたたび大きく息を吐いた。座が一瞬に白ける。しかし、そこで終わらせる富樫ではなかった。口元にアイスペールをあてがったまま、またしても叫んだ。

「秘技ブローバック」

叫び終えるやアイスペールをふたたび口につけ、反吐を残らず平らげてしまった。誰もが呆然《ぼうぜん》としている中、安西が立ちあがり、静かに拍手を始めた。分厚いレンズのはまったメガネの奥の目は真剣そのもので、潤んでさえいるように見えた。

「すばらしい」安西はささやくように声を圧《お》しだした。「初めて目の当たりにしました。それこそ浄穢不二《じようえふに》、禅《ぜん》の極意……」

かの山岡鉄舟《やまおかてつしゆう》は、と安西は語りはじめた。喋るほどに亢《たか》ぶっていくようで、唾を飛ばしまくり、ホステスたちが露骨にいやな顔をするのにも気づかず、一方、仙太郎は安西の口の端に溜まっていく泡を吐き気をこらえつつ眺めていた。山岡鉄舟というのが江戸時代末期に活躍した幕臣であり、剣と禅の達人というのは、あとで富樫から教わった。

明治に入って十数年後、富山《とやま》県のある禅寺を復興させるため、鉄舟が額や屏風《びようぶ》への揮毫《きごう》約一万点を寄進することになり、すべてを書きあげたあとに打ち上げが行われたときのこと、と安西はつづけた。

一万点は嘘っぽいと思いつつ、明治の人も打ち上げをしたのかとみょうなところに仙太郎は感心した。

関係者一同が集まり、飲めや歌えやの一大宴会となった。そのうち呼ばれた僧侶の一人が悪酔いして気分が悪くなり、ついに吐いてしまった。座が白けかけたとき、鉄舟が一同のうちで最高位にいた僧に向かって訊いた。

仏飯はいかが、と。

禅には、森羅万象《しんらばんしょう》、世の中の一切は〝空《くう》〟であるからキレイもキタナイもない、つまりは浄穢不二だとするという教えがある。鉄舟のいう仏飯とは僧侶のゲロにほかならず、高僧をふくめ、衆人があっけにとられているうちにゲロを拾いあつめ、つるりと嚥《の》みこんでしまった……。

感激した安西は、お馬鹿十番勝負の夜以降、富樫の持ち込む仕事を最優先するようになったのだから世の中何が幸いするかわからない。まさに〝営業は人なり〟だと仙太郎は実感した。

もっとも富樫は浄穢不二という言葉など知りもしなかったらしい。

当時、プロパーの宴会芸では、ピッチャーの生ビールを一気飲みするなど初歩も初歩で、日本酒、ワイン、焼酎、果てにはウォッカと難度が上がっていくとされた。全裸踊りや男性器をちょんまげに見立てるのは当たり前、素っ裸になるまでの野球拳も毎夜のごとくくり返されたし、女性プロパーなら全裸、もしくは下半身だけ裸になり、身を横たえ、性器を指で開いたり、閉じたりしながら喋る腹話術などという芸もあった。パフォーマンスは店内にとどまらず、電柱にしがみついて鳴くセミ――真冬の全裸セミが受ける――や、男ばかり数人がこれまた全裸でセイヤ、セイヤ、セイヤと人気のあった男性ダンスグループを真似てみせたり、横向きで走りながらの放尿や、路上脱糞、衆人環視の下での自慰《じい》から射精と何でもあり、馬鹿馬鹿しければ、馬鹿馬鹿しいほど受け、受けた者勝ちという風潮があった。中でもゲロの嚥み戻しと食糞は最高難度とされ、実行した者は神とさえ呼ばれた。かのお馬鹿十番勝負の夜、多勢に無勢、物量をもって臨んでくる大手メーカーに対し、富樫は玉砕覚悟の一発大逆転を狙い、まんまと成功した、と仙太郎は信じたが、事情はまったく違った。安西グループへの研究費では、あの夜の相手だった大手メーカーよりリューホウ製薬の方がはるかに多く、安西としてはこちらを優先させたかった。

そのきっかけを作ったに過ぎないんだ、と富樫本人から聞かされたのは一年後のことだった。


「しっかりしてください」

焼き肉屋の自家製マッコリで足腰立たなくなった月埜の腕を取り、仙太郎は声をかけた。凜子がタクシーを停《と》める。ドアが開くと、先に凜子が乗りこみ、仙太郎と天現寺は二人がかりで月埜を乗せた。

ぐったりした月埜が凜子にもたれかかる。天現寺が車内をのぞきこんだ。

「先生、本日はお忙しいところありがとうございました」

口の中で何ごとかつぶやきながら月埜がうなずく。天現寺は凜子に目を向けた。

「それじゃ、雨宮君。先生をちゃんと送り届けてください。すまないね」

「いえ」凜子がにっこり頰笑《ほほえ》む。「お疲れ様でした。あとはお任せください」

タクシーのドアが閉まり、走りだすのを天現寺と仙太郎は並んで見送った。振っていた手を下ろした天現寺が仙太郎を見る。

「お疲れ様。今日は呼びだして申し訳なかった。でも、おかげで助かったよ」

「いえ。今、新薬の開発中なんですか」

「まあね。でも、これが最後だろうな。さすがに安西先生も寄る年波でね。時おり自分が何者なのかもわからなくなってるって話なんだ」

「まさか」

「どっちでもいいけどね。安西教授の名前さえあれば、仕事は進められるし、研究会の方も終わりかけてて、厚労省の認可まであと少しだから」天現寺は腕時計を見た。「まだ、十時か。どう？　もう一杯」

「お付き合いしますよ」

左右を見やり、頭を掻《か》いた天現寺がつぶやく。

「どこがいいかな？」

「地下に英国風のバーがあるはずですが」

仙太郎は国際通りを挟んで向かい側にあるビューホテルを手で指した。

3

「変なこと、訊くようだけどさ、有馬君の夢って、何だった？　夜、寝てて見る方じゃなくて、将来プロ野球の選手になりたいとか、パイロットになりたいとか。たとえば、中学生の頃とかさ、どんな夢があった？」

中学生の頃と訊かれて、答えに詰まった。

深くて暗い川を渡ること……、などといえるはずがない。

何とかその場を取りつくろう。

「能天気だったというか、冷めてたというか、これっていうのはなかったように思います。天現寺さんは、どうなんですか。やっぱり薬剤師を目指したんですか」

「実家が薬局だからね。そう思われるかも知れないけど、実は最初から薬学部を目指したわけじゃないんだ。中学の始めくらいまでは医者になりたいって思ってた。だけど、高校へ進むころには、見えるでしょ、自分の実力とか、ポジションとか。それで思ったんだよね。あ、おれって医者は無理だわって。同級生にね、六年浪人して医学部に入った奴がいた。医者の息子だったけどね。入学したときには、もう二十四だろ。そいつは医者の子だったけど、大変だよなって同情しちゃった。受験勉強だけで六年だよ。そんなの耐えられないじゃない」

「そうですね。私も受験勉強がいやで、中高一貫の私立校に行きましたから」

「へえ、そうなんだ」

「大学も推薦入学でしたし」

「まあ、ぼくも医者は無理だってはっきりわかって、歯科も難しいなぁって感じでさ。親は一年や二年浪人してもいいっていったんだけどね。無理無理。それに何より面倒くさくなって。それでも妥協できるぎりぎりのセンってあるよね。ぼくの場合、それが薬学部だった。一応は医療系でしょ。そんなんで手を打っていいのかなんて疑問もあったけど、合格しちゃうと、これはもう運命だ、なんて自分にいい聞かせてね。ちょっとした努力があれば、未来なんて変わったかも知れないのにねぇ」

しばらくの間、二人は黙りこみ、仙太郎はジンソーダを、天現寺はスコッチのオン・ザ・ロックを飲んだ。

やがて天現寺が口を開いた。

「ぼくらの世代ってさ、偏差値が導入されたばかりなんだよね。だからテストで百点ってのを喜ぶのが習性みたいになっちゃってるんじゃないかな。全部点数だったよね。高校選ぶのも、大学選ぶのも。将来何がしたいじゃなくて、偏差値がいくつだから合格圏内の大学はどことどこみたいに出て、いや、自分は将来医者になりたいからこっちの大学を受けたいっていっても先生がそれは無理だからやめておけっていう。だから合格圏内で少しでも有名なところ、将来金を稼ぐ仕事につけそうなところって選び方だった」

仙太郎は口を閉ざしたまま、天現寺の一人語り《モノローグ》に耳をかたむけていた。

「勉強っていってもさ、高校くらいから暗記の連続になるような気がしない？　何かを学ぶっていうより、いくつ正解を暗記できるかみたいな。パターンを憶えて、それを記憶通りにたどるだけ。いつの間にかそんな風に考えるのが習い性になって、サラリーマンになってからも、右見て、左見て、正解のパターンばかり探して、そこから外れないようにしてきた。笑えるよね。正解のパターンなんてどこにもないってことに気づいたのは、つい最近……、恥ずかしながら五十になってからなんだよ」

「オフコースって、格好いいかも知れないけど、やっぱり怖いですよ。仲間はずれにされるってところが」

「そうだよね。独りぼっちには、誰もなりたくないものね」

天現寺が仙太郎を見る。

「笑わないで聞いてくれる？」

「はい」

「ぼくはね、小説家になりたかった。サイエンス・フィクション、SFを書きたかったんだよね。大学生のとき、一度だけSF専門誌のコンテストに応募したことがあるんだ。一次選考にも引っかからなかったけど、結果発表が載っている号は今でも実家にあると思うよ」

「雑誌に載ったんですか。凄いじゃないですか」

「いやいや」天現寺は寂しそうな笑みを浮かべて首を振る。「応募作は全部タイトルと作者の名前が載るだけ。本名じゃなく、おかしなペンネームをでっち上げたんだけど、それが載った。そんなもん、後生大事に抱えてるんだ。笑わないでね」

「夢に向かって走ったんじゃないですか。笑うもんですか」

天井を見上げた天現寺が笑みを浮かべる。昔の自分を懐かしむような、どこかうっとりとした表情だった。

「テーマはタイムパラドクスだった。聞いたことない、タイムパラドクス？　たとえば、ぼくがタイムスリップして昨日に行ったとするでしょ。そして昨日のぼくを殺す。すると今日のぼくは昨日殺されているからもう存在しないんだよね。だから昨日に行ってぼくを殺すことはできない。殺されなきゃ、今日のぼくは存在するわけで、だから昨日に行って……、頭、痛くなってきた？」

「ええ」仙太郎は苦笑した。「ちょっと」

しかし、天現寺の勢いは止まらなかった。怖いほどに目をぎらぎらさせ、話をつづけた。

「このところ、天文学の分野で話題になっているのがダークマターと呼ばれる謎の物質なんだ。ぼくはこのダークマターがひょっとしたらタイムパラドクスに通じるんじゃないかと考えててね」

コンテストに応募したのは、本当に大学生の頃なのだろうか。ひょっとしたら、今でもひっそり書きつづけているのではないか。

本当に頭痛がしてきた。


ビューホテルのバーを出て、天現寺と別れた。おかしな話を聞かされたせいか、焼き肉屋で飲んだ自家製マッコリが効いているのか、四十を過ぎて酒に弱くなったのか、そのいずれか、あるいは全部のせいで足元がおぼつかなくなっていた。

「夢は何かって……、訊かれても困る」

ひとりごちた。とくに浅草、観音裏辺りでは答えようがない。

冷たい滴《しずく》を頬骨に感じて、顔を上げた。さらにぽつり、ぽつりとひたいや頬に雨粒を感じる。舌打ちし、辺りを見渡す。どこを歩いているのかすぐにはわからなかった。住宅街の路地のようだ。とにかく暗い。

目をしばたたいた。ぽつんと灯《あか》りが見え、のれんがかかっている。飲み屋のようだ。目を凝らすと、汚れたのれんに金魚と書かれていた。足もだるかったし、その上、雨が降ってきた。何より小便がしたくてしようがない。膀胱《ぼうこう》が今にも破裂しそうになっている。取りあえずのれんをくぐり、引き戸を開けた。入って、左がカウンターになっており、客の姿はない。

カウンターの中には六十がらみの女が一人立っている。

「いらっしゃい」

女がだるそうに立ちあがった。

「燗酒《かんざけ》、二合」

反射的にいった。トイレを使うだけだから一合で充分なはずなのに、ついニ合といってしまう。酒は充分すぎるほど回っているというのに。

「はい。あては?」

「取りあえず通しだけでいい」店の奥に目をやった。「トイレ、こっちですか」

「その突き当たり」

椅子に座らず、まっすぐトイレに入った。扉を閉め、薄暗い中を見まわす。足元が一段高くなっていて、和式の便器があり、壁の下半分には水色のタイルが貼ってあった。水洗用の引き手がレバーではなく、鎖でぶら下がっている。

「昭和かよ」

ズボンのチャックを下げようとして下を向いたとたん、目眩《めまい》がして、思わず壁に手をついた。まずい、と思ったときにはもう遅く、食道を押し開いて胃袋から熱い塊《かたまり》がせり上がってくる。

酒を飲んで吐くなんて、何年ぶりだよと思いながらも躰《からだ》を折りまげ、便器の中にしたたかに吐いた。肉の破片らしきものが見え、反吐はマッコリと同じ色をしていた。

すっかり胃袋が空《から》になってから取っ手を引いて、水を流し、今度は落ちついて小便をする。ずいぶんと溜めこんだものだと自分でも呆れるほど大量に放って、もう一度取っ手を引いた。ズボンの前を直し、反吐が胸元を汚していないかを確かめてトイレを出た。

カウンターの内側に立っているのは、三十くらいの女だった。先ほどの婆さんの娘かと思ったが、少しでも若い方が救われる気になる。すでに徳利《とっくり》と猪口《ちょこ》が出されており、小皿にキュウリとキャベツの浅漬けが盛られている。

座ろうとして、カウンターに客が一人いるのに気がついた。さっきまでは誰もいなかったのだが。すっかり出来上がっているようで、突っ伏している。仙太郎と同年代か、少し若いくらいの男だ。手元に金縁のメガネが置いてあった。

男が顔を上げた。左の頰、下の方に小豆粒大のホクロがある。

「誰、お前?」

男が眉を寄せ、真っ赤な目を向けて訊いてくる。

またしても咽《のど》もとに熱い塊がせり上がってくるのを感じ、あわててトイレに戻った。

そんな馬鹿な、あり得ない……。

胸のうちでつぶやきつつ、扉を閉めると、ふたたび便器にかがみ込んで嘔吐した。

4

37、38、39、40、41、43、44、45……。
ない。四十二番だけがない。

馬鹿な。

もう一度、見直す。
39、40、41、43……。
やっぱりない。

今度は逆から。
45、44、43、41、40、39……。
もう一度。
43、41……。
頭に血が昇り、こめかみが破裂しそうになりつつ、茶の間の座卓に置いた受験票をのぞきこんだ父を思いだした。

『シニメか』

頭上でぼそりといった。

四二で、死に。受験を控え、ナーバスになっている子供に向かっていうか、普通。目眩がするほど腹が立った。

憤怒《ふんぬ》は方向を変え、暴走する。

そもそも有馬という姓に仙太郎なんて名前を合わせるか、普通？　合格発表の掲示板に自分の受験番号だけがアリマセンタロウ……、笑えない。小学校六年生、十二歳にして人生が終わった。足が震え、背中に汗が浮かんでくる。

あのときから、がさつで、口の悪い父は、仙太郎にしてみれば、観音裏という土地を象徴する存在となった。


充電用コードにつないだ携帯電話が耳障《ざわ》りな電子音で喚《わめ》きちらし、目を開いた。アラームなのだから音量はそれなりに必要だし、耳にしただけでむっとするくらいでなくては困る。わかってはいるが、腹は立った。

いや、夢の中で感じた憤怒の残滓《ざんし》で、携帯電話に八つ当たりしているだけだと思いなおした。

ソファの上で身を起こし、午前六時十五分きっかりに鳴りだした携帯電話のアラームを止めると、仙太郎は大きく欠伸《あくび》をした。

合格発表の掲示板に四十二番が見あたらない辺りから、ああ、夢を見てるなと思っていた。

最初に見たのが普通部の発表で、仙太郎が受験したのは理数系進学コースであり、そちらの掲示板にはちゃんと四十二番があった。もっとも中学から高校へ進級するころには、理数系進学コースの授業についていけなくて普通部へ転科せざるを得なかったのだが……。

携帯電話を置き、傍《かたわ》らのノートパソコンの電源を入れて起動させる。また、欠伸。USBでつないだマウスを動かし、テレビを起動させる。チャンネルはNHK、ニュース番組が映しだされる。ヘッドフォンを差しっぱなしにしてあるので音は出ないが、ニュースの内容は逐一字幕で表示されるので困らない。屁をひっただけでも隣人にこちらの腹具合が知れるほど壁が薄いアパートでは、ヘッドフォンは常に差したままだ。

電気カミソリを右の頬にあて、スイッチを入れる。

ジョリジョリジョリ……、頬骨に響く音を聞きながらひとりごちた。

「でも、いやな夢だ」

私立中学を受験したのは十二歳のとき、三十年も前になる。仕事がうまくいかないとき、精神的に疲れているとき、同じ夢を見た。

だが、今回の場合は原因がはっきりしている。昨夜の出来事のせいだ。嘔吐するまで泥酔した挙げ句の幻が影響しているのだろう。

髭《ひげ》を剃り終え、電気カミソリを置くと立ちあがった。バスルームの前に立って、パジャマ代わりに着ているTシャツの襟を引っぱって嗅いでみる。三日目か。寝汗でじっとり濡れ、冷たくなっていた。このところ眠ると汗をかいた。疲れているのか。

脱いだTシャツを丸め、ソファの上に放り投げた。七分丈のスウェットパンツを下ろし、同じくソファの上に放ると浴室のドアを開けた。

トイレ、洗面台、浴槽がセットになったベージュのユニットバスは床や天井にところどころ黒いカビが生えている。そろそろ掃除しなくちゃと思いつつ、もう半年も毎朝同じことを考えてると思いなおした。洋式便器に腰を下ろし、ほんのちょこっと練り歯磨きを載せた歯ブラシをくわえる。

手を動かしながら力んだ。夜のうちに下りてきて、大腸に詰まっていた便が途切れることなく一本まんま押しだされていき、スパッと出きった。大腸に春風が吹きぬけたような快感に大きくため息を吐き、何ともいえない幸せな気分になる。おそらく今日一日の幸福はこれで使い果たしてしまっただろう。

トイレットペーパーで拭いたあとにフラッシュし、浴槽に立った。歯ブラシをくわえたまま、シャワーを浴び、肌にねっとりこびりついた寝汗を洗い流した。

バスタオルを使いながらソファに戻ると、携帯電話の背にメールの文字が出ていた。たった今空っぽになったはずの大腸が身もだえし、ささやかな幸福はたちまち吹き飛んでしまう。

朝っぱらのメールが誰から来たものかわかっているし、見たくもない。だが、手は自動機械となって動き、携帯電話を取ると、メールを開いた。タイトルは無題。

今月分、まだですけど。未払いの先月分と合わせ、十六万円、明日までに振りこんでください。五十嵐麻衣子《いがらしまいこ》

大腸の身もだえが上昇し、胃袋まで湿った音を立てる。げっぷをした。本文の最後には必ずフルネームを入れてくる。離婚して六年になる元妻からのメールで、五十嵐は旧姓、そして二カ月分十六万円は子供の養育費だ。

二人の子供の養育費は月額にして一人八万円、合計十六万円だが、とても払いつづけられないし、そもそも離婚は元妻との協議の結果でもあるため、半額とした。それでも二カ月分なら十六万円に逆戻りする。給料が目減りしている昨今、貯金はまったくない。クレジットカードを利用した現金借入残高《キャッシング》がいくらになっているか、調べてみるのも気が進まなかった。

携帯電話を置き、身繕《みづくろ》いに取りかかる。

午前六時五十五分——パソコンをシャットダウンし、給湯器がオフになっているのを確かめてからアパートを出る。最寄りの地下鉄駅までは歩いて七分ほどで、改札口のわきにある売店の前に立つと、中にいる女性店員に声をかけた。

「あんパンとブラックコーヒー、それとこれね」

ラックに丸めて差してある日日《にちにち》スポーツを抜いて、女性の前に五百円玉を置く。売店の横に立ち、畳《たた》んだスポーツ紙をわきにはさんであんパンを囓《かじ》り、コーヒーを飲む。朝食にきちんと糖分を摂っておかないと、午前中、まるで頭が働かない。

砂糖とミルクの入ったコーヒーは、パンのあんが苦く感じられるほど甘ったるい。それでブラックを買うのだが、ミルクも砂糖も入っていないのに値段が一律同じというのが納得できない。

囓りとったあんについた前歯の縦筋を眺めつつ思う。あんぱん九十円、コーヒー百二十円、スポーツ紙百三十円、計三百四十円。

タバコは去年の秋、三百円が四百十円になったときにやめた……、いや、喫《す》っていられなくなった。一箱あたり百十円、月に三十箱として三千三百円、一年で三万九千六百円になる。子供の養育費も滞《とどこお》りがちのサラリーマンには負担がきつすぎる。

腕時計に目をやった。七時九分になっていた。あわてて空き缶とあんパンの空袋をゴミ箱に放りこみ、改札口をくぐった。

いつものように前から三両目、後方の出入り口から乗りこんだ。ドア脇の手すりと座席までの間の壁前が空いているのを見て、今日ふたつ目のささやかな幸福に喜び、壁にもたれて立った。通勤時間のまったただ中で空いている席など望むべくもなく、たまに空隙があったとしても左右の乗客の間に尻を割りこませる勇気はない。

縦に四つ折りにした日日スポーツを後ろから読んでいく。芸能面に大きな写真が出ていて、リムジンから降りてくるスーツ姿の女性が写っていた。見出しには、平河町《ひらかわちょう》の女神《めがみ》、昨夜降臨とあった。首相経験者を始め、有名な政治家、そのほか財界の大物たちが日参する占い師で、昨日の夜は赤坂の料亭でＩＴ企業の社長たち数人と会食したとあった。

視線を下げ、占い欄に目を留めつつ、つぶやいた。

「馬鹿馬鹿しい。所詮《しょせん》、あたるも八卦《はっけ》、あたらぬも八卦、そんなものが当てになるかよ」

目は活字を追っている。


全体運／何をしても裏目、哀しい気分に。

仕事運／おおむね良好。

金運／投機話に注意、うまい話には裏がある。

恋愛運／相手の思わせぶりな態度に勘違いしそう。


一日に日日スポーツが何部売れているのか知らないし、読者のうち、水瓶座《みずがめざ》が何人いるのかも見当がつかない。五千人にも思えるし、十万人かも知れない。それでも占い欄を見るのはなぜだろう。事件、経済、スポーツ、芸能、政治とあらゆるニュースが世間一般に向けられているのに対し、占いだけは自分に向かって書かれていると思っているからか。金運絶好調とか、すてきな異性との出会いありなどと書いてあれば、信じてもいないくせに一日中そわそわしてしまう。まったく当たらないけど、とくに落胆することもなく、帰宅時には駅売りの夕刊落陽《らくよう》を買って、真っ先に明日の運勢を見る。いいことが書いてあれば、信じてはいけないと諌め、悪ければ、どうせインチキだと自分を慰めている。

恋愛運のところをぼんやりと見ていた。

勘違いしそうだ。だが、恋愛などすべて勘違いの産物じゃないのか。

初恋の相手はテレビアニメのヒロインだった。小学校三年生のときだから、長閑《のどか》というか、おくてというか、夢見る少年だったのかも知れない。小学生でもアニメというものが透明なアクリルシートに泥絵の具で描かれた絵を撮影して、連続して映写して、動かし、声優が後から声をつけるくらいの仕組みを知っていた。胸焦がして見つめたヒロインの実態をどこまでも追っていけば、たどり着くのはセル画に過ぎず、声優にしても実物を見れば、アニメのイメージとは似ても似つかない中年女、ときに老婆に近かったりするし、アフレコは作り声で地声を耳にして幻滅することは多い。

ならば、生身のアイドルタレントはどうか。結論からいえば、テレビ画面か、映画のスクリーンにしか存在しないという点でアニメのヒロインと変わりない。かれこれ十数年前、大学時代のゼミの先輩がテレビ局でバラエティ番組のディレクターをしていて、当時人気のあったアイドルタレントがゲスト出演するときにこっそりスタジオに入れてくれたことがあった。

見なければ、良かったと思っている。

リハーサルの最中、スタジオの隅で折り畳み椅子に座っていたアイドルタレントはまだ化粧もしておらず、顔色が悪い上にどんより曇った目をしていた。

所詮、アイドルタレントもセルロイドに泥絵の具で描かれた絵に過ぎなかったわけだ。所属する事務所の方針があり、あるアイドルタレントを演出するのに最適な曲が作られ、衣装が選ばれ、さらにテレビ局のスタッフが全力をあげて、一本の映像を作りあげる。本番が終わると、元の疲れた顔に戻る。

別れた妻にしても同じことをくり返していたのかも知れない。

元妻の素顔というか、実態をどれほど見ていたのだろうか。恋は盲目などと古ぼけた例そのものではなかったか。自分にとって都合のいい仮面を押しかぶせ、その仮面を愛していた。愛しているつもりになった。恋愛の始めは、元妻も何とか仙太郎の思惑に合わせようとしたのだろうが、無理な演技がいつまでもつづくはずはない。仙太郎にしても恋愛感情が冷めていくにつれ、自分が思い描いているのとはまったく違う元妻の貌《かお》を見るようになる。

自分の思い入れに恋をするという点で、相手が誰であってもアニメのヒロインを相手にしているのと変わりないのだ。

乗りこんだ駅からふたつ目の駅に止まったとき、車輛の中央にある出入り口に目をやった。ある女性が乗りこんでくるはずなのだ。毎朝必ず顔が見られるとはかぎらなかったが、週に三、四日は同じ車輛に乗り合わせる。午前七時十二分に前から三両目に乗るようにしている理由はそこにあった。

電車が止まり、ドアが開く。だが、次々乗りこんでくる中に彼女の姿はない。乗客がどれほど多くても光輝を放つ彼女を見逃すはずはない。今日の運もここまでかと思いかけたとき、目の前の入口から彼女が乗りこんできた。髪の香りが鼻先をくすぐる。

思わず目を閉じ、強く吸いこんだ。

第二章　幸か不幸か

1

人の幸福、もしくは不幸を総量で見ると、生まれついて差があるのが当たり前。世の中には、いわゆる銀のスプーンをくわえて生まれてくる子は確かに存在するが、全員ではない。一方、医薬情報担当者《MR》として人の命に関わる仕事――たまに斜め後ろからのぞきこむに過ぎないにしろ――をしていると、一生における幸／不幸の比率は同じ、ほぼ五分五分でしかないと感じることがある。もちろん誰にでも感じるわけではなく、理不尽さにいたたまれなくなる症例も数多いのだが。

たとえば、五十代で癌になって死んでしまう人がいたとして、彼もしくは彼女はそれまでに功なり遂げ、後世に名を残すような活躍をしたとか、他人の誰もがうらやむような家庭を築いたとか、そういうことによって人生の半分を占める幸運を使い果たし、癌による死という不幸が襲ってきた、というようなことだ。

仙太郎が社会人となった一九九一年ごろは、MRなどというしゃれた呼称ではなく、プロパーと呼ばれていた。二十一世紀となった現在でも侮蔑的《ぶべつてき》なあてこすりをもってプロパーと呼ぶ輩《やから》もいるが、まるで気にしない。むしろプロパーと呼ばれていた時代の方が仕事にやり甲斐《がい》も矜持《きょうじ》もあったと思っている。

当時は、相手がどれほど大規模な病院であれ、高名な医者であれ、薬をいくらで卸すか、つまり薬価はプロパーの胸三寸で決められた。ところが、ちょうど仙太郎が入社したころ、改正独占禁止法が適用され、プロパーの手から薬価の決定権が奪われてしまった。プロパーが薬価を決めていたのでは自社の利益確保のため、高額になりすぎるとされたのだ。

薬価が高いほど医薬品メーカーが儲かるのは当たり前だが、病院など医療機関にとっても薬価が高いほど美味しいというのは案外知られていない。理由は薬価の二重性にある。病院に卸される薬は、実勢価格に近づけるという名目で値引きされ、医療機関はその薬を正規の価格で患者に提供する。実勢価格と定価の差額は医療機関の利益とすることが慣習として認められている。

そもそもいくら薬価が高かろうと、患者がすべてを負担するわけではなく、大半は各種健康保険組合が支払う。高額な医薬品代は保険組合の負担であり、ひいては国の厚生予算にも大きな影響を与えるとして独占禁止法の改訂へとつながった。

プロパーになりたてのころ、先輩社員が嘆くのを聞いた。

『薬価が十分の一になっちまって、利益なんかほんのちょっぴりじゃん』

以前は薬価の九割以上が利益だった、というわけだ。

MRの年収はほかの職種に較べれば、いまだに高い方だろう。一流とはいえない私立大学経済学部出の仙太郎にしても三十代で一千万円を超え、おかげで千葉《ちば》県西部に2LDKのマンションを買えた。今は元妻と長女、長男が住んでいるが、ローンだけは仙太郎が払いつづけている。幸／不幸でいえば、行って来いか。

高い年収に見合って仕事がきついのは当然で、少しばかりえげつない営業もしてきた。これまた幸／不幸が相半《あいなか》ばする原理の好例ではある。

携帯電話が振動するかすかな音が聞こえ、仙太郎は目だけ動かしてとなりを見た。

総合病院の整形外科待合室のベンチに座っていて、目の前を患者や看護師、介護助手がひっきりなしに行き交い、ざわついているというのに振動音ははっきり聞こえた。隣りに部下の嶋岡《しまおか》が座っている。携帯電話は嶋岡の上着の内側で震えていた。

短く三度振動し、止まった。嶋岡が立ちあがるのを目で追った。嶋岡がちらりと仙太郎の膝元に目をやり、小さな声でいった。

「すいません。トイレ、行ってきます」

黙って嶋岡を見返した。嶋岡は二十代後半、チャコールグレーのスーツをきっちりと着た細身の男だ。ＭＲになって六年目になる。とがめるように仙太郎が見たのには、理由があった。一時間ほどの間に嶋岡がトイレに立つのは、これで四度目になる。しかも決まって携帯電話が振動した後である。

「お腹、こわしてて」

つぶやくようにいうと、嶋岡は足元に置いた鞄《かばん》をそのままにしてトイレに向かった。

その直後、診察室から出てきた中年の看護師が待合室を見渡し、がらがら声を張りあげた。

「鈴木《すずき》さん、鈴木千春《ちはる》さん」

「はい」

返事をして老婆が立ちあがり、杖を手にする。看護師が声をかける。

「次に診察になります。中待合いでお待ちください」

そして返事を待たず、看護師は仙太郎に顔を向けた。面長の顔はしわだらけで、目にけんがあった。

「すみません。混んできたんで、患者様に席を譲ってもらえませんかね」

「失礼しました」

仙太郎は自分と嶋岡の鞄を両手に持つと、壁際に移った。鞄を床に置き、両手を前で組んだ。呼ばれた老婆が中待合いに入るまで、看護師は仙太郎を見ていた。

自社製品について情報を提供するにしろ、次の飲み会の段取りをつけるにしろ、医師に直接会わなくては始まらない。だが、病院側は院内をうろちょろするMRを、ほかの患者に迷惑だといって嫌い、せっかく面会の約束を取りつけてもわざと会議をぶつけてくることがある。

かれこれ二時間も前、嶋岡から電話があった。アポイントメントを取ったが、急な会議が入ったとかで医師に会えないという。

『待ってても無駄なんで、次にまわってもいいですかね』

『次の約束があるのか』

『いえ、別に』

MRの一日の仕事は、移動二時間、昼寝二時間、ネットカフェやマンガ喫茶で潰す時間が二時間で実働三十分と揶揄される。きちんと成績を挙げているMRなら午前中に開業医、午後は総合病院とこまめに回っているが、嶋岡の成績は芳《かんば》しくなかった。仙太郎は、三十代の終わりごろから部下を持ち、部署の成績に責任を負うようになった。営業は個人技と思いなしている仙太郎にはひたすらうっとうしかった。

『整形外科外来の前で待ってろ。今からそちらに行く』

開業医を二軒回って、事務所に戻ろうとしていた仙太郎は、嶋岡のいる総合病院にやって来た。到着したのが一時間ほど前である。

十分ほどして嶋岡が戻ってくる。壁際にいる仙太郎のそばまで来たが、何もいわず前髪をいじりはじめる。

「先生の手がいつ空《あ》くかわからないだろう」

たしなめると、わざとらしく周囲を見まわした嶋岡は何もいわずにため息を吐き、また前髪の手入れを始めた。

大腸に風が吹きぬけていくような快便は元妻からのメールと相殺、地下鉄でいつも離れたところから見ているだけの女が目の前にやって来て髪の香りを胸いっぱいに嗅ぐことができたと思ったら嶋岡からの電話。

やはり幸／不幸は半々でしかない。


総合病院を出ると、嶋岡が乗ってきた営業用ライトバンに乗った。コンビニエンスストアで昼食の弁当を買い、公園の脇に停める。早速《さっそく》、コンビニのポリ袋に手を入れようとした嶋岡に声をかけた。

「せっかく天気もいいんだ。外で食おう」

「はあ」

あまり気乗りしない様子で嶋岡はうなずいた。

昼下がり、ジャングルジムで子供を遊ばせている若い母親が三、四人いるだけでベンチは空いていた。二人は並んで座り、弁当を広げる。

三百八十円で容器はやや小ぶりながらも玉子焼きに赤ウィンナー、白身魚のフライ半分、切り干し大根とひじきの煮物、漬け物、ご飯にゴマまでかかっている。社会人になって間もないころはまだバブル景気の余韻があって、昼食に千円、二千円とかけ、握り鮨やすき焼きばかり食べていた。今はペットボトルの緑茶をあわせて五百円ちょうど。ありがたいと思うだけで、惨《みじ》めさはなかった。

玉子焼きをつまみ上げて、口に放りこむ。嚙みしめながらしみじみうまいと思った。医者の接待で名の通った料亭に行くこともあるが、どこで何を食ってもうまいと感じたことがなく、そのたび、生まれ育った環境からは逃れられないものだと思う。

二人ともあっという間に弁当を平らげた。緑茶を飲んで、一息《ひといき》吐く。ペットボトルのキャップを閉めながら嶋岡がいった。

「やっぱり係長にはかないませんね」

仙太郎は漬け物だけが手つかずで残った弁当の容器に蓋をかぶせていた。子供のころから漬け物が食べられない。

嶋岡がつづける。

「係長に電話して正解でした」

整形外科の医者に会えたのは午後一時過ぎ、待合室にいた患者すべての診察が終わったあとのことだ。それもたった二分でしかなかった上、席を空けろといってきた顔の長い、しわくちゃの看護師が途中で割りこんできた。

ＭＲと医者が話していても、失礼しますのひと言もなく、割りこんでくる看護師は多い。それゆえナースステーションにも付け届けをするのだが、これがまた難しかった。どこでも大半は看護師長《ボス》が仕切っているのだが、ボスになりきれなかったお局《つぼね》看護師がいて、機嫌を損ねると露骨に邪魔をしてくる。ときには防波堤よろしく医者の前に立ちふさがることさえある。診察時間内の訪問を禁止している病院が多いので、看護師の行為は正当であり、ゆえに必要以上に居丈高になる。

一方、医者にはマザーコンプレックスとマゾ、あるいは両方兼ね備えてという輩が多い。勉強だけしてきて、世間との交渉はすべて親、とくに母親任せにしてきた影響と、日頃のストレスのためだろう。患者に相対する現場では命を扱うだけに常に即断を求められ、一瞬の躊躇《ちゆうちよ》も許されない。それだけに仕事を離れたときくらい誰かに判断を委《ゆだ》ねたくなるのが人情というものだ。

マゾは被虐《ひぎやく》趣味といわれ、苦痛を与えられることに喜びを覚えると解釈されがちだが、究極の悦びは人格を無視され、モノ扱いされたときに得られるらしい。モノは何も考えない。わずらわしいプライドも責任もない。すべてあなたまかせなのだ。それでいて加虐趣味、いわゆるサド《S》役が下手《へた》だと、露骨に不満を漏らす。

『サービスのＳ、満足のＭ』

そういい切った風俗嬢に大きくうなずいたことがあった。

もっとも今日はしわくちゃ魔女のような看護師《ウィッチナース》のおかげで突破口を見いだすことができた。整形外科の若い医師は疲れきった顔をしていて、仙太郎が何をいおうにもパソコンの画面を見たまま、まるで反応しなかった。そこへウィッチナースが割りこんできたのだが、医師が彼女に向けた目にすがるような光が宿ったのを見逃さなかった。

早急に話を切り上げた仙太郎はウィッチナースをつかまえ、医師と彼女をともに食事に誘いたいと申し出た。いぶかる看護師に平然といってのけた。

『うちの製品をお使いいただいているのは、あなたが先生を支えてくださっているからだと嶋岡から常々聞いております』

それから昨今人気の韓国人俳優が日本に遊びに来たとき、お忍びで利用するという日本橋《にほんばし》の料亭の名前を挙げた。訝《いぶか》しそうにする看護師に何度も頭を下げ、ご尽力を、と頼みこんだ。

頭を下げるだけなら一円もかからない。

韓国人俳優の名前を聞いたときの相手の顔つきを見ただけで脈ありと踏んだ。案の定、看護師が医師と打ち合わせをして時間調整をしてくれることになった。そこまで熱心に頼まれたんじゃ仕方ないという顔つきは変えなかったが……。

地面をじっと見ている嶋岡に目をやる。

「要は馴《な》れの問題だよ。場数を踏めば、誰を押さえりゃうまくいくかわかるようになるさ」

「いや、ぼくなんか駄目ですよ」

顔を上げようともせず、嶋岡は前髪を細く束にすると人差し指に巻きつけはじめる。次いで巻きつけた前髪をほどき、くるくるカールするのを眺めながら言葉を継いだ。

「自分、あんまり人に会うのが得意じゃないんですよ。とくに医者とか……、ああいう変にエリート意識がある奴が嫌いで」

「それじゃ、何でうちに来たんだよ」

「給料っすよ。決まってるじゃないですか。アホな私大出でも年収一千万なんて仕事、ほかにありますか。今じゃ、証券会社も駄目だし。その点、医療関係は高齢化社会がバックについてて安泰じゃないですか」

「まあ、とにかく場数だよ」

「いや」躰を起こした嶋岡が仙太郎を見る。「係長はトッコウ……、特別な営業を経験されてるから」

胃袋が引きつれた。

2

社内の自分の席にいて、目の前にずらりとボタンが並んだ電話機があるというのに携帯電話を使うことを不思議と思わなくなって何年にもなる。

「金曜日の夜はありがとう。おかげで助かったよ。月埜先生も喜んでくれたし、ぼくの顔も立った。こんな汚い顔、立とうが寝ようがどちらでもあまり変わりないんだけどさ」

天現寺が電話口で笑った。

電話が入ったのは、夕方、会社に戻って間もなくのことだ。腕時計を見た。午後六時十七分。目を伏せたまま、答えた。

「それは何よりでした」

「厚労省への申請が一段落してね。あとは認可待ち。無事に認可されたら……、されなかったら一大事なんだけど、そのときにはまた一席もうけるんで、ぜひ付きあってよ。御礼の意味も兼ねてといいたいところだけど、月埜先生がいっしょだから有馬君にとっては仕事だけど」

「いつでも声をかけてください」

「ありがとう。心強いよ」

あの夜、月埜と凜子がどうなったのかは口にするまでもない。

「それじゃ、また」

「失礼します」

電話を切り、顔を上げた。嶋岡ほか三人の部下が仙太郎に顔を向けていた。立ちあがりたいのを何とかこらえているといった顔つきだ。部下たちを見渡して、声をかけた。

「業務日報は終わった?」

四人が無言のまま、うなずく。

「とくに今ここで聞いておくべきことはあるかな?」

今度は四人そろって首を振る。

「それじゃ、今日はここまで。残業する必要のある人は個々に申し出るように。御苦労様でした」

「お疲れ様でした」

四人はそそくさと机の上を片づけ、ノートパソコンの電源を切ると次々席を立った。

仙太郎は自分用のノートパソコンを起動させ、初期画面が表示されると社員IDとパスワードを打ちこんだ。

今日一日、何時にどの病院に行き、誰に会い、どのような話をしたかは業務日報としてまとめ、毎日提出することになっている。かつては夕方、出先から戻ってきて手書きで日報をつけたが、今は各人がパソコンで打ちこみ、社内ネットワークに放りこむようになっていた。手書き日報だった時代でも、昼間、営業車を公園のそばに停めてちゃっちゃっと書きあげてしまったり、ときには一日中映画を観たり、パチンコをしたりして、日報は適当にでっち上げることもあった。

ノートパソコンは昼間も持ち歩くことが多いので、いつでも日報を打ちこめるし、手書きと違って、コピーペーストが可能だから前日の分を写して、適当に日付、時間、面会者の名前を変えるだけで一丁上がりとなる。

各人の報告書はネットワークに上げると同時に本社営業本部のホストコンピューターに送られ、一括管理されるのだが、係長である仙太郎は一通り読んで、読み終わったという意味の電子印《デジタルサイン》を捺《お》さなくてはならず、必要に応じて、コメントを加えるようになっている。

四人分の日報にざっと目を通し、次いでいつも持ち歩いている黒い手帳と携帯電話の着発信記録を見ながら自分の日報を打ちこむ。日報を読み返し、間違いがないことを確認するとホストコンピューターに送付してパソコンをシャットダウンした。

机の上を片づけ、ノートパソコンを折りたたむと部下の机を眺めわたした。重要書類が放りだされたままになっていないかなどを見る。携帯電話をワイシャツのポケット、ボールペンを留めた手帳を上着の内ポケットに入れ、社内に残っている社員に声をかけながら出る。

「お先」

「お疲れ様でした」

何度か挨拶《あいさつ》を交わすが、顔を上げる者はまずいない。

会社を出たところで腕時計を見る。午後七時五分になっていた。

「間に合うな」

ひとりごちると、通勤に使っている都営地下鉄三田《みた》線の大手町《おおてまち》駅ではなく、東京メトロ銀座線三越前《みつこしまえ》駅に向かって歩きだした。


夕方のラッシュも過ぎ、地下鉄の車内は少し落ちついたのだろうが、それでも座席はすべて埋まり、つり革につかまっている乗客も多かった。

乗客の半分ほどが携帯電話を見ていた。メールか、ゲームか、テレビかはわからない。四分の一ほどは夕刊紙か雑誌、文庫本を開いていて、残りは目を閉じている。両耳にイヤフォンをしている人もいるし、明らかにぐっすり眠りこんでいる人もいる。

夕方の電車より朝の電車の方がぐったりした疲労感が充満しているような気がする。

出入り口のわきに立ち、ぼんやり乗客たちを眺めているうちに、ふと主役という言葉が浮かんできた。

街の主役、社会の主役、世間の主役という意味での主役。

男であれ、女であれ、世の中の中心にいるのは三十代であり、一部二十代という感じがする。たまの宴席でも大声を上げ、はしゃいでいたり、飲み物や肴《さかな》を注文したり、カラオケの曲を選んだりしているのは皆三十代だ。

そして飲むのは生ビールかサワー類が圧倒的に多い。好き嫌いの問題ではなく、注いだり、注がれたりしないで済むからだ。アルコールを口にしない者、宴会の最初に握り飯を注文してぺろりと平らげる者も多く、つや消しだなどといわれることもなくなった。

吐くまで飲まされ、吐けば吐くほど酒が強くなると無理《むり》強《じ》いされたのは、今は昔の物語。つい四、五年前まで肩で風を切って夜の街を闊歩《かっぽ》していたが、そのころでも自分が主役とは感じなかった。目の前に富樫という存在があったことも大きいし、いつかは先輩たち——会社の内外を問わず、憧れの目を向けた先輩は数多くいたような気がするが、いつの間にか姿を消すか、萎み、しょぼくれてしまっていた——に追いつき、彼らのような立場になるのだと思っていた。それが四十を過ぎて、周囲を見まわすと、いつの間にか年寄りだと疎《うと》んじられ、隅の方に追いやられているような気がする。

主役になったことなど、一度もなかった。登り坂を必死になって歩きつづけ、気がついたら下り坂……。

今が頂点などと感じたことが一度でもあったか。

浅草の一つ手前、田原町《たわらまち》の駅で降りて、国際通り方面と記された地上出口の階段を昇った。

国際通りを北に向かって歩きだし、雷門一丁目の交差点で右に目をやると、闇の天空にぽつぽつ赤い光が浮かんでいる。なぜかそこから見る東京スカイツリーはぎょっとするほど大きい。

ほかの場所で見るなら気にもならないのに、雷門一丁目の交差点から見るときだけは化け物じみている。ガキのころから見慣れている景色を圧倒しているためなのだろうか。

浅草ビューホテルの前を通りすぎながら天現寺がいっていたことを思いだした。

『ぼくはね、小説家になりたかった。サイエンス・フィクション、SFを書きたかったんだよね』

大学生のころ、SF専門誌のコンテストに応募したことがあるともいっていた。選考にはまるで引っかからなかったようだが、それでも応募作のタイトルとペンネームが掲載された号は今でも保管してあるとか。

『テーマはタイムパラドクスだった。聞いたことない、タイムパラドクス？　たとえば、ぼくがタイムスリップして昨日に行ったとするでしょ。そして昨日のぼくを殺す。すると今日のぼくは昨日殺されているからもう存在しないんだよね。だから昨日に行ってぼくを殺すことはできない。殺されなきゃ、今日のぼくは存在するわけで……』

あのときと同じようにうっすら頭痛がしてきた。

頭が痛くなってきたと顔に表れていたのだろう。天現寺が申し訳なさそうな表情を浮かべた。その後、おかしな夢を見たのは、たぶん天現寺の話と頭痛が無関係ではあるまい。

確かに大量に——ホッピー通りで牛すじの煮込みを肴に生ホッピーを三杯、焼き肉屋オリジナルの濃厚マッコリを大ジョッキで四杯……、もしかすると五杯、そして浅草ビューホテル地下の英国風パブでジンソーダを二杯——飲んでいた。

ホテルの前で天現寺と別れ、歩きだしたときには、行き過ぎるタクシーのヘッドライトやずらりと並ぶ飲食店の電飾看板が眩《まぶ》しくて、時おり視界すべてが白濁《はくだく》し、目眩がした。足元が頼りなく、吐き気までしてきて、とにかく暗い路地に入って落ちつこうとした。

どこを、どのように、どれくらい歩いたのかはっきり憶えていない。雨が降りだしたとき、目の前に金魚という小料理の店があった。

六十年配くらいの女将に燗酒を注文しておいて、カウンターに座らずまっすぐトイレに行って嘔吐した。酒を飲んで吐くなんて何年ぶりかと思ったものだ。

少し落ちついたところで小便をして、トイレから出てくると、カウンターの内側には最初に見た女将ではなく、三十前後の女がいて、カウンターには中年の男が突っ伏していた。

男が起きあがり、顔を見たとたん、また目眩が襲ってきてトイレに逆戻り、したたか吐いているにもかかわらずまたしても大量に吐いた。床がぐるぐる回っていた。

そのあとのことはほとんど憶えていない。気がついたときには、小上がりに仰向けで寝ていて、六十年配の女将に揺り起こされた。勘定を済ませ、ぼんやりしたまま、少し広い通りに出てタクシーを拾い、帰宅した。

言問《こととい》通りを過ぎ、五差路にかかる。天現寺と別れたあとも同じところを歩き、どこかで路地に踏みこんだはずだが、と思いながら左右を見回す。何も思いだせなかった。

五差路で国際通りを横断し、右斜め前の狭い道に入る。ほどなく右側に白っぽく、殺風景な二階建てが見えてくる。飾り気がなく、病院か学校のような建物は、実際、寄宿舎付きの学校であり、病院でもある。

特別養護老人ホーム〈柊《ひいらぎ》の家〉という看板のかかった門を通り、短い階段を登って玄関に入ると台の上に置かれた消毒液に近づいた。消毒液を少量ずつ手に振りかけ、両手をこすり合わせた後、ハンカチで拭った。

右手にある受付の小窓から中をのぞきこんで声をかけた。

「こんばんは」

「はい」

太った女が返事をして近づいてきた。明るい茶色に染めた髪にパーマをあて、銀縁《ぎんぶち》のメガネをかけて、グリーンのトレーナーを着ていた。パーマのせいで髪が左右に広がり、頭が大きくなっていたし、トレーナーがぴちぴちなのでよけい太って見えた。

「有馬と申します。面会に参りました」

「有馬さんの？」

「息子です」

「ご苦労様です」女は人の好さそうな笑みを見せる。「お手数ですが、受付簿にご記入をお願いします」

窓口に置いてある大学ノートに名前と住所を書いた。

「この時間ならロビーにいらっしゃるんじゃないかしら。まずロビーを見て、そちらにいなければ、お部屋の方を訪ねられてはいかがでしょう。お部屋、わかりますか」

「はい。ありがとうございます」

八十近い父親を預けたまま、滅多に顔を出さない息子ゆえ、部屋の番号がわかるかと心配される。

玄関で靴をスリッパに履き替え、ロビーに向かった。ロビーには、車椅子に座った年寄りが十二、三人いて、大型のテレビを見ていた。そのうちの一人に近づき、声をかける。

「こんばんは」

すっかり白く、まばらになった髪を短く刈り、虚《うつ》ろな表情をしている老人がゆっくり目を動かす。表情筋が利かなくなるのか、高齢になると似たような無表情になる年寄りが多い。老人の左頰の下側に小豆粒大のホクロがある。

「誰、お前?」

口にする言葉までまったく同じだ。

老人──父は息子の顔をすっかり忘れている。

「仙太郎だよ」

「セ、ン、タ、ロ、ウ……」首をかしげ、もう一度いった。「誰、お前？」

あり得ない、と胸のうちでつぶやいた。あのとき、金魚という居酒屋で見た男は、せいぜい仙太郎と同年配か、もう少し若く見えた。

だが、記憶にある四十代の父とそっくりだったような気もする。

あり得ない、ともう一度胸のうちでくり返した。


プロパーがMRと呼ばれるようになったころから私大文系の採用数は極端に減り、薬学系や理系卒、それも修士課程、博士課程修了者が多くなった。四人いる部下のうち、私大文系学部卒は嶋岡一人で、あとは博士が二人、修士が一人だ。現場で困ったことが起こると電話してくるのは嶋岡だけでしかない。

博士、修士だけが所属するクラブがあって、独特の言葉で話をしているように感じることさえあった。唯一の修士である部下にいわせると、修士課程修了では中途半端と見なされ、クラブでは肩身が狭いようだ。もっともクラブというのは仙太郎がひそかに呼んでいるだけで彼らの言い回しではない。

生き抜いてきた、と自負している。同期入社十二人のうち、残っているのは仙太郎一人だ。

だが、これから先はどうなるのか。

今、四十代後半以降の元プロパーは息をひそめ、目立たないようにしている。そして五十代の終わりが近づくころには早期退職勧告を受け入れ、一年、二年の差で収入がどれほど違うかを計算するようになる。できるなら六十歳の定年を迎え、満額の退職金を手にしたいところだが、聞いた話では退職金もいろいろ理由をつけて削減されており、定年まで勤めても生涯収入にはそれほど差がつかなくなっているようだ。

だが、年金を受けとれるようになる六十五歳までは何とか食いつないでいかなくてはならない。リューホウ製薬本体は元より関連会社も人余りで、再就職先はなかなか見つからない。仙太郎が年金をもらえるようになるまであと二十三年もあり、再就職先の問題は元より年金制度そのものでさえ現行のまま存続しているか大いに疑問ではある。

車椅子に背中を丸めて座り、ぼんやり宙を見ている父親はあと一年で八十になる。年金と息子、つまり仙太郎が何とか捻出している金で〈柊の家〉にいるが、自分の場合はすでに離婚していて子供たちとは姓が違うし、元より頼りにしようとも思っていない。養育費にも事欠く今の生活を考えれば、とてもじゃないが、将来子供に負担をかけられないし、息子にしろ娘にしろ何十年も昔に縁の切れた親のために喜んで負担してくれるとは考えられない。

父親からは何ともいえない異臭が立ちのぼっていた。いわゆる加齢臭に歯槽膿漏《しそうのうろう》による口臭——総入れ歯なのに——が加わり、乾きかけた小便の臭いが混じっている。七十歳のころ、前立腺肥大を患い、以降排尿がうまく行かず、いまでは大人用オムツが外せなくなっていた。

「こんばんは」

声をかけられ、目を上げた。グリーンのトレーナーの上に胸まであるエプロンをした若い男で、胸元のネームプレートには〈見習介護士　柴田《しばた》〉とあった。立ちあがった。

「こんばんは。いつも父がお世話になっています。有馬の息子です」

「御苦労様です」

縁なしメガネの奥で目を細めた柴田は父にかがみ込み、耳元でゆっくりといった。

「有馬さん、息子さんがいらっしゃってくださったんですね。良かった」

「はい」

父は宙を見たまま、答える。

「しばらく前から私が息子だということもわからなくなってるんですよ。七十代後半からどっと老いぼれましてね。まあ、自分が何者かもわからないってのは、それなりに幸せなのかも知れませんが」

「永井荷風《ながいかふう》は昭和二十年三月十日の東京大空襲で、偏奇館《へんきかん》と呼んでいた自宅を焼かれました。そのとき蔵書もすっかり失ったんですが、何もかも失ったことでむしろさっぱりした、これで家を焼かれるという恐怖から解放されたなんて日記に書いてますが、強がりでしょうね」

「はあ」

まじまじと柴田を見た。柴田が躰を起こす。ひょろりと背が高かった。照れたような笑みを浮かべ、ネームプレートに触れる。

「文学部の学生なんですが、就職先なんてないですからね。今じゃ、教員も難しいんで介護士の資格を取るしかないかなと思いまして」

「そうなんですか」

「荷風は強がりましたが、自分が家や蔵書を持っていたことも忘れてしまえば、もっと楽になれたんじゃないかと思います。今は空襲なんかありませんが、火事に遭うことはあるでしょうし、離婚によって家族や、住んでいる家をなくしちゃうってのもあり得ますよね」

「確かに家族も財産も一度に失うことには違いありませんが……」

それほど楽な気持ちにはなれませんよという後半は嚥みこんだ。

「だから先に記憶を無くしちゃえば、苦しむこともないのかなって。ここに来て、お年寄りたちを見ているうちに考えるようになりました」

まるでこちらの思いを見透かしたように柴田がいう。

「柴田君、ちょっと」

受付にいた太った女がロビーに出てきて、声をかける。目を向けてきた柴田に小さくうなずいてみせた。

歳を取るって、そんなに大きな罪なのか。

かつて富樫が口にした言葉が脳裡を過《よぎ》っていった。

3

〈柊の家〉を出て、駅とは反対側、北に向かって歩きだした。小学校を右に見て、商店街に出たところで右に折れる。信号のある交差点まで行って、左に曲がり、ゆるくカーブした通りに出た。

両側には、中華料理店、大衆食堂、衣料品店、書店、床屋《とこや》……、一軒一軒眺めていったが、見覚えがあるような気もしたし、初めて目にするようにも感じた。かつて歩いた通りなので、意図《いと》しているわけでもないのについつい記憶をまさぐって、脳の底から引っぱり出し、埃《ほこり》を払ってしげしげ眺めてみようとしてしまう。

やはり記憶というのは厄介なのかも知れない、と街並みを眺めていて思う。見習介護士の柴田がいっていたように記憶そのものが失われてしまえば、必死に守ろうとしてきた蔵書が焼けてしまってもせいせいしたなどと強がらずに済むのは確かだ。

この街並みを嫌い、抜けだそうとして、おれは何を求めていたのだろうか、と考えるうち、ふと我が人生において三十七歳が頂点だったのかと思った。

妻子と別れ、新居となったアパートの明るい色調の木製フローリングに陽《ひ》が射《さ》し、目映《まばゆ》いほどの中にクリーム色の電話機がぽつんと置かれているのを目にしたとき、だ。

　幸福の頂点に達しながらあっさり通りすぎ、断崖絶壁から飛び降りたことを日だまりの電話機が気づかせてくれた。

　幸福の頂点？

　おのが脳裡を過った言葉に疑問符がつく。

　大学二年生のときに出会った、ほっそりして清楚な女性に一目惚れし、一心不乱に口説き落としてようやく結婚にこぎ着け、二人の子供が生まれ、ローンを背負ったとはいえ、マンションを買った。家族四人でテーブルを囲み、缶ビールの中身をグラスに注ぎながら、毒々しいまでに黄色いパエーリアを口に運ぶ娘と息子を見て、自分にいい聞かせていた。

　お前も一国一城の主となった、これが幸せだ、と。

　何度も何度もくり返し、同じことをいい聞かせた。暗示が一瞬でも途切れると、むくむくと疑いが頭をもたげてくる。

　これか？　これが本当にお前の求めていたものなのか？

　お前の人生、こんなものだったのか？

　言葉にしてはならない疑いである。心の底に封じてしまい、できれば、忘却してしまわなくてはならない。

　だが、一度でも浮かんでしまうと、小さなささくれが残る。無視してしまえばよかったと今なら思える。だが、痛みは消えず、つねに意識の底にまとわりつき、傷はとめどなく深くなって、ついに躰を引き裂く。ささくれを意識に登らせた時点ですでに離婚は既定路線だったのかも知れない。元妻も同じ痛みを感じていたかも知れないが、結局、他人の痛みなどわからない。どくどく血を流す傷口を鼻先に突きつけられ、血の匂いすら感じても、痛みはまったく理解できない。

　これ以上傷つけ合うのはやめましょう、と元妻はいい、仙太郎も同意した。正確にいえば、これ以上傷つくのはやめましょう、だったのだろう。

　かすかな記憶を頼りに通りを歩き、やがて右手の少し引っこんだところに一軒の店を見つけた。〈ちゃんこ番　二式《にしき》〉という路上の行灯看板を目にする。

　ちゃんこ屋でもちゃんこ店でもなく、ちゃんこ番という表記と、数字を使ったちょっと変わった名前を憶えている。しかし、実物を目の当たりにすると、記憶にあるよりはるかに真新しく、こぎれいなのに戸惑った。

　少しの間、行灯を見つめて逡巡《しゅんじゅん》していたが、腹も減っていたし、咽も渇《かわ》いていた。ビールを飲み、つまみを一、二品頼むくらいは何ということもなかろうと思いなし、店の前まで行った。短く息を吐き、引き戸を開ける。

「いらっしゃいませ」

　奥から男の太い声がいう。

目の前に緑色に塗られた飛行機のプラモデルが飾られていた。細部まで細かく作り込まれ、ガラスケースに入れられている。エンジンは四つ、プロペラ機だが、変わった格好をしていた。機体の下部が船のようになっているのだ。ケースの中にプレートが置いてあり、そこには〈川西《かわにし》飛行機　二式大飛行艇〉と記されている。店名にちなんで作られたものに違いない。日の丸や機体の番号のシールは古びて、黄ばんでいた。プラモデルを目にしたとき、間違いなく目的の店にたどり着いたことを知った。

「お一人様ですか」

また、男の声だけがする。

「ええ」

「それじゃ、カウンターへどうぞ」

靴を脱いで、下駄箱《げたばこ》に入れた。板張りの店内は、左手に大きなテーブルが二つ、右がカウンターになっている。カウンターは低かったが、掘り炬燵《ごたつ》のように足をおろせるようになっていた。カウンターに近づくと、先ほどの声の主《ぬし》が顔を上げる。元相撲取りだけに大柄だが、記憶にあるよりはいくぶん萎《しぼ》んでしまったように見えた。

店主は小さな目をぱちぱちさせ、しばらく仙太郎を見ていたが、やがて圧《お》しだすようにいった。

「仙《せん》ちゃんの息子さん？」

似ているのだろう。苦笑いしそうになるのをこらえ、小さくうなずく。

「お久しぶりです」

「へえ、仙ちゃん、そんな近くにいたんだ」

二式のマスターがいう。仙ちゃん――仙三《せんぞう》が父の名前だ。

「柊の家ってさ、あれだろ、小学校のわきの」

「そうです。仕事の関係で知り合った方が紹介してくれまして。近所の方がいいだろうって」

自分が何者なのかもわからなくなっているのだから、近所もへったくれもないとはいわなかった。仙三が暮らした家、仙太郎にとって実家は浅草も奥の方、千束《せんぞく》寄り、いわゆる観音裏にあった。今は取り壊され、代わりにマンションが建っている。

「仕事の関係って、今、何やってるの?」

「製薬メーカーで営業やってます」

「そりゃ、儲かるだろ」

「昔の話ですね。今は……」

首をかしげてみせた。マスターはタバコをくわえて、火を点けた。

「で、仙ちゃんはいつから?」

「かれこれ四年……、いや、五年になりますか」

「そうだったのか」

「一人で暮らしてたんです。親父は几帳面なところがあって何でもきちんとやってたんですが、だんだんてめえのパンツすら……」

はっとした。いつもなら自分のパンツというだろう。観音裏に戻ったとたん、言葉つきが変わっていた。

「どこにしまってあるかもわからなくなって。男はいちいち細《こま》けえこたぁ気にしねえって。強がってはいたんですけど」

「おれも他人様《ひとさま》のことはいえねえな。かみさんがいなくなったらアウトだ。それでも歳取った親と同居するってのはいろいろ難しいだろうね。親に資産でもありゃ別だろうけどさ」

マスターは煙とともに吐きだし、ガラスの灰皿にタバコを押しつけて消した。

「一人息子なのに情けないかぎりです」

「あんたを責めてるわけじゃないよ。それに独り者じゃねぇだろ。奥さんと子供、いるだろ」

「ええ、まあ」

母が亡くなったとき、父との同居を考えたろうか。

否《ノー》。

その頃、上の娘は小学校に入ったばかり、下の息子はまだ二歳で、妻は子育てに追われ、髪振り乱し、面やつれしていた。仙太郎は仕事に逃げこみ、親にも、自分の家庭にもできるだけ関わらないようにした。

ビールを飲んだ。

「だいたい男ってのはさ、女房殿がいなきゃ、何にもできねぇもんだよ。けどさ、女房殿にも限界ってもんがあるけどね。逆にあんたが独り者ならよけいに仙ちゃんを引き取って同居なんかできないだろ。会社に行かなきゃならないし、それに仙ちゃんはアレだから」

マスターは左手を口元に持っていき、ひと息に呷《あお》る格好をしてみせる。

「ええ、まあ」

アルコール依存症というほどではなかったが、とにかく毎晩焼酎を飲んでいた。ふだんは大人しい男なのだが、いったん飲みはじめると止まらず、泥酔すると人が変わった。酒乱そのものなのだ。

「歳取ってからは量を飲めなくなってましたし、柊の家に移ってからは一滴も飲んでいないんです」

「やっぱりそういう施設は飲ませてくれないんだね」

「いえ、適度な飲酒は認められているようです。親父は……」

唇を嘗《な》め、言葉を圧しだした。

「酒を飲むことも忘れちまったみたいで」

そのとき、裏口から女の声が響いた。

「ちょっと、あんたぁ、大鍋持つの手伝ってよ」

「山の神のご降臨だ」

マスターは実に嬉しそうに目を細めた。


「へえ、仙ちゃんがそんなに近くにいたんだ。柊の家って、うちのちょい先でしょう。小学校のわきの」

二式のママに訊かれ、苦笑する。訊き方がマスターとまったく同じだ。うなずいた。ママはカウンターの中でまな板にかがみ込んでいるマスターに声をかける。

「ねえ、今度顔見にいってあげようよ」

「それはいいけど、親類でもないのに面会なんかできるのか」

マスターが顔も上げずにいう。ママは眉間《みけん》にしわを刻んだ。

「できるに決まってるよ。刑務所でもあるまいし」ママがふたたび顔を向けてくる。「ねえ」

「はい。ちゃんと受け付けをすれば、面会できます。でも、親父はわかるかなぁ。おれのこともわからなくなっちゃってるんです」

マスターが刺身を引きつづけながらいう。

「わかんなくたって、かまやしないよ。おれたちが仙ちゃんに会いたいだけだからさ」

ママが後を引き継いだ。

「昔話をうんとこさ持ってくよ。年寄りには昔話が一番の土産《みやげ》だからさ」

顔を上げたマスターが言い添える。

「さっき何食ったか忘れても、四十年も前の正月に飲んだ酒の銘柄はしっかり憶えていたりするもんだ」

「そうだねぇ」

そういってうなずくママはレジのわきに置いた丸椅子に腰を下ろし、カウンターの端にあったタバコを取ると、一本抜いてくわえ、火を点けた。

「仙ちゃんって、大人しくて生真面目なんだよね。ここら辺りの連中って口が悪くて、人をからかうのが三度の飯より好きってのばかりだったから、よく仙ちゃんがやり玉にあげられてたわ。何をいわれてもちょっと困ったような顔をするだけで取り合わなかった。ぐっと我慢してたよね」

マスターが躰を起こす。

「その分、酒飲んでタガぁ外れると凄《すご》かった。はいよ、お造り一丁」

マスターがママに刺身を盛り合わせた皿と醬油《しょうゆ》をいれるための小皿を渡す。立ちあがったママは二枚の皿を受けとり、仙太郎の前に並べた。真っ赤な鮪《まぐろ》、白身は鯛《たい》のようだ。それにイカと貝が加わって、四点盛りとなっている。細く切った大根の白、大葉の緑を背景に新鮮そうな刺身が鮮やかな光沢《こうたく》を放っている。

「ママ、日本酒ください」

「はいよ。銘柄は？」

「何でもいいです。ぬる燗で」

「はいよ。一合？」

「いや、二合で」

「毎度ありぃ。はい、お酒、大徳利、ぬる燗で」

威勢良く返事をするのはママだが、酒の支度《したく》に取りかかるのはマスターだ。

小皿に醤油を注ぎ、刺身に添えられていたわさびをすべて放りこんで箸先でぐるぐる回して溶かし込む。

すぐに燗酒が出てきて、やや大振りのグラスとともに手渡された。ママが注いでくれるのを受け、口に運んだ。ほとんどひと息で飲み干す。マスターが心配そうにのぞきこんでいる。

「どう？　ぬるすぎない？」

「ちょうどいいです」

鮪を一切れつまみ上げ、わさび醤油にどっぷり浸してから食べる。噛みしめると赤身特有の旨みに醤油が絡《から》まり、わさびがつんと鼻へ抜ける。爽《さわ》やか、そして、うまい。刺身の上にちょこんとわさびを載せ、醬油に端をつけただけで食べるという気取ったやり方が気に入らない。観音裏に帰ってきたときくらいガキの頃みたいに……。

帰ってきた？

訊きかえしてくるもう一人の自分を無視する。

ママが新しいタバコをくわえて、火を点け、マスターに顔を向ける。

「そういえば、仙ちゃんって、左官《さかん》のシロさんとか、テント屋のヒデちゃんなんかにからかわれて、酔っぱらうといきなり突っかかっていったりしてたね。仙ちゃんてさ、もともと色白な上にいくら飲んでも顔があかくならないから酔ってるように見えなくて、それなのにいきなりこの野郎って始めちゃうからさ。こっちもビックリだよね」

「金縁の丸めがねなんかかけて、ちょっとインテリっぽかった。ヒデ坊なんかは、そいつが気取っててけねぇって、よく小突いてたんだよ。ヒデ坊は酔っぱらうとしつこくて、たち悪いから」

「そうしたら突然仙ちゃんがヒデちゃんの手をバーンって払って」

「で、ヒデ坊が返す手で仙ちゃんを張りたおす」

「でも、懲《こ》りないっていうか、諦《あきら》めが悪いっていうか。仙ちゃんもヒデちゃんに殴りかかっていく」

「そこへ待ってましたとヒデ坊がクロスカウンターだ」マスターが首を振る。「仙ちゃんなりに溜めこんでたんだろうな。それが酔っぱらうとばあっと表に出てくる」

「入り婿《むこ》でしたからね」

仙太郎は口を挟《はさ》んだ。温かな日本酒が体内に広がっていくのを感じる。

「鬱屈《うっくつ》はあったと思います。何で有馬なんて家の養子になったんだろうって、よくいってました。アリマセンゾウじゃ、悪いシャレだって。それにしても自分がいやな思いをしたんだったら倅《せがれ》には同じ思いをさせたくないのが普通の親じゃないですか」

「あれ？」ママが目をぱちぱちさせる。「知らないの？」

「何がっすか」

「あんたの名前決めたの、確かしのぶさんだよ。何だかんだいって、しのぶさんは仙ちゃんにべた惚れでさ。仙の字がいいんだって、そりゃ、のろけてたもんよ」

初耳だった。

ひとしきり夫婦のやり取りを聞き、一段落ついたところで切りだした。今夜、『二式』を訪れた理由はたった一つだけなのだ。

「この辺に金魚って店、ありますか。居酒屋といえばいいのか、小料理屋というか。割りと古い店なんですけど」

マスターとママの反応に意表をつかれる。二人とも凍《こお》りついたようにぴたりと動くのをやめ、まじまじと仙太郎を見ている。その顔には恐怖じみた表情が浮かんでいた。

やがてマスターがおずおずと訊きかえしてきた。

「あるけど……、金魚の話、仙ちゃんから聞いたのかい？」

「いや」いささか狼狽《ろうばい》して答える。「そういうわけでもないんですけど」

父と金魚は何か関係があったのか、あの雨の夜の出来事は夢じゃなかったのか。

すぐに否定する。

いや、夢だ。夢に決まっている。立ったまま、目を開けたまま、いやな夢を見たに違いない。でなきゃ、理屈に合わない、そんなはずはない。絶対に……。

恐る恐る訊いた。

「金魚の話って、何ですか」

マスターが目をしばたたき、たった今眠りから覚めたような顔をしてママを見た。

「もう時効かな」

「時効でいいんじゃないの」

ママのひと言にうなずき、マスターが仙太郎に顔を向ける。

「金魚って店はあるよ。うちの向かいの通りを渡って、交差点二つ分くらい観音様の方へ行ったところを左に入ってさ」

ひだりではなく、しだりと聞こえる。

「それじゃ……」

仙太郎がいいかけたところを、あとを引き継ぐ。

「うん。仙ちゃん家《ち》、あんたの実家の近くだ。金魚ってのは、元芸者の女将がやっててね」

若い時分に旦那がついて、落籍《ひか》され、店を開いたという。元々熱心に商売する必要も、その気もなかったから路地の目立たないところに地味な造りの店を建てた。旦那というのが埼《さい》玉《たま》の大地主だったらしいが、うまい話は長続きしなかった。店を開いて、二年もしないうちに旦那が死んだ。

「急性心不全だってさ。あんたも薬屋ならわかるだろ？　死因がわからねぇってことだよな。相当遊んだ人らしくて、奥さんに毒ぅ盛られたんじゃねぇかって、当時は週刊誌が騒いだくらいさ」

「そんな事件があったんですか」

「事件ってほどじゃねぇけどよ。まあ、金魚姐《ねえ》さんにしても食っていかなきゃならない。おれにいわせりゃ、借金無しで店は自分の持ち物ってだけでもめっけもんだがね。なかなか美人でさ、まだ若かったから結構客もついたんだよ。店の名前は、芸者をやってたときの源氏名でね。よしゃいいのに熱を上げたのが仙ちゃんさ」

マスターはママをふり返った。

「金魚姐さんも七十か」

「いや、六十ちょいくらいじゃない。落籍されたのが二十二、三のころだったはずだから」

母といっしょに、金魚へ父を迎えに行ったことがあったろうか。マスターとママのやり取りを聞きながら記憶の糸をたぐっていた。

4

男と女の間には深くて暗い川がある、と古い歌にある。いまだかつて男と女の間にある川を見たことはなかったが、深くて暗い川に漕ぎだしたことはたった一度だけあった。十二歳の春のこと、そして今、目の前でゆるく湾曲している通りがその川だ。

タクシーが一台、減速しながら近づいてきた。赤く灯った空車のランプが目につく。運転手は減速し、歩道に突っ立っている仙太郎の顔をのぞきこんだが、何も反応しないと、小さく首を振り、口元が舌打ちするように動くのが見えた。そんな気がしただけで、思い過ごしかも知れない。二台、三台とたてつづけにタクシーが通りかかり、同じように減速しては運転手が仙太郎を見ていった。景気が悪いのだ。わかっていても仙太郎は動かなかった。

十二歳の春、私立の中高一貫校へ進学した。合格発表の掲示板を見間違え、不合格だと思いこんだ瞬間の絶望は、今でも夢で味わうことがある。とくに疲れているときによく見ていたし、掲示板に自分の番号がないのを見ると、疲れていると自覚したりもする。

観音裏を出て、まったく違う場所にある学校に通うと決めた。小学校を出たばかりの男の子にとって東京をほぼ縦断する通学は大冒険だったはずだが、この土地から逃《のが》れられるという嬉しさばかりが先に立ち、不安はまるでなかった。

決心した理由は二つあった。一つは酔っぱらうたびに意識を失い、小便を漏らす父から逃れること、もう一つは巻き舌じみた同級生の喋《しゃべ》り方が嫌だったからだ。

『そこんとこを左《しだり》へ曲がって、あとぁ真っ直《つ》ぐだ』

同じ東京を舞台にしているはずなのにテレビに映しだされる世田谷《せたがや》の子供はまるで違った話し方をしていた。

それでも中学校、高校には観音裏の自宅から通学したし、大学に進んでからも住まいは変わらなかったが、大学生になるとアルバイトだのサークル活動だのにかこつけて何日も帰らなかったり、当時付きあっていた女のマンションやアパートに転がりこんで同棲の真似事もしていた。相手は学生であれ、OLであれ、ひとり暮らしさえしていればそれだけで良かった。飽きれば、わざと喧嘩《けんか》を吹っかけ、壮絶な修羅場を経て、女の部屋を飛びだした。そういうときだけは、実家に戻り、短ければ数日、長いときには一、二カ月ばかり自分の部屋に引きこもり、飽きれば、大学に出かけ、別の女やアルバイト先を見つけて出ていった。

今の会社に入ってからは部屋を借り、実家にはほとんど近寄らなかった。夏期休暇や正月休みは旅行にあてたり、それほどの金がないときには自宅にこもっていたものだ。

肚《はら》をくって通りを横断する。サラリーマンになってからも観音裏近辺にやって来ることはあったし、通りを渡るのが十二歳以来というわけでは決してなかったが、先日、天現寺と別れて迷いこんだのが何年ぶりかになる。

かつての実家のある方に向かって歩きだした。傍らをタクシーが通りすぎていったが、歩いているかぎり減速することはなかった。

信号のある交差点で立ちどまる。交差する通りもこぢんまりとした商店街になっている。もっとも廃業したところも多く、錆《さ》びついたシャッターに貸店舗の紙が貼られ、その紙も雨に打たれて変色していた。

信号が黄色から赤、そして青へと変わったが、横断歩道には踏みださず左へ曲がった。古びた小さな商店が目についた。閉ざされたシャッターに精肉店の文字があった。子供の頃、母親に連れられ、店頭で揚げたてのコロッケを買ってもらった思い出がある。店の名前には黒いスプレーで大きく×印が描かれていた。イタズラなのか、閉店したのかはわからなかった。電話番号の局番が三桁のままだ。右隣りには五階建てのマンションが建っていた。それほど新しくはないが、見覚えはなかった。精肉店の左隣りの商店にも母といっしょに来ているはずだが、いくら考えても何屋だったのか思いだせない。しばらく行くとコンビニエンスストアが見えてきた。深夜、煌々《こうこう》と灯りがともっているのはそこだけでしかなく、ずらりと並んでいる街灯も薄暗く感じた。

コンビニエンスストアの角で足を止める。左に行けば、かつての実家の前にたどり着く。

逡巡《しゅんじゅん》していた。

緊張し、心臓の鼓動《こどう》が速くなるのを感じる。

無意味だ、と胸のうちでつぶやいた。かつての実家はとっくに取り壊され、マンションになっているし、母は死に、父は〈柊の家〉にいる。小学校のころの友達と行き来はなく、何十年も会っていない。この場ですれ違っても互いに顔もわからないだろう。

だが、金魚での出来事が……。

首を振った。

「馬鹿馬鹿しい」

わざと声を圧しだした。狭いトイレで、昭和そのままに鎖付き取っ手など見たせいで立ったまま夢を見たに過ぎない。

コンビニエンスストアの手前を左に折れ、路地を歩きだした。住宅が密集し、半分以上がマンションになっている。かつての実家も周囲の数軒とあわせて潰され、更地《さらち》となった上にマンションが建てられている。

少し歩くと、角地が駐車場になっていた。車が二十台ほど停められそうで敷地としてはやや広めだ。一台ずつ計測板を踏み、出入り口で精算するタイプの二十四時間駐車場だが、固定資産税分くらい稼げるのだろうか。車が入っているコマは半分ほどでしかない。

傍らを通りすぎながらふいに思いだした。そこは昔、銭湯があった場所だ。幼稚園に通っていた頃まで母親といっしょに来ていたが、ある事件をきっかけに一人で来るか、近所の友達と来るようになった。

母親に連れられてきている以上、女湯に入っていたのだが、幼稚園の先生に会ってしまったのだ。せめて小学生になっていれば、自分の幸運に躍《おど》りあがったものだろうが、あのときはひたすら恥ずかしかった。

自分が裸であることが恥ずかしかったのではない。母親のものほど大きくはない先生の乳房や鮮やかな紅色の乳首、平らなお腹、白く張り切っていた太腿が恥ずかしく、そこにいつも幼稚園で見ているのと同じ顔があることがやりきれないほどに恥ずかしかった。

先生の方が恥ずかしいというのなら話はわかるが、先生が裸であることが仙太郎には顔も上げられないほど恥ずかしかった。その日以来、男湯に入るようになりながら銭湯の出入り口や、番台近辺では先生の姿が見えないか、せめて声くらい聞こえないかと期待し、どきどきしていた。

駐車場を通りすぎ、さらに行くと、小路が交わっているところについた。左には自分にとって深くて暗い川だった通りの街灯が見え、タクシーが通りすぎていく。小路から見るとやけに眩しい。右に目を転じると、紫色の行灯を置いたスナックとその先に赤提灯が見えた。

赤提灯なんか下がってたっけ？　ふと思ったが、たぶん金魚に間違いないだろう。

天現寺と別れたあとは周囲がよく見えなかったし、ひょっとしたら目をつぶって歩いていたかも知れない。雨が降ってこなければ、顔を上げもしなかっただろう。右に曲がり、小路を歩きだす。年季の入ったスナックの前を通りすぎ、軒先に赤提灯が下がっている店に近づく。紺色ののれんには、確かに金魚の文字があり、のれんの端には小料理と入っていた。

のれんをめくって引き戸に顔を近づけ、中をのぞく。カウンターに向かってきちんと並べられたスツールは見えたが、客の姿はなかった。カウンターの上にも何も置かれていないところを見ると、トイレに立っているというわけでもなさそうだ。芸者上がりだという女将の姿も見えない。

思い切って引き戸を開けた。

「いらっしゃいませ」

カウンターの中で座っていた女将が立ちあがる。仙太郎は店の中に入っていった。

「この間はすみません」

しかし、女将は何もいわずに仙太郎の顔を見返している。派手に隈取《くまど》りした目を大きく見開いていた。

「え？」女将が瞬きした。「何？」

「お詫《わ》びを申しあげたんです。初めて来た店で酔いつぶれて、寝ちゃうなんて」

「初めて……」

またしても女将は目を見開いたまま、仙太郎を見つめていた。少し間が長すぎる。

「どうかしましたか」

「あ」目をしばたたき、苦笑した女将がカウンターを指した。「ごめんなさいね。ちょいと考えごとしてたもんだから失礼しました。どうぞ、お座りください」

スツールを引き、腰を下ろす。

「久しぶりに焼き肉屋の自家製マッコリを飲んだものですから思ったより効いたみたいで」

「気にしないで」

女将が差しだすおしぼりを受けとった。女将の眼差しがきつい。何かを探るような目つきともいえる。

「私の顔に何かついてますか」

「いえ」女将はあわてて目を逸らした。「ごめんなさい。焼き肉屋のマッコリって、どこの?」

「ビューホテルの向かいにある路地の店です」

「あの辺は本物よね。お肉もマッコリも」

「よく行かれるんですか」

「いやぁ、あたしはお肉があまり好きじゃないから。でも、うちのお客はよく行ってるみたいよ。美味しいって評判」

「そう。うまいんです」

「それで、何になさる？」

「ビール、ください」

「生、それとも瓶？」

「瓶でお願いします」

おしぼりで両手を拭きながらカウンターの前を何げなく眺めた。シールが何枚も貼られている。千社札を模した名前入りや、プリクラが大半だ。シールの上にシールが重ねられているところもあった。

「これ、お客さんが貼っていくんですか」

「そうなのよ」お通しの支度をしながら女将が答えた。「そんなところに千社札なんか貼ったって御利益《ごりやく》なんかありゃしないってのにねぇ。あんまり見映《みば》えは良くないけど、まあ、お客さんのすることだからね」

この間、夢で見た男が座っていたのは右隣になる。前に視線を移すと、一枚の千社札が目についた。上部に名字が小さく横に並べて印刷されており、下が名前だ。長年の手垢《てあか》にまみれ、黒くなっていた。

生唾を嚥み、千社札に記された名前をじっと見ていた。

有馬仙太郎とあった。

5

グラスに注いだビールをちびちび飲みながら自分の名前、もしくは自分と同じ名前が入った千社札シールを何度も見た。

〈ちゃんこ番　二式〉夫婦の話からすれば、金魚は父が入れあげていた店ということだ。ならば、千社札を貼ったのは父なのか。でも、どうして有馬仙三ではなく、有馬仙太郎なのか。千社札の表面は灰色になっていて、すり切れ、文字がところどころ剝《は》げていたが、ちゃんと読むことはできた。父が息子の名前を入れた千社札シールを作ったとは考えにくく、むしろ同姓同名のまったくの他人が金魚に来て、貼っていったと考えた方がまだ可能性があるような気がした。少なくとも父から仙太郎の名前が入った千社札など見せられたことはない。

『変なこと、訊くようだけどさ……』

千社札を見つめているうち、天現寺の声が脳裡を過《よぎ》っていく。

『有馬君の夢って、何だった？　夜、寝てて見る方じゃなくて、将来プロ野球の選手になりたいとか、パイロットになりたいとか。たとえば、中学生のころとかさ、どんな夢があった？』

いえるはずがなかった。まして訊かれた場所が浅草なのだ。

夢は、観音裏を出ていくこと、できれば、二度と戻らないこと。

いえるはずがない。

しかし、考えようによっては自分が生まれた家、土地から出ていくというのは、夢としてはそれほど珍しいことではないのかも知れない。天現寺にしたところで故郷を離れ、国立大学に進んだはずだ。

瓶に残っていたビールをグラスに注ぎ、飲み干すと立ちあがった。女将が顔を上げる。

「お愛想？」

「いや、トイレ」

トイレと口にしたとたん、咽もとに脈拍を感じた。生唾を嚥み、声を圧しだす。

「ぬる燗、お願いします。二合で」

「はい」女将がにっこりする。「今夜は大丈夫そうね」

「すみません」

「謝ることないわよ。この間は真っ白な顔をして、具合が悪そうだったから」

女将が一升瓶を取りあげたのを潮に立ちあがった。トイレに向かう。目眩はなかった。戸を開け、恐る恐る中を見まわす。壁は白く塗られ、下半分に水色のタイルがびっしり張ってある。床もタイル張りで、一段高くなったところに和式の便器があった。天井に近いところに木製のタンクが取りつけられ、そこから鎖がぶら下がって、方錐形をした白っぽい取っ手がついていた。

小便が終わっても目眩がすることはなかった。取っ手を下げて水を流した。その場で反転し、鍵を外してドアをそっと開く。

カウンターにはビールの空き瓶とコップ、通しの皿があるだけで、ほかの客の姿はない。女将にも変わりはなかった。トイレを出て、元のスツールに腰かける。

「夢か」

思わずつぶやいてしまった。女将が手を止め、仙太郎を見る。

「何？」

「あ、いや、何でもありません」

「はい。おしぼり」

「ありがとうございます」

湯気を上げているおしぼりを受けとり、手を拭いて、カウンターに置く。何も起こらなかった。ほっとしたのと、残念な気持ちが綯《な》い交ぜになっていたが、安堵の方がはるかに勝っていた。

この間はまともに目を開いていられないほど酔っぱらっていたし、突然雨が降ってきて、顔を上げたら偶然金魚の前にいて、スツールに座ることなく、トイレに行った。用を足している間も躰がぐらぐら揺れて、二度も三度も嘔吐して……、いつの間にか前回との違いを一つひとつあげつらっていた。

そっと苦笑する。

「どうしたの、思いだし笑い？」

「あ、いや」

女将がガラスの猪口を差しだしていた。受けとると、二合徳利を差しのべてくれる。酒を受けた。猪口はガラスで大振りゆえ、猪口というよりビール用のコップに似ていた。

「大きすぎて色気がないでしょ。でも、うちのお客はのんべえが多くてね、猪口でちょこちょこってのがまどろっこしいって嫌がるのよ」

「これでいいですよ」

酒を口に含む。きりっとした酒が口中に広がった。猪口……、グラスを持ちあげ、飲み干す。女将がつきだしている徳利に手を伸ばした。

「お一つ、いかがですか」

「そうね、いただこうかしら。ほかにお客もいないし」

女将も同じグラスを取りだして、酒を受ける。しばらくの間、差しつ差されつ燗酒を飲んだ。

「しかし、何だわねぇ、十年ひと昔なんていうけどさぁ、還暦過ぎちまえば、二十年も三十年も変わりゃしない、どれもこれもひと昔でごっちゃよね。こんな話を若い頃に聞いた日にゃ思ったもんさ、ああ、やだやだ、年寄りはいやだねって。二十年も前なのにまるで昨日みたいだなんていいやがってさ、とか何とか。でも、自分が婆ぁになってみるとわかるもんよねぇ」

女将はしみじみといってタバコをくわえ、徳用マッチを擦《す》って火を点けた。黒いセーターにスラックスも黒、黄色のエプロンをしている。女将は厨房になっているカウンターの内側に立ち、料理台に腰をあて、躰をあずけるような格好をしていた。ふうっと煙を吐き、言葉を継ぐ。

「お客さん、いくつ？」

「四十二になります」

「ああ、それならあたしのいってることも少しはわかるでしょ。三十年前なら十二か。小学校の六年か、中学に上がったばかりだね。ねえ、テレビの番組でさ、懐かしのあの頃なんてやってるのを見ると、あれ？　こんな昔だったかしらって思うこと、ない？　フィルムだとすり切れてるのか知らないけど雨みたいのが降ってたりさ、ビデオでも滲《にじ》んじゃってて、何だかすっごく昔って感じってするでしょ。でも、記憶の中の風景って色褪《いろあ》せないのよね」

女将は身を乗りだすようにして訊いてきた。

「ねぇ、もどかしくなることない？」

「もどかしいって……」

「記憶っていってもね、あたしがいいたいのは何年の何月何日、何時頃、どこで何があったってことを憶えてるかどうかって話じゃないのよ。いつのことだったかなんて思いだせないんだけど、何かあったときのシーンっていうかさ、映画の一場面みたいに憶えてることってない？　そりゃ、いつのことだったか調べることはできるよ。その頃流行った歌とか、事件とか思いだしたり、同じとき、同じ場所にいた人と話をしてれば、ああ、それは何年前の春だったとか、思いだせるじゃない。あたしがもどかしいってのは、そのときの様子がはっきり目に浮かんでるわけでね。一緒にいた連中の声もちゃんと聞こえるし、何をいったかも憶えてる。たとえば、そんときに一緒に饅頭《まんじゆう》食ったとしたら、饅頭のあんこについた歯形までくっきり思いだせるのよ。全部鮮明に思い浮かべられるし、確かにそのときそこにいたのも確かなのに手を出せないでしょ。当たり前の話なんだけどさ。光景は目の前にあるのに声もかけられない。ね、もどかしいでしょ。あのとき、あの子にあんなこといっちゃったけど、本心は違ったのよとかね。きちんと説明すればわかってもらえるのに、そのときは何となくそのままになっちゃって、それきり気まずくなって会わなくなっちゃったりすることってあるでしょ。あたしはかくかくしかじかって思ったからそういったんだけど、言葉足らずだったわ、ごめんなさいって謝りたいんだけど、手が届かないのよね。まして相手がもう死んじゃったりしてるとさ」

きちんと話したからといって必ずしも通じるとはかぎらない。さらに手ひどい喧嘩になる可能性もあると思ったが、口にはしなかった。女将がつづける。

「いやよねぇ、六十年以上人間やってると、死んじゃってる知り合いとか友達も結構いるのよ。ましてこんな商売でしょ。馴染《なじ》みは酒飲みが多いからさ。肝臓やられちゃったりして、五十代でぽっくりなんてのも多かったわ。帳簿つけてみる気はないけど、あの世とこの世と、会いたいなって思う奴の名前を書き並べていったら、もうあの世にいる連中の方が多いかもね。年々歳々死んでいくわけでしょ。そのうち皆《みーんな》死んじゃって、こっち側には会いたい奴なんて一人もいないってなったら、あっちへ行くのも悪かないかな、なんてね。そうなったら死ぬのも怖くないし、あの世が楽しみになるかも知れない」

まくし立てるというのでは決してない。女将の声がしっとりしていて、やや低く、よどみなく、いい調子でも速すぎないからだろう。むしろぽんぽんというリズムが心地よい。コップ酒を口に運びつつ、女将が喋るのを聞いていた。

そのうちに気がついた。女将はタバコに火を点け、煙をふうっと吐いては喋っている。現に今もタバコを吸いこんだ。ぽっと火口《ほくち》が明るくなり、一センチ近くも燃える。女将は灰皿の上にタバコをかざして軽く叩いた。灰が落ちる。すでに二十分か、ひょっとしたら三十分、話しながらタバコを吸い、灰を落としているが、その間一度もタバコを消していないし、新しいタバコに火を点けたのも見ていないような気がする。灰が落ちている以上、一時期話題になった電子タバコの類ではないだろう。煙は周囲に広がっているし、匂いもある。また、フィルターを唇に挟んで吸いこんだ。火口が輝く。タバコの長さは半分ほどになっている。灰皿に灰を落とし、くわえ、吸いこむ。火口が輝く。タバコの長さは相変わらず半分ほどだ。

酔っぱらったのか。いや、酔い足りないんだと自分にいい聞かせ、コップ酒を飲み干し、手酌で注いだ。ひょっとしたら徳利から流れる酒にも際限がないのかとちらりと期待したが、最後のひとしずくがコップに落ちた。

空の徳利を差しあげ、振ってみせた。

「同じのを」

「はいよ」

女将は手にしていたタバコを灰皿に押しつぶして消した。ガラス製の小さな灰皿にはたった今女将が消した吸い殻が一本あるだけだ。また目眩がしそうになってこめかみに指をあてる。一升瓶を手にした女将が心配そうに仙太郎をのぞきこむ。

「大丈夫?」

「ええ」

うなずいたとたん、ワイシャツの胸ポケットでマナーモードにしたままの携帯電話が振動した。取りだした。液晶画面には元妻の名前が表示されていた。できるかぎり言葉を交わしたくないがゆえに大半の用事をメールで済ませるはずなのに直接電話をかけてくるのは珍しい。

養育費が振りこまれていないといってきたメールにまだ返信していなかった。振りこまないで済ませるつもりはない。金の手当をしようとあれこれ考えているうちに時間が経ってしまっただけだ。業《ごう》を煮やし、直接電話をかけてきたのだろう。無視しようかと思った。明日の朝、メールを打ち、昨夜は接待で人と会っていて出られなかったとでも書けば済むのではないか。

舌打ちし、自分は悲観的に過ぎるのかも知れない、と思う。嘘のメールを打ったことが元妻に露見し、それでなくても不利な立場がますます悪くなることを想像してしまったのだ。いや、気が小さいだけか。立ちあがり、店の外に出てからボタンを押し、耳にあてる。

「もしもし」

後ろ手に引き戸を閉めた。

「良かった」

元妻の第一声には心底安堵したという気配があった。少なくとも養育費のことではないらしい。少しだけほっとする。

「何だ、こんな時間に」

「今すぐこっちに来られないかしら」

それから元妻は自宅マンションがある千葉県内の病院名を告げた。比較的大きな総合病院なので今まで何度も営業で行っている。

「何があった?」

「年也《としや》が車にはねられて、病院に運ばれたの」

「どうしてこんな時間に?」

「塾からの帰りだったのよ。自転車に乗ってて、お年寄りが運転する軽自動車にはねられて」

おは要らないだろ、とむかっ腹を立てる。息子をはねた相手なのだ。年寄りでたくさんだと腹の底で罵りつつ、口にはしなかった。

「輸血が必要なんだけど、年也はA型でしょ」

仙太郎は同じA型だが、元妻はAB型なのだ。

「私の血じゃ駄目なのよ」

「わかった。今からそっちへ向かう」

「今、どこなの」

訊かれたが、何となく観音裏にいると答えたくなかった。

「三、四十分で着くと思う」

そう答えて店の中に戻った。女将は徳利を手にして立っている。

「何かあった?」

「子供が交通事故に遭って。すぐに行かなきゃならない」

「そりゃ、大変」

「申し訳ないけど、お愛想してください。今頼んだ分もちゃんと勘定に入れて」

「いいわよ、あたしが飲みゃいいんだから」

尻ポケットから財布を取りだし、一万円札を抜いてカウンターの上に置いた。女将がすぐに釣り銭を差しだしてくる。受けとって、背広のサイドポケットにねじこんだ。

「また、来ます」

「気をつけて。お子さん、大きな怪我じゃないといいけど」

「ありがとう」

金魚を飛びだすと、十二の春に渡った暗くて深い川になぞらえた通りに向かって走りだす。息が切れ、肺が焼きつきそうになったが、スピードを緩めはしなかった。行き交う人はいない。

通りに出た。右を見る。左を見る。こういうときにかぎってタクシーが見あたらない。迷わず観音様の方に向かって走りだした。少しでも御利益に近づけるかも知れないと思った。

やがて一台のタクシーが対向車線に出てきた。

手を上げ、大きく振る。

「ちくしょう」

思わず罵《ののし》った。

空車のランプが消えている。

〝おかけになった番号は電源が入っていないか、電波の届かないところに……〟

電話を切った。タクシーに乗りこんでからすでに三度目になるが、元妻にはつながらなかった。

「何をやってるんだ」

病院にいるから電源を切っているのか、それとも出ないようにしているのか。緊急事態だろうが、と胸のうちで罵る。やがてタクシーが病院の門を抜け、夜間入口の前に停まった。料金を払って釣り銭をもらい、蛍光灯が白々と照らしだしている玄関に入った。すぐ右側に受付窓口があって、ワイシャツにネクタイという格好の男性事務員が座っている。駆けよった。

「すみません。有馬……、五十嵐年也の家族ですが。交通事故に遭ったと連絡を受けまして」

呼気には充分すぎるほどアルコールの匂いが混じっているだろうが、事務員はまるで表情を変えなかった。

「こちらから入って廊下の突き当たりが救急の処置室になっています。そちらにいらっしゃいますう」

「ありがとう」

廊下を小走りに進むと、壁際のベンチに座っていた元妻が立ちあがる。ジーパンにトレーナーという格好で、化粧っ気はなかった。並んで座っていたジャージ姿の娘も立ちあがった。元妻は目を真っ赤にしていた。顔が腫《は》れぼったい。娘も泣いていたのだろうが、すでに涙は乾き、固い表情をしていた。娘の緊張を解きほぐそうと笑顔を見せようとしたが、うまくいかなかった。

元妻がすがりついてくる。

「それで怪我の具合は」

「ひどいらしい……」

そこまでいっただけで元妻はしゃくり上げ、声を詰まらせる。言葉ではなく、涙が溢れてくる。

「ひどいって、どんな状態なんだ?」

「今、手術中」娘が答える。「今のところ、命に別状はないって」

長女は紀子《のりこ》という。弟で、長男が年也。今は元妻の旧姓五十嵐になっているが、元は有馬。紀子の紀、年也の年で、アリマキネンになるが、意図して付けたわけではなかった。

「血が……」

元妻がいいかけ、また嗚咽《おえつ》を漏らす。

「わかった」

処置室から看護師が出てきたのを見て、元妻の手を外し、近づいた。

「五十嵐年也の父です。私はA型ですからすぐに採血をしてください」

「わかりました。こちらへどうぞ」

看護師につづいて、別の個室に入った。最初の看護師は出ていったが、すぐに代わりの男性看護師が来て、採血の準備を始める。

「A型ですから息子に輸血できます」

「そちらにお座りください」台の前に置かれた丸椅子を顎で指し、看護師がいった。「採血させていただいたあと、一応、交差適合試験をします」

医療事故を防ぐためなのだろうが、まどろっこしさにこめかみが膨れるのを感じた。

「A型です。間違いありません」

「腕を置いてください」

台の上にあった黒いクッションに腕を置く。A型なのは間違いなかった。かたくなな看護師に腹が立ったが、唇を結び、ゴムバンドが腕に巻かれるのを見ていた。注射針が突きたてられ、採血が始まる。

「最近、献血とか採血とかしましたか」

「いえ」

「それなら二百から四百まで採れますが」

「四百……、採れるだけ採ってください」

看護師は返事をしなかった。

採血が終わり、個室を出るとふたたび元妻と娘が寄ってくる。声をかけようとしたとき、処置室の上にあった手術中のランプが消えた。扉が開き、薄緑色の手術着姿の若い医者が出てくる。ラテックスの手袋を外していた。

「先生」近づいて声をかけた。「五十嵐年也の両親です」

「はい」

うなずいた医者は目を上げた。青白い顔の表面が脂汗に光り、うっすらと無精髭が伸びている。救急病棟に詰めている医者は誰もが疲れきり、患者より病人っぽい様子をしている。

「命に別状はありません。ただ……」

「ただ？」

「右腕を切断しなくてはなりませんでした」

元妻が大声をあげて、その場に泣き崩れた。

第三章　五千円札

1

「使えないこともありませんが、いいんですか」

女性の声にはっとして顔を上げた。いつも利用している地下鉄駅売店の店員は、差しだした仙太郎の手をじっと見ている。

「額面通りにしかなりませんけど」

ほぼ毎朝利用しているというのにちゃんと顔を見るのは初めてかも知れない。売店のオバちゃんとしか思っていなかったが、意外に若かった。

今朝もあんパンと無糖の缶コーヒー、日日スポーツを買おうとして財布から紙幣を取りだしていた。握っているのは、旧い五千円札で、聖徳太子《しょうとくたいし》が笏《しゃく》を持っている。びっくりして思わずまじまじと見つめてしまった。旧紙幣を集める趣味はないし、そもそもいつの間に紛《まぎ》れこんだのかわからない。

「すみません」

代わりの千円札を渡し、釣りを受けとった。

頭蓋骨《ずがいこつ》にびっしり油粘土が詰まっているようだ。気がついたら、いつもの朝と同様、あんパンを買っていたが、食欲はまるでなかった。パンを背広のサイドポケットに押しこみ、立ったまま、缶コーヒーを飲み干す。よく冷えたコーヒーが渇いた咽にうまかった。スポーツ紙をわきに挟んで改札を抜ける。

目覚まし時計が鳴ったのにも気づかず寝過ごしてしまった。せいぜい二十分ほどでしかなかったのだが、急いで身支度を済ませ、部屋を飛びだした。

駅に向かっている途中、はっとして襟元に手をやった。ネクタイを忘れた気がしたのだ。でも、いつも通りのシングルウィンザーノットで結ばれていた。

サラリーマンになって二十年、手は自動機械となってネクタイを締めるようだ。

電車に乗りこみ、出入り口わきの壁にもたれる。

幸／不幸の比率が五分五分という法則に従えば、小学校高学年で年也はすでに右腕を失うほどの幸運に恵まれていたことになる。

二機の旅客機がニューヨークの高層ビルに突っこんだところから始まった二十一世紀に有馬仙太郎の長男として生まれた。しかも両親は四歳の時に離婚している。どこに右腕と引き替えになるような幸福があったろう。もっとも離婚など今ではありきたりすぎて幸／不幸の比率には何ら影響を与えないのかも知れない。

小学生のうちに右腕を失って、これから先どのような苦労が待っているのかと心配はするが、いくら想像を巡らしてみたところで本人の苦しみを理解することにはならないだろう。

一方、今回の事故がなければ、年也が幸せかと問うこともなかったに違いない。

我が子の幸せを願わない親はいないだろうが、子供の幸せなどふだんはあまり意識しない。親としてできるのは飢えない程度に食わせ、雨風をしのげる屋根を用意するくらいではないか。

以前、子供をプロゴルファーにしようとしていたある病院の事務長にいわれたことがあった。

『プロを目指すならクラブを握り始めるのは四歳じゃ遅いんですよ。三歳のうちにレッスンを受けはじめないとならないんです。実際、あのプロも……』

世界一稼いでいるプロゴルファーの名を口にした。冗談をいっているようには見えなかった。

『わたしゃ、子供の頃から運動がからきしでしてね。だから子供にはわたしと違った道を歩いてもらいたいと思ってるんです』

話を聞きながら蛙《かえる》の子は蛙じゃないのか、鳶《とんび》が鷹《たか》を産むなど遺伝子上あり得ないと考えていた。もちろん口にはしなかったが。

DNAは未来を縛《しば》る鎖だ。

などと偉そうにいえた義理でないことは自覚している。事故で腕を失うことがなければ、年也の幸せとか、将来とか、ほとんど考えることがなかった。

今だって、こうして電車に揺られ、埒《らち》もないことをあれこれ考えているが、どうどう巡りをしているだけだ。それより滞っている養育費の算段をした方がはるかにましだろう。

もう一つ、これまたあれこれ考えても詮ないのだが、年也をはねた老人のことだ。すでに八十代半ば、アパートで一人暮らしをしていて、年金だけでは食べていけないので、近所のゴミ捨て場を軽自動車で回って古新聞や空き缶を集め、わずかな現金を得て生活の足しにしている。

ずっと町工場で働いてきた人らしく、実直、一途、生真面目《きまじめ》ではあるが、結婚したことはない。親、兄弟すべて死んでいて、本人にしても生来の口べたにくわえ、少々ぼけてきているのか警察の取り調べにも満足に答えられないようだ。自動車の任意保険には加入しておらず、賠償金どころか治療費すら満足に取りようがない。

『お気の毒ですが……』

最寄りの署で会った警察官はいった。

『被害者が泣き寝入りというケースもままありましてね』

取りあえず治療費や入院費は年也の生命保険でまかなうにしても、加害者から一円も取れないとなると、この先金銭的負担が増えるのは目に見えている。

電車が大手町に着いた。スポーツ紙を開くこともなく、脇の下に挟んだまま電車を降りた。ため息が漏れる。

今日という日は、もう始まっている。歩きながら手帳を取りだし、開いた。

六月十二日の欄には、午後六時、六本木鮨鶴《すしつる》と赤い字で書いてある。丸で囲み、気合いと書き添えてある。大事な接待という意味だ。

他社とある医者を取り合うのだが、相手は営業能力に長けた屈指のＭＲで分の悪い勝負になることは目に見えていた。

せっかく買ったスポーツ紙が急にもったいなくなり、せめていつもの占い欄を見た。

仕事運／苦労して、報われず。

新聞をゴミ箱に叩きこんだ。ついでにあんパンも捨てる。

「しゃきっとしろ」

声に出した。自分で自分を励まさなくてはならないほど疲れている。

野球ぅ、すーるならぁ
こういう具合にしやしゃんせ
アウトッ、セーフッ
ヨヨイのヨイッ

歌というより、ほとんどがなり合いだ。声が途切れると同時に左右からグーが突きだされ、アイコになる。

すかさず、かけ声がかかる。

「ヨヨイのヨイッ」

また、グーが二つ。

「ヨヨイのヨイッ」

今度はどちらもチョキ。

「ヨヨイのヨイッ」

今度は一方がグーで、もう一方がパー。

「や、や、やった。やったァ」

パーを出した嶋岡は大きく広げた手を天井に向かって突きあげた。握り拳を出した女が顔をしかめ、大げさに舌打ちする。

鮨屋で食事を済ませたあと、二次会でやって来たのだが、高級個室居酒屋というのはしみじみ矛盾《むじゅん》以外の何ものでもないと思った。

そもそも居酒屋というのは、一本八十円のシロや九十円のヤキトンを肴にコップ酒かホッピーを呷《あお》るのが相場だろう。しかし、今、目の前のテーブルにはシャンパンの空き瓶が林立し、カナッペを盛った大皿が置かれている。

個室というのも矛盾だ。天井に近いところに取りつけた棚のテレビではプロ野球中継が流され、打ったといっては乾杯、打たれたといっては一気飲み、開放された空間で知らぬ同士が贔屓《ひいき》チームを応援しているものだ。それが楕円形《だえんけい》のテーブルを囲んでソファが配され、最新鋭の通信カラオケに五十インチはありそうな薄型ディスプレイ、スイッチ一つで照明の明暗が調整でき、ミラーボールを回すことまでできる。

何のことはない。カラオケボックスを、オーナーが代わったのを機に高級個室居酒屋と看板を掛け替えただけに過ぎない。シャンパンやブランデー類はそれなりの値段になるが、料理は安っぽく、不味《まず》い。

それでも〝大人〟が乱痴気騒ぎをするには都合がいい。

「やった、やった、やった」

パーを出したまま、飛び跳ねている嶋岡は、ワイシャツにネクタイを締めてはいるが、トランクスにナイロンソックス、靴は履いていないという間抜けな格好だ。

相手の女は純白のシルクブラウスを着ているものの、その下はガーターベルトに吊ったブドウの蔓《つる》のような模様入りのストッキングと、Tバックの小さなパンティという格好だった。ストッキングもパンティも黒である。

女の名前は、吉良飛鳥《きらあすか》。すらりとした体軀――公称百七十二センチだが、おそらく裸足で百七十五はある――に切れ長の大きな瞳、きりりとした顔立ちで、宝塚の男役風の名前がいかにも似合う。それでいて艶《つや》のある口紅に彩《いろど》られた唇だけぽってりして、強烈に女を感じさせた。近寄りがたいほどの美人だが、リューホウ製薬とほぼ同規模の薬品メーカー、つまりライバル企業でMRをしている。年齢は仙太郎と同じく四十二だからプロパー時代に採用されていた。

「わかった、わかった、騒ぐな、坊や」

吉良はそういうと、テーブルの上に右足をどんと載せた。ブラウスの裾が割れ、ストッキングを留めているガーターベルトの間から白い太腿が露わになる。

「わっ、大人の絶対領域」

誰かが嘆声《たんせい》を漏らしたあと、個室が一瞬にして静まりかえる。パールのマニキュアを施した指先がボタンを一つ外し、もう一つ外すとストッキングを丸め、下ろしていった。傷ひとつない膝があらわれ、すんなり伸びたふくらはぎがテーブルの上に出現するのを誰もが固唾《かたず》を嚥んで見守った。

上座に座る二人の中年男が血走った目で吉良の太腿の付け根を見つめ、鼻の穴を膨らませている。

まずいな——仙太郎は胸のうちでつぶやいた。

一人は某総合病院の第九内科科長の磯貝《いそがい》、となりは医長の鷹多《たかだ》だ。第九内科は医薬品メーカー各社にとって、大いなる意味を持ったセクションなのである。

医学の進化にともない診療科目が細分化されていった。同じ内科でも消化器、循環器、血液、さらには神経内科に分かれ、磯貝、鷹多が勤務する大病院ともなると消化器だけでも第一から第三まであって、循環器にも同じく三つの医局ができた。

そうして臓器ごと、病気ごとに専門医が診るようになるのだが、いくら細分化していっても、いや、むしろ細分化するからこそ、どうしても割り切れない、算数でいうところの余りのような患者や病気が出る。回り回って引きうけるのが第九内科であった。

一方、割り切れない余りが出るのは医者も同じで、早い話ほかの科では使いものにならない医者の吹きだまりが第九内科であり、その分野の筆頭が磯貝、鷹多の二人組なのだ。とにかく暇だし、それに回されてくる患者もワケアリなので、新薬のデータを採るのに大いに役立ってくれる。少々危ない薬でも……、これ以上は医薬品メーカーの立場では決して口にできない。

それでもこのところ制約が厳しくなってきて、第九内科に回ってくる患者も少なくなった。

リューホウ製薬か、吉良の会社か、どちらを優先させるか、ひとつ、営業合戦で勝負をしようといいだしたのが科長の磯貝である。ふだんは仙太郎と嶋岡の二人が担当しているが、勝負とあっては負けられない。本社営業部から元特攻隊の二人に来てもらった。ところが、決戦の場に現れた相手は吉良一人である。しかし、たった一人でも業界内部では〈セイレーンの魔女〉と呼ばれ、その声を聞けば男達はふらふら引きよせられ、姿を見たが最後、すっかり虜《とりこ》となってしまうといわれている。

爪先からストッキングを抜いた吉良がくるくると回し、磯貝に向かって放った。天女《てんにょ》の羽《は》衣《ごろも》もかくやと思わせるようにふわりと宙を舞うストッキングが磯貝の広くなりかけた額に乗る。

「うひゃひゃひゃひゃ」

磯貝の顔は笑み崩れた。

野球拳をやろう、といいだしたのは磯貝だ。五十半ばにかかった世代ゆえ、野球拳には格別の思い入れがあるという。しかも芸者遊びで覚えたのではなく、子供の頃、テレビで見たというのだ。どんな番組があったというのか。

「よし、次、行くわよ」

吉良の合図にふたたび手拍子と歌が始まった。

仙太郎たち四人に磯貝、鷹多も加わり、六対一で吉良に立ち向かっていた。とにかくじゃんけんに強く、そこが魔女の魔女たる所以《ゆえん》でもあるのだが、先鋒に立った仙太郎、次鋒、中堅のMR三人組はことごとく敗れ、今や素っ裸にネクタイだけと見るも無惨な格好でソファに座っている。

だらしないな、君たちはと勢いこんで挑戦した磯貝、鷹多は二人がかりでようやく吉良のネックレス——三連を一本ずつ外すという阿漕《あこぎ》な技を使った——、左右の指にはめていた合計四つの指輪、腕時計、スーツの上着、タイトスカートを脱がせるところまで持ちこんだが、今や二人ともネクタイだけの素っ裸にされている。意外と健闘しているのが大将に祭りあげられた嶋岡でついにストッキングを脱がせ、生足をおがめる状態にまで持ちこんだ。

それにしても何をしているのだろう、と仙太郎は思いかけ、あわてて打ち消し、仕事、仕事と自分にいい聞かせた。

年也をはねた老人は、賃貸の四畳半一間に住み、毎日コンビニエンスストアの弁当を一個買ってきて、朝と夕方の二度に分け、食べている。年也がはねられたのも新聞紙を回収している最中のことだというが、警察に何を訊かれても、『忘れッちゃやって』とくり返すばかりで、そもそも自分がなぜ警察にいるのか、いや、自分のいる場所が警察署ということすらよくわかっていないらしい。

そんなにしても生きのびなくてはならないのか。

そんな奴にどうして年也は右腕を引きちぎられなくてはならなかったのか。

背中を丸め、テレビを見ながら弁当を食べている老人の姿が浮かんだ。会ったこともないのにくっきりと見えた気がした。老人がふり返った……。

あわてて目を閉じ、がなり声の合唱に唱和した。

野球ぅ、すーるならぁ、こういう具合にしやしゃんせ、アウトッ、セーフッ、ヨヨイのヨイッ

「見えてきた、見えてきた」

セイレーンの魔女こと吉良がにやにやしながら嶋岡を真っ直ぐに見つめ、顔を寄せる。人差し指でそのひたいを指した。

「ここのところにね、坊やが次に何を出すのかくっきり浮かびあがっている」

嶋岡がひたいを両手で隠した。皆が失笑する。

しかし、吉良に見つめられ、少しかすれた声できっぱりいわれると、本当に浮かんでいるのではないかと不安になるだろう。

嶋岡の大健闘は奇跡といってもよかった。ネクタイにトランクスという格好に追いつめられながら、そこから奇跡の連勝が始まったのだ。吉良は左足のストッキングを脱ぎ、次に負けでは、黒いガーターベルトを取り去った。

男達の亢奮《こうふん》は最高潮に達する。

「酒、酒」

磯貝が叫ぶ。すでにシャンパンは飲み尽くされている。仙太郎はすかさずブランデーの瓶を取ると、アイスペールに中身をすべてぶちまけ、磯貝に渡す。アイスペールを両手で持った磯貝が口の両側からこぼしつつ、ごくごく飲み、鷹多に回した。

二本目、三本目のブランデーを注ぎながら男達がブランデーを回し飲みするのを吉良が笑みを浮かべて見ている。仙太郎が飲み、最後に嶋岡が飲み干す。

「ぷはあ」

大きく息を吐いた嶋岡に磯貝が声をかける。

「その意気だ。その意気で魔女をやっつけろ」

「はい」

大声の返事とともに個室には獣《けもの》じみた男達の喚声《かんせい》が満ちる。吉良はにやにやしながら小さく首を振る。仙太郎はこめかみが膨れあがるのを感じていた。脳が縮こまってアルコールに浮かび、もはや何も考えられない。

何も考えられなくて、むしろ幸いだ。考えれば、すぐに背中を丸めた老人が浮かびそうになる。あるいは白い顔をして、固く目を閉じている年也が……。

「さあ、もう一丁行くわよ」

吉良がいうと男達は拳を突きあげ、喚声で応じた。六人の男達はすっかり魔女の虜となっていて、支配されることに無上の喜びを感じていた。仙太郎とて例外ではない。お手と命じられれば、跪《ひざまず》いて右手を出し、お代わりといわれれば、素直に左手を差しだすだろう。命じられるままに行動するのが何と心地よいことか。

そして次の一戦で、嶋岡がまたしても勝利を収めた。

「あらぁ、まいっちゃったわねぇ」

男達が手を叩きながら合唱する。

「脱げ、脱げ、脱げ、脱げ、脱げ……」

吉良はブラウスのボタンを一つ、また一つと外していった。手拍子と脱げという大合唱がさらに熱を帯び、速くなる。六匹の犬はよだれを垂らして女主人を見あげ、全員が股間《こかん》を屹《きっ》立《りつ》させていた。

すべすべした肩からはらりとブラウスが落ち、ついに吉良はブラジャーとパンティを身につけているだけとなった。ブラジャーも黒で、細かな刺繍《ししゅう》がほどこされていた。Ｔバックから溢れる白い尻の双丘《そうきゅう》に誰もが生唾を嚥む。

さらにアイスペールにブランデーが注がれ、回し飲みがつづいた。大きく息を吐いた磯貝が手を打ち、声を張りあげる。

「やぁきゅうう、すぅるならぁ」

皆が唱和する。

「アウトッ、セーフッ、ヨヨイのヨイ」

吉良のグーに対し、嶋岡はパー。

「いやぁ、負けちゃったぁ」

最後の一枚だけ残す、というルールがあった。武士の情けと呼んでいる。

男達が股間まで丸出しにして、ネクタイだけ残しているのはそのためである。ルールに従うなら吉良はブラジャーかパンティのどちらかを脱ぐことになる。

吉良は磯貝の前に立った。

「ねえ、先生。女の子だけ、武士の情けパート2があってもいいと思いません？」

「うーん、どうかなぁ。ルールはルールだからねぇ」

磯貝は締まらない笑みを浮かべている。

「それじゃ、先生の武士の情けをお借りするっていうのは、いかがかしら」

吉良はそういいながら磯貝のネクタイを解きにかかった。呆《ほう》けたように吉良を見あげている磯貝は為すがままになっている。

「それなら……」

磯貝がかすれた声を圧しだしたときには、吉良はネクタイを取っていた。ふたたび個室の中央に戻ると、くびれたウェストにネクタイを巻きつけ、太い方を前に垂らす。

次の瞬間、ためらいもなくTバックを引き下ろした。ちょうど磯貝のネクタイが吉良の前を隠す格好になっていた。

「あああああ」

股間を両手で押さえた嶋岡が情けない声を漏らしつつ、その場にうずくまった。

2

テレビを見ながらぼそぼそコンビニ弁当を食っていた年寄りがふと手を止め、ふり返る。

高級個室居酒屋で脳裡に浮かんだイメージだ。

その顔は白髪になり、歯が抜けて、唇の周囲がしわしわに萎んでいたが、まぎれもなく仙太郎自身だった。年也に対する申し訳なさと、年也をはねた年寄りのイメージが綯い交ぜになり、アルコールでおぼれかけた脳味噌が見た幻影に違いなかった。

手のひらをじっと見つめて考えた。

どれが生命線で、どれが頭脳線なのか。結婚線というのもあって、その本数が結婚の回数だと聞いたこともあったが、結婚は一度で充分だ。

毎朝欠かさずスポーツ紙の運勢欄をチェックするものの、いまだかつて占い師の前に座ったことはない。手相であれ、顔相であれ、四柱推命であれ、水晶玉であれ、タロットカードであれ、一度に二千円、三千円、ときにはそれ以上払っても惜しくないほど人生に悩んではいない。

未来に何が起こるかわかっていれば、少しでも楽に生きていけるのだろうか。いつ死ぬかが間違いなくわかるのなら死ぬまでにしておきたいことをすべて済ませられるのか。

柊の家にいる父の顔を見ていると、すっかり表情を失った顔の下で、日々何を考えているのか、何を望んでいるのかと思ってしまう。何も考えていないようにも見える。飯の時間だといわれれば、食卓につき、目の前に並んでいる物を、うまいでも不味いでもなく、順番に、咽に詰まらせない程度の量を口に運び、咀嚼《そしやく》して嚥みくだす。排泄の欲求は感じているのか。排泄にともなう快感はあるのか。気がついたらおしめを汚しているのか。そもそも濡れていることに気づくこともなく、介護士が決まった時間に取り替えようとしたとき、初めて目にするのか。臭いはどうなのか。歳を取ると、臭いも感じなくなる?

手のひらを眺めているのにも飽きた。運勢など他人に見てもらう必要はない。ある程度仕事の経験を積んでいれば、魔女が一人でやって来ると聞いた時点で今夜の営業に勝ち目がないことはわかっていた。特定の枠内であれば、悪しき未来については予測できる。

予測だって?——訊きかえして、せせら笑う自分がいる。

悪い未来は予測でも何でもなく、真っ正面から事実を見た結果に過ぎず、予知能力には関係ない。逆に素敵な未来を想像するなど現実逃避でしかない。

手のひらをひっくり返す。手の甲の真ん中辺りに円い火傷《やけど》の跡があった。

今から四半世紀も前、高校二年生のときに大失恋をした。ありったけの勇気を寄せ集め、告白した直後、困る、といわれた。お友達だと思っていたら、それ以上求められても困る、と。

キスをしようとしていた。キスだけ、といって。

だが、自分でもわかっていた。キスをすれば、その先が欲しくなる。恋愛感情と肉体的情欲との区別がつかなかった。欲しかったのは、甘く、柔らかな唇だけで、日々悶々と思い描いていたのは彼女と過ごす夢のような時間や会話ではなく、唇の感触だけだった。唇を重ねれば、舌をからめたくなるだろうし、舌を吸えば、次には裸の胸を見たくなる。見れば、触れたくなるだろう。

それでいながら口では肉体的情欲を否定していた。純粋なるプラトニックな恋愛感情で、おそらくこれから先、これほど女の人を好きになることは二度とないだろうと宣言した。

その宣言に対する相手の答えが、困る、だ。白けた顔を少し左に向け、目を伏せ、地面に向かって女はいった。

困るといわれ、どう対処すればいいのかわからなくなった。自分が彼女を困らせるだけの存在であることは受けいれがたかった。十七歳ですべてを否定された気分になった。死ぬまでお前のことを忘れない、と思いさだめて、タバコの火を手の甲に押しつけた。さすがに女の目の前ではなく、たった一人のときにだが。

右手にタバコを持っていたから左手の甲に円い火傷の跡が残った。皮膚をペンチでひねり上げられたような痛みを感じた。熱いとは思わなかった。火口《ほくち》がくしゃりと潰れる感触があった。いずれもはっきり憶えている。そして目論見《もくろみ》通り、傷痕は二十五年を経た今でもくっきり残っていて、おそらくは火葬場で灰になるまで消えることはないだろう。

しかし、問題が一つあった。

高校二年生のときに好きだった女は二人いて、どちらに困るといわれたのかを思いだせない。どちらの名前も思いだせないし、うっすら憶えている顔も、本当に高校二年生のときに好きだった相手なのかはっきりしない。生涯消えない思いを、我が肉体に刻みつけてやると意気がってみたところで、たった二十五年でこのザマだ。

左手で目の前の徳利を取りあげ、すっかり冷めてしまった酒を猪口に注ぐ。傷痕はあっても記憶はきれいさっぱり消える。

それでも呆れていられるのは、左手があればこそだ。小学生の年也は、まだタバコの火を手の甲に押しつけたことはない。いや、元妻はタバコを嫌い、ほんのわずか煙が漂《ただよ》ってきただけで大げさにふり払い、臭いに眉をひそめる。その傾向は二人の子供にもしっかり受け継がれている。紀子も年也も、今というご時世もタバコを許容しない。

それでも年也が中学生か、高校生となって、悪い仲間ができ、喫煙という悪習に引きずりこまれるかも知れないし、自分の躰に刻みつけることで一生忘れまいとするような失恋を味わうかも知れない。

だが、少なくとも右手の甲にタバコの火を押しつけることだけはできなくなった。失われた手に、どうやってタバコの火を押しつけるというのか。

手術室から出てきた年也が集中治療室に入れられたところで、明日は仕事だからといって病院を後にした。元妻は無表情のまま、うなずいただけ、紀子にいたっては露骨に早く帰れという空気を醸《かも》しだしていた。

日付が変わっても元妻から電話もメールもない。こちらからも問い合わせていない。気にならないわけがない。ずっと年也のことを考えている。昨夜の元妻の表情を思い浮かべ、取り込み中だと思うとついつい遠慮してしまう。年也の容態《ようたい》を訊いたところで何ができるわけでもない。

全部、言い訳。

猪口の酒を呷り、とんと置いた。目の前に貼ってある古びた千社札シールに有馬仙太郎とあった。そうすると観音裏の金魚に来ているはずだが、野球拳のあとをまるで憶えていない。

厨房の窓を細く開けた女将が外を見て、舌打ちした。

「あら、雨だわよ」

「雨？」

「天気予報じゃ雨なんてこれっぽっちもいってなかったのにね。まったくあてにならないったらありゃしない」

今夜も金魚に客の姿はなかった。

立ちあがった。目がくらみ、カウンターに手をついた。

「お帰り?」

目をつぶったまま、首を振った。後悔した。目眩がきつくなる。

「小便」

何とか答え、トイレに入る。後ろ手に戸を閉め、便器を見下ろした。年のせいか、すっかり酒に弱くなった。

「チク……」

ショウと毒づく前に嘔吐していた。

レロレロレロレロレロレロ……。

「ほら、こんなところで寝ないでちょうだい」

躰を揺すぶられ、目を開いた瞬間、蛍光灯の光が目の中に飛びこんできて、頭蓋骨後部の内側にどんとぶつかった。のぞきこんでいる金魚の女将はシルエットになっている。アルコールが視神経に作用しているのか、光に敏感になっていた。目の前が白濁した。

「何よ、便所から出てきたと思ったらいきなり倒れこんで寝ちまうなんて」

トイレで目眩を感じて、大量に吐いて……。

そのあとはまるで憶えていない。何とか声を圧しだした。

「すまん」

眠りこけていた意識をはっきりさせようとまばたきする。後悔した。蛍光灯の光が目の前で明滅して、まるでフラッシュをたかれたようだ。よけいに気分が悪くなった。視界は相変わらず白濁している。

女将が肩に手をかけている。半ばすがりつくようにして何とか上体を起こす。

「しっかり起きてちょうだいよ」

唸《うな》った。

「すまん。もう駄目だ。今日は大人しく帰って寝るよ。営業がうまくいかなくてね。こういう日は飲んでも駄目だな」

「まあね、仕事がうまくいかないときはお酒も美味しくないよ。また、いらっしゃい」

「ああ、そうする。お愛想して」

「はいはい」

女将の返事を聞き、尻ポケットから財布を取りだす。目をつぶったまま、手探りで紙幣を取りだし、差しだした。

「何よ、このお札」

女将がいったとたん、今朝の駅売店での出来事を思いだした。舌打ちする。また、聖徳太子のついた五千円札を出したに違いない。

しかし、女将ほどの年回りなら懐かしいくらいのもので、何よ、このお札ってことはないんじゃないか。口の中でぶつぶついいながら紙幣を交換して渡し、女将に支えられて立ちあがった。

足元を見つめ、ふらふら歩く。靴の爪先に白っぽいものが見えた。反吐がついたのか。チクショウ。たたらを踏み、カウンターの角に手をついて躰を支えた。

「あらら、大丈夫？」

「大丈夫、大丈夫」

古今、酔っぱらいがのたまう大丈夫が大丈夫だったためしはない。釣り銭を受けとり、上着のサイドポケットに突っこんだ。

「それじゃ」

「ありがとうございました。またね」

「うん、また」

戸を開け、店の外に出る。何となく空を見あげた。かすかに星が見える。

「何だよ、雨なんか降ってないじゃないか」

厨房の窓を細めに開け、雨だと女将がいったのはついさっきのような気がするが、思ったより長い時間眠っていたのかも知れない。おぼつかない足を踏みしめながら歩きだす。足元を見ていないと倒れそうだ。とにかく表通りに出て、タクシーを拾い、行き先を告げるまでしっかりしなくては……。

はっと顔を上げた。

洗い髪の匂いが鼻をついたからだ。街灯の下に桶を手にした若い女性が歩いていた。風呂上がりの髪が濡れている。

どこかで見たような気がするが、観音裏を歩いている若い女に知り合いはない。

すれ違ったあとも路地を歩きつづけた。

しばらく行ったところで足を止めた。

目の前に銭湯があった。中年の男がのれんを外しているところだった。先ほどすれ違った女をふり返る。路地は墨を溶かしたような闇に埋められている。

どこかで見たはずだが、やはり思いだせない。

ふたたび銭湯に向きなおる。すでに中年男の姿はなく、銭湯のシャッターは閉ざされている。板が一枚かかっていた。街灯に照らされている板にはひらがなが一文字。

ぬ。

ぬと書いた板でぬいた——湯を抜いたというシャレだ。

街灯の黄色っぽい光を受けたアスファルトに恐る恐る踏みだす。靴底を受けとめるしっかりした地面の感触を確かめる。力が抜け、がくがくしそうになる膝を叱咤《しった》しつつ、半ば祈るような気持ちで体重をかけていく。足がすっぽり埋まってしまいそうな恐怖が襲ってくる。

だが、何ごとも起こらない。

ふり返った。

銭湯はあった。駐車場になっているはずの銭湯がそこにあった。

見間違いではないのか。

観音裏なら今でも営業している銭湯はあるだろう。よく見れば、周囲の光景も違っているような気がする。

ワイシャツのカラーのボタンを外し、ネクタイの結び目に指をひっかけてゆるめると大きく息を吐いた。ぬ板を目にしたとたん、あらかた酔いはふっ飛んでしまったような気がしたが、気がしているだけで、血液中のアルコールの濃度は相当高いに違いない。何しろ飲んだ。シャンパンに始まって大量のブランデー、途中の記憶は抜け落ちているものの、金魚のカウンターで燗酒。ただし、何合飲んだかはわからない。注文が一度だとしても二合は飲んでいるだろう。徳利の中身をすべて猪口に注ぎ、飲み干したことは間違いない。

日が暮れてから今まで、と思いかけ、腕時計を見る。午前零時三十七分。銭湯の営業時間は午前零時半までなのだろう。

ふいに子供の頃に見た情景を思いだした。銭湯に入れるのは午前零時までで、営業は零時半で終了するとプレートに赤い字で書いてあった。零という字が読めなくて、母に訊いた記憶がうっすらとある。零時を過ぎると、のれんを引っこめていたのだ。その点は昔と何も変わっていないということか。

「さあ、帰るぞ。帰って寝るんだ」

わざと声に出した。

前に向きなおって歩きつづける。ぽつんぽつんと街灯が立っている。笠の下についている白熱灯が照らすアスファルトの路面を確かめ、踏みしめながら、ゆっくりと歩いた。今どき白熱灯の街灯が並んでいる路地など、観音裏くらいのものかも知れない。

金魚のトイレを思い浮かべた。水洗用の取っ手が鎖でぶら下がっていたし、のれんの電話番号も局番が三桁のままだ。そうすると街灯が白熱灯であっても不思議ではない、と自分にいい聞かせていた。

いい聞かせなければ、自分の歩いている場所を勘違いしてしまいそうなのだ。

銭湯から離れ、路地を歩きつづけた。右に塀が見えてきて、猫の額ほどの広さもない庭の向こうに旧い二階建ての家が建っている。

鎖につながった水洗トイレの取っ手、まだ局番が三桁のままののれんの電話番号と、呪文のように胸のうちで唱えつづける。

あり得ない。

こんなところ……、歩けるはずがない。

塀が途切れ、門柱のすぐ先に曇りガラスをはめた玄関の引き戸が見えている。引き戸の上の玄関灯は、またしても白熱灯で、記憶にある通り夜通し点けっぱなしになっている。酔っぱらって帰ってくる父が転ばないようにと母が気を利かせていたのがいつしか習慣になった。

通りすぎながら玄関灯に照らされた表札を見る。

有馬とあった。


どこをどう歩いたのか。

ふいに顔面がもわっとした悪臭に包まれ、思わず足を止めた。危ういところだった。目の前のコンクリートが爪先《つまさき》で寸断され、闇に落ちこんでいる。悪臭は闇の底から立ちのぼっていた。

『梶井基次郎という小説家は、桜の下には死体が埋まっていると書いた。だけど、この下には粋な堀が埋まっている』

『溝《どぶ》ですよ。臭くて、汚くて、猫の死体がぷかぷか浮いてるような溝です』

あり得ない。あり得ない。あり得ない。

堀は何十年も前に暗渠となり、今では遊歩道になっている。

だが、堀は堀のまま、あるいは溝のまま、足元にあった。コンクリートの蓋などどこにもない。

空に向かって、声をかぎりに叫んだ。

咽がひりひり痛む。痛みを感じるなんて、悪夢としても最悪だ。

3

東京には空がないはずはないが、ちぎれ雲がぽつり、ぽつりと浮かんでいるだけの空を眺めながら青色が少し薄いのかなぁ、と思った。

もう何年前になるのかはっきり思いだせないが、医者のお供でメキシコに行ったことがあった。成田《なりた》からサンフランシスコまで飛び、そこでメキシコシティ行きに乗り換えた。その機中でのことだ。

眼下に黄土色《おうどいろ》の砂漠が広がっていた。飛行機に乗っているのだからかなりの高みから見下ろしているはずなのに地平線まで真っ黄色の砂漠で、しかもしばらくの間同じ光景がつづいた。ひたすら砂漠で、道路も町も見えなかった。

砂漠を見下ろしながら胸の底にじわりと湧いた恐怖が全身をゆるく包むのを感じた。恐怖の根源は、生まれてから死ぬまで眼下の砂漠から抜けられない人たちがいるのだろうというところにあった。

しかし、今なら思う。自分だって生まれてからほとんど東京を出ていないじゃないか、と。

何度もまばたきをくり返しながらちぎれ雲を見ていた。

「さて」

声を出してみた。とたんに胃袋が身もだえする。空っぽで、熱く、臭い空気が充満しているだけなのはわかっている。ふいに食道を熱い塊がせり上がってくるのを感じ、あっと思う間もなく咽を通りすぎたが、長く尾を引くげっぷが出ただけだ。ずきんと頭が痛み、顔をしかめる。

まず、自分の格好を確認する。仰向けに寝ていて、左手の甲をひたいにあて、右手は腹の上にのせていた。左足は膝を曲げ、右足を伸ばしている。胃袋が不快なのと、少々頭痛をのぞけば、とくに異常はなさそうだ。

次は、今どこで寝ているか、だ。見あげているのが空である以上、屋外であることは間違いない。

やれやれ酔っぱらった挙げ句の野宿なんて何年ぶりだ？

泥酔して、ところ構わず寝入ってしまうことは珍しくない。眠るというより失神に近いのかも知れない。ここ最近では金魚で二度も寝こんでいる。

金魚と思い浮かべたとたん、心臓がずきんと鳴った。

ぬと一文字書かれた銭湯の板、路地ですれ違った女の顔、玄関灯に照らされた表札、そしてまぎれもなく溝の悪臭が鼻をついた。

唇を結び、また叫びそうになるのを抑えつけた。

朝が来て、明るくなりさえすれば、取りあえず悪夢は覚める。悪い夢という以外、ほかに説明のしようがあるか。

ゆっくりと息を吐き、躰を起こしにかかった。躰を折りまげると胃袋が圧迫され、黄水《おうずい》が咽を焼いた。顔をしかめてこらえ、首を持ちあげた格好で、周囲を見まわす。

どこかの公園のようだ。シーソーとブランコ、砂場が一角に固まっていて、そのわきにブロックを積んで壁とし、白ペンキで塗った公衆便所があった。ベンチの上に投げだした自分の足と、くたびれた革靴の爪先が見えた。

「何だよ、チクショウ」

自分がどこにいるのかわかると同時にほっとし、思わず毒づいた。

毎年、春と秋の二回、靴の大バーゲンをやっている公園で、子供の頃から何度も来ている。神社の境内《けいだい》が公園となっていた。昨夜飲んでいた観音裏から北に向かって歩けば、ぶちあたる。

「痛てて」

躰を起こそうとすると、背中が音を立てそうなほど強《こわ》ばっているのがわかった。固いベンチで一夜を過ごしたのだから無理もない。地面に足を下ろし、うつむいて呼吸を整えた。金魚を出て、歩きながら眠りこんだのだろう。我ながら器用なものだ。歩きながら眠り、夢を見た。そして公園に入って、ベンチを見つけるとやれやれとばかり横になったに違いない。そして正体なく眠りこける。落ちとしてもありきたりだし、冴えない。

腕時計を見た。午前五時二十五分だった。タクシーで帰宅し、シャワーを浴びて着替えても出社時間には楽に間に合う。

胃袋が重いのはひどい宿酔いと、昨日の営業でセイレーンの魔女に惨敗したせいだ。それ以外にはない。

大きな欠伸をしてから立ちあがった。

公園の門を出ると、ちょうどタクシーが停まっていた。緑色のボディに黄色のラインが入っている。

助手席のドアが開いていて、ワイシャツにグレーのニットベストという格好の痩せた男が座り、新聞を広げていた。唇の端にタバコをくわえ、立ちのぼる煙に顔をしかめている。黒々した髪をオールバックに撫でつけ、ポマードで固めていた。徹夜明けなのか、ぎょろりとした目は血走っていて、顔は腫《は》れぼったい。眉間に深いしわを刻んでいた。運転席が空っぽだから運転手なのだろう。空車のランプが灯っていて、回送と記されたプレートも見あたらない。運転手はわざとらしくばさばさ音を立て、新聞を繰った。何となく苛立《いらだ》っている様子だ。この一台だけがタクシーでもあるまいと思いつつ近づいた。

でも、何かがおかしい。

何がおかしいのかに気がつくと、心臓がきゅっと引きしぼられ、次いで動悸が速くなった。男が手にしているのは、お馴染みの日日スポーツだが、題字は真っ黒、一面の大きな写真もモノクロで、ちらりと見たときには工業系の新聞だと思った。

傍らを通りすぎようとしたとき、運転手と目があった。さっと逸らす。そのとき、後部ドアの窓に貼られたステッカーが見えた。

〈初乗り2キロ、330円〉

膝の力が抜け、へたりこみそうになるのをこらえながら足を交互に出し、歩きつづける。背後で運転手が痰《たん》を切り、吐きだす音が聞こえたが、ふり返らなかった。

いつの間にか背中にいやな汗が浮いている。

天現寺に子供の頃の夢と訊かれて、答えられなかった。観音裏から脱出することなどといえるはずがない。公園を出て少し歩き、信号のある交差点に突きあたったところで、一台の車が目の前を駆けぬけていった。それを見て、すっかり忘れていた子供の頃の夢を思いだした。

刑事になりたい……。

毎週金曜日午後八時から放送されていた刑事ドラマを見て、憧れていたに過ぎない。小学校高学年のほんの一時期だけ抱いていた夢で、忘れていても無理はなかった。突然思いだしたのは、たった今、目の前を走りぬけていったのと同じ車に刑事たちが乗っていたからだ。車種名はわからなかったが、形はよく憶えているし、色は明るい赤――今の車も同じだ。条件反射のように犯人を追跡するシーンに流れていた音楽が耳の底に響きわたった。

三十数年も前のことだ。

早朝ゆえ通りを走っている車は少なく、赤い車はそこそこのスピードで走り去った。ほんの一瞬見ただけだが、それでも古い車を大事に乗っているという風ではなく、日常的に使いこんでいて、適度に古びていたのはわかった。

ワイシャツのカラーを緩め、交差点を左に折れて歩きだした。

雷門一丁目交差点で東の夜空に浮かぶ東京スカイツリーを見たのは、何日前だろうか。はるか昔の出来事のように思える。いや、はるか未来の……。

首を振る。

あり得ない。

そんなはずはない。

今も同じ雷門一丁目交差点の角に立ち、東を見ているが、すこんと青空が抜けている。スカイツリーなど影も形もない。ゆっくりと息を吸い、静かに吐いてからふり返った。顎を上げていく。

体温計と大きく書かれた看板の上に古めかしいビル――ビルというより塔というべきか――が突きでている。六角形をした建物の天辺にはとんがり屋根、壁には二列になった窓が並んでいた。そそり立つ巨大な塔ではない。五十階建て、六十階建てのビル群がずらりと並ぶ姿を見慣れた目にはむしろ可愛らしくさえ映った。

まったく馴染みのない建物ではない。むしろ子供の頃からランドマークとして来た。だが、高校三年生のときに取り壊されたはずだ。

背広のサイドポケットからくしゃくしゃに丸めた紙幣を取りだす。伊《い》藤《とう》博文《ひろぶみ》が描かれた白っぽい千円札。久しぶりに手にすると、意外に大きいと感じる。三枚あった。ほかに小銭が少しある。昨夜金魚で受けとった釣り銭だろう。

尻ポケットに突っこんだ二つ折りの財布には、あと二、三万円あるはずだが、福沢諭吉が通用するか試してみる勇気はなかった。

手のこんだ、リアルな夢を見つづけていた。厄介なのは、とっくに夢だとわかっているのに目が覚めない点だ。どうなっているのか。あれこれ考えるうちにまた目眩がしてきそうになったので、取りあえずどこかに座ろうと思った。

雷門一丁目交差点からほど近い路地に喫茶店があるのを見つけて入った。変形コの字の大きなカウンターがあるだけの店で二十人ほどが座れる。席は半分ほど埋まっていて、客は全員が男、そして全員がタバコを喫っていた。

空いているスツールに腰かけるとカウンターの内側に立っていた女性店主が水の入ったグラスを目の前に置いた。

「何になさいますか」

「ホット、ください」

「モーニングは付けます？」

胃袋は空だが、食欲はまるでない。首を振った。

「コーヒーだけ」

「かしこまりました」

「あの、タバコ、ありますか」

「ハイライトとセブンスターだけなんですよ」

「セブンスターをください」

「はい」

店主はセブンスターのパッケージに店名を刷りこんだマッチを載せて出した。受けとって、金をはらおうとすると、店主が首を振る。

「コーヒーのお代といっしょでいいですよ」

「はい」

早速パッケージを開き、一本取りだす。くわえて、マッチで火を点け、吸いこむ。硫黄《いおう》の香りが鼻をついた。半年ぶりのニコチンに頭がくらくらする。それでも少し気持ちが落ちついた。

客の一人が金を払って立ちあがり、新聞をラックに戻した。顔の下半分が真っ白な髭に覆われた老人で、横縞のTシャツに麻のジャケット、頭に黒いベレー帽を載せていた。老人が店を出て行くのを待って立ちあがり、ラックから新聞を取ってくる。

「お待たせしました」

店主がコーヒーを置く。うなずき返し、新聞の一面に目をやった。タクシーの運転手が読んでいたのと同じ、そしてお馴染みの日日スポーツだ。

だが、題字は黒一色、ジャイアンツの勝利を伝える大きな写真もモノクロである。

日付に目をやった。

唇を嘗《な》め、コップの水を飲み干し、息を整えて、もう一度日付を見直した。

昭和五十二年（1977）六月十三日（月曜日）とあった。

今まで一度も経験したことがないほど手のこんだ、どこまでもリアルな夢だが、一刻も早く覚めて欲しいと願っていた。

匂いの違いを感じた。タバコのヤニ臭さがそこら中に染みこんでいる。さきほど入った喫茶店は当然かも知れなかったが、歩きながらタバコを喫っている人の何と多いことか。まるで大気そのものがヤニ臭さをはらんでいるような感じだ。もし、半年間タバコをやめていなければ、気づかなかったかも知れない。

買ったばかりのセブンスターは一本喫っただけでポケットに入れてある。久しぶりのニコチンに頭がくらくらして、二本目に手を出す気になれなかったからだ。

また、空を見あげた。ちぎれ雲が浮かんでいる青い空は、子供の頃から変わっていないし、おそらく死ぬまで変わることがないだろう。江戸時代なら現在《いま》より——現在が平成なのか昭和なのかというちまちました問題は考えないことにする——排気ガスなんかが少なくて、空気も澄んでいたのかも知れないが、地球規模で見たときには排気ガスの類も大きな影響を及ぼしているとはいえないだろう。所詮人類などパンの表面に生えたカビほども地球を侵食してはいない。もっともカビ以下の存在である人間には二酸化炭素や放射線は大問題で、絶滅にもつながりかねない強い毒性があるのかも知れないが。

引き戸を開けるガラガラという音で、我に返った。

塀越しに子供の声がした。

「平気だよ、忘れ物なんかないよ。え？　はいはい、行ってきます」

声が低くなる。

「まったく毎朝、毎朝……、何が挨拶だよ。面倒くさい」

やがてランドセルを背負った子供が目の前に現れる。黄色のTシャツにブルーの半ズボン、白い靴下という格好には見覚えがあった。ひも付きの運動靴はかかとをつぶしてサンダルみたいにつっかけている。

子供はうつむき、小石を蹴りながらだらだら歩いていた。何が面白くないのか、ひどく沈んだ表情をしている。目の前を通りすぎて行くのを眺めていた。

「見知らぬ他人みたいだろ」

「うわっ」

いきなり後ろから声をかけられ、思わず悲鳴を上げて跳んだ。それからふり返る。

「あんたは……」

白い髭を生やした老人が立っていた。横縞のTシャツに麻のジャケット、黒いベレー帽……。

「さっき喫茶店にいた人か」

「そんなことはどうでもいい」老人が真っ直ぐ仙太郎を睨みつける。「おれは知っている。

お前が誰か、どこから……、いや、いつから来たか。いいか、今日一日は何もするな。誰かと喋ったりしたら二度と戻れなくなるぞ」

「戻れなくって……」

またしても手のこんだ夢だ。

「六区で映画でも観て時間をつぶせ。そして夜の九時十三分になったら金魚に行くんだ。女将に酒でも注文しておいて、カウンターに座らず真っ直ぐ便所へ入れ。また吐くことになるかも知れないが、心配することはない」

「心配することはないだって？　飲んでもいないのにゲロを吐くようなら心配しない方がどうかしている」

「面倒くさいから説明はしない。とにかくそれで元に戻れる。そしたら二度と金魚には近づかないことだ」

「ちょっと待ってくれ、いったい何の話を……」

老人が何もいわずきつい眼差しで見返してくるので語尾を嚥みこんでしまった。老人が顎をしゃくる。ふり返ると、さきほどの子供が遠ざかっていくのが見えた。

「自分の顔を生で見ることはない。鏡は逆像だし、写真やビデオは真っ平らだ。だから外から生きている自分の顔を見ると、似ているような気もするし、他人のようにも見える。まして三十何年も前の顔なら違っていて当然だ」

遠ざかりつつある小学生は、かつての仙太郎自身だ。

「あんた、何もの……」

ふたたびふり返ったときには、老人は消えていた。

4

夢とわかっていて覚めないのは、悪夢としても最強だろう。それゆえ胃袋が空っぽでもまるで食欲がわかない。

早く目覚めたかった。日々同じことのくり返しにうんざりするのを通りこし、息が詰まるような思いをしていたというのに、どろどろに酔っぱらって帰宅し、ソファに倒れこんで失神するように眠り、携帯電話のアラームに起こされ、ノートパソコンでニュースを見る朝に戻りたかった。灰色の重石となって頭の上に載っているように感じるほどいやだった、ごく当たり前の日々は、失われてみないとどれほど価値のあるものか気づきもしないのだ。

ところが、見知らぬ老人がひと言、戻れるといっただけで何の保証もないというのに空腹を感じた。

何者かもわかっていないが、午後九時十三分に金魚へ行って、トイレに入れば、元の世界に戻れるという言葉を信じている。素直に六区にやって来たのも、自分の世界に戻りたい一心に他ならない。

六区を北から南に向かってぶらぶら歩きながらぼんやり考えていた。

そもそも浅草というところは、徳川家康《とくがわいえやす》がやって来るはるか昔から繁華街だった。源頼朝《みなもとのよりとも》が鎌倉《かまくら》に幕府を開いた頃には、すでに街道の要所であり、各地からたくさんの人が来ていた。

『だから家康が来たのは、ごく最近ってことになるわけよ』

自慢げな声だけが耳に残っている。父のようにも思えるが、父は栃木《とちぎ》生まれで、浅草の人間というわけではなかったし、浅草自慢をしていたとすれば、絶対に素面《しらふ》ではなかっただろう。

浅草寺の開基は今から千四百年近く昔、飛鳥《あすか》時代にまでさかのぼり、以来、現在にいたるまで参詣する人々の絶えたためしがないという。人が人を呼び、集まってくれば、商売になるのは今も昔もおなじこと。門前には市が立ち、ますます人の往来が盛んになった。

さらに江戸時代後期になるとご近所に歌舞伎《かぶき》小屋が集められた。それも当代一流といわれた座が三つ、一時は四つも軒を並べた。

もともと歌舞伎小屋は江戸城近辺にあったのだが、長年にわたって風紀を乱す元凶と見なされ、江戸幕府のお偉方は忌々《いまいま》しく感じていた。あるとき、歌舞伎小屋の一つから出火、大火事となった。幕府はもっけの幸いとばかり、そのほかの歌舞伎小屋もまとめて強制移転、江戸城から見れば、川沿いの辺境の地である浅草の一角に押しこめたのである。もっとも辺境などと思っているのは、駿府《すんぷ》からやって来た徳川一派や全国の諸大名およびその家臣たち、つまりは田舎者《いなかもの》ばかりだ。浅草寺に参詣する人々に、歌舞伎の観客が加わり、観音裏をもう少し北に行くと新吉原という一大遊郭がある。これで大歓楽街にならなければ、どうかしている。

戦後しばらくすると浅草は衰退したといわれた。

違う、違うと浅草者は顔の前で手を振る。

『田舎者を相手にしなかっただけのことだ。田舎から出てきた奴ぁ、新宿《しんじゆく》でも渋谷《しぶや》でも行けばいい』

昨日、今日の矜持ではない。鎌倉時代のさらに前まで遡《さかのぼ》るのだ。

明治に入って早々、浅草近辺は公園地に指定された。公園をひっくり返して、エンコウ――浅草がエンコと呼ばれる所以《ゆえん》である。

これも父から聞かされたのか。父はいつもエンコと呼んでいた。栃木生まれのよそ者ゆえ、かえって思い入れが過剰だったのかも知れない。

『仙ちゃんなりに溜めこんでたんだろうな。それが酔っぱらうとばあっと表に出てくる』

〈ちゃんこ番二式〉のマスターがいっていたが、溜めこんでいたことの一つによそ者という意識があったのかも知れない。

公園地としての指定を受けたとき、浅草寺周辺は一区から七区までに区画整理された。一区は浅草寺の境内、二区は仲見世で、三区が浅草寺本坊伝法院《でんぽういん》、四区は大池とも呼ばれたひょうたん池周辺――昭和二十六年に埋めたてられ、戦災で失われた浅草寺本堂復旧のための資金として土地が売却された――、五区は花屋敷《はなやしき》があるあたりで奥山《おくやま》といわれたところ、七区が公園の東南部で馬道《うまみち》あたり、そして浅草寺西側の六区は興行街とされ、芝居小屋や映画館が集中したのである。

老人が六区にでも行って映画でも観てろというのは、そのためだ。

戦後、公園としての指定は解除され、街区も消滅した。それでも地名としては人々の間に残り、とくに六区の名は一大興行地のイメージのまま後々まで人の口にのぼることになる。

だが、映画が斜陽産業となり、昭和五十年代の入口には六区の名だたる映画館も相次いで閉館の憂き目に遭った。昭和四十四年生まれの仙太郎は、かろうじて通りの両側に並ぶ映画館を目にしているが、六区で映画を観たことはなかった。

しかし、まだ朝早すぎるためか、どの映画館も閉まっていた。大きな看板に目が止まった。うずくまった男が空を仰ぎ、大きな口を開けている。すぐわきに真っ赤な文字で記されていた。

天は我を見放したか……。

あわてて目を背けた。見放されたくはなかった。

足早に通りすぎるうち、歌が聞こえてきた。

牛丼一筋
八十年《はちじゅうねえん》

つづいて子供の声がいう。

『やったぜ、パパ。明日はホームランだ』

牛丼チェーン店のテレビコマーシャルだ。小学生のとき、ほとんど一日中これでもかというくらいにしつこく流れていた。コマーシャルソングを耳が憶えていたし、歌を聴くと同時にバットを振る子供の姿が脳裡に浮かんだ。

目を上げると馴染みのあるオレンジ色の看板があった。メガホンみたいなスピーカーが取りつけられ、テレビコマーシャルの音声だけを流しているらしい。

引きよせられた。オレンジ色に胃袋が条件反射したからに他ならない。


「牛丼並、お待たせいたしました」

目の前に見慣れた丼が置かれた瞬間、白っぽいな、と思った。いつも食べている牛丼より脂身が多いようだ。また、肉もほんのわずかながら厚みがあるように見える。どちらも気のせいかも知れないし、あちらとこちらを較べて違いを見つけようとしているためにそう見えるだけか。そもそも牛丼をしげしげと眺めたことすらない。

紅ショウガの容器の蓋を開け、小さなトングでごっそりつかんで具の上に載せた。ばらりと広がった紅ショウガの赤が毒々しいまでに鮮やかで思わず目を剝いた。だが、初めて目にするわけではない。サラリーマンになりたての頃には、同じような色だった。

割り箸を取った。牛丼のチェーン店や立ち食い蕎麦屋《そばや》から割り箸が駆逐されるなど、誰が想像できたろう。しかも理由が世界の森林資源保護のため、なのだ。

取りあえず丼を持ちあげ、搔きこんだ。

嚙む。紅ショウガがしゃきしゃきして、舌のわきがぴりぴりするほど鮮やかな味だ。色の薄くなった紅ショウガは味までぼやけてしまったのか。

いつもながらの味を堪能しつつ、あっという間に平らげた。立ちあがり、店員に声をかける。

「すみません」

「はい。牛丼、並盛り、一丁《ひと》で三百円になります」

白っぽい千円札で払い、釣りを受けとった。先週、牛丼の並盛りを食ったが、ちょうど百円引きのセール期間中だったので、二百八十円だったのを思いだす。

薄暗い中、見あげるスクリーンには両手に分厚く包帯を巻いた男が車椅子に乗り、看護婦に押してもらっている。なるほど両手は指まですっかり包帯にくるまれているが、足は何ともなさそうなのだ。

どうして車椅子なんだろう、と仙太郎は眠りと覚醒の合間に浮かんだ脳でぼんやりと考えていた。

師でも婦でもナースに違いなく、昨今では男性ナースも珍しくなくなったもののナースキャップを被っていると看護師ではなく、看護婦と呼びたくなる。

映画館の表に出ていた看板には、〈恥虐！　看護婦三本立て〉とあった。

牛丼を食い、腹がくちくなると、眠くてしようがなくなった。歩いているうちに上映中のプレートを下げた映画館が目につき、入っただけで、古いポルノ映画を観たかったわけではない。三本立て二百五十円はありがたかった。客席はガラガラで、三人ほどが離ればなれに座っているに過ぎず、仙太郎も半分よりやや後ろ側、端の座席を選んだ。立ちあがっている座面を下ろし、尻を落ちつけ、前の席の下に両足を入れた。背もたれは湾曲した木製で、わずかに後ろに倒れている。首を曲げ、背中を丸めて眠りこめば、あとで腰も背中も痛くなるだろうと思いつつ、目をつぶったとたん、前後不覚に眠りこんでしまった。

何度か目を覚ました。つねに白衣か、裸でナースキャップだけを被っている看護婦がスクリーンに映っていたが、ストーリーはまるでわからずセリフ一つまともに聞くことがないまま、また眠りに落ちていった。

一度、トイレに行った。配管の錆と芳香剤のきつい臭いの中で長々と小便をし、ちょろちょろとしか水の出ない足踏み式の給水器を罵りつつ口を湿らせた。元の席に戻って、すぐに寝入った。

今また目を開き、脳にまとわりつく眠気を感じながらもスクリーンを見あげている。右の肘かけから左の肘かけに体重を移した。尻の右側がすっかり痺《しび》れていたからだ。

スクリーンでは病室に戻った看護婦が布製のついたてを出入り口の前に置き、車椅子の男に向きなおった。同じシーンを見るのは二度目か、三度目か。どれほど眠ったのかわからない。女優も見知らぬ顔ばかりで、三本立ての映画は渾然一体となっている。

看護婦が白衣のボタンを一つ、また一つと外していき、前を開いた。ブラジャーをしておらず、パンティ一枚の格好となった。

『それも……』

車椅子の男がかすれた声でいう。

『脱いでください』

いわれるがまま看護婦は片手で前を隠しながらパンティを脱ぐ。ナースキャップだけの全裸でへその下に両手をあてて直立する。

『手を……、手を広げて』

かすれた男の声に従い、看護婦はゆっくりと両手を開いていくのに合わせ、カメラは彼女の顔に寄っていく。うつむいた看護婦は羞恥なのかかすかに顔をしかめている。

『ああ』男が呻《うめ》く。『夢のようだ』

呻きたいのは、こっちだ。まだ夢から抜けだしていないのだろう。背中が痛い。腰が痛い。尻が痛い。まったく手のこんだ夢だ。スクリーンを見つめたまま、唇を嘗めた。

まだ夢の中にいるのなら、と思う。

ゆっくりと席を立った。全身の関節が軋《きし》んだ。それにしても両手を怪我しているだけなのに、なぜ車椅子を使うのだろうか。

銭湯のシャッターは巻きあげられ、入口のわきに掛けてある木札には、ひらがなで、わとだけ記されている。わ板で、沸いたのシャレ、営業中を表している。午後六時を回っていた。空はまだ明るかったが、銭湯はやはり夢のようにしか見えない。前を通りすぎ、路地を進む。

覚めない夢にとらわれたままなら……、と映画館で思い立った。

白髭の老人がいうように今夜あちらへ戻れるとしたら二度とできなくなることがある。それをしておこうと決心していた。

自宅の前に近づく。昨夜と同じように生け垣越しに玄関の引き戸が見え、すぐわきの窓が開いていて、棚に載せた鍋やざるがのぞいていた。玄関を入って、すぐ左が台所という間取りは記憶にある通りだ。横目で眺めつつ、ゆっくりと通りすぎようとしたとき、鍋の向こうに化粧っけのない白い顔があらわれた。淡い黄緑色のニットシャツにも首に巻いた細い金鎖のネックレスにも見覚えがある。

お袋。

『私は戦後の生まれだからね』

母は何度もいっていた。昭和二十年九月二十五日に生まれた。祖母は母を身ごもったまま大空襲の夜を駆けぬけたという。

今、三十二歳だから自分より十歳も年下だが、それでも母は母だ。止まりそうになる足を右、左と何とか蹴りだし、歩きつづける。

老人にいわれるまでもなく、声をかける気はなかった。母は仙太郎が二十八歳のとき、病死したが、今は小学生の息子が一人いるにすぎない。いきなり四十面のおっさんに母親呼ばわりされたら卒倒するか、警察に電話するだろう。

金魚の女将は、思い出はちっとも色褪せないのに指一本触れられないのがもどかしいといっていた。現実が目の前にあっても声をかけられないのはもどかしいなんてものではない。

母が目を上げた。目が合った。母は眉間にしわを刻んだ。

鼻の奥がつ﹅ん﹅と酸っぱくなる。

営業合戦でセイレーンの魔女に敗れて泥酔、どこをどうやって来たのかまるで記憶はなかったが、とにかく金魚で飲み直していた。その後、小上がりで眠りこけているところを揺り起こされたときには、日付の変わった直後だったのだろう。だから銭湯が営業を終えた直後に間に合った。今日の午前零時から——正確には三十四年後の——、かれこれ二十一時間になる。

金魚を出て、歩き、公園のベンチに倒れこんで眠りこんだ。目を覚ましたときには夜が明けていた。東京スカイツリーの代わりに体温計の看板がついた塔を見あげ、モーニングコーヒーを飲み、白髭の老人に出会った。黒一色の日日スポーツで日付を確かめたときのショックは忘れられない。

小学生の自分と、生きている母とを見た。母の顔を見たあとは、目を覚ました公園のベンチに行き、日が暮れ、すっかり暗くなるまで座っていた。昨夜から起こったことを一つひとつ思いだしていたが、やはり夢としか思えなかった。そして午後八時を回ったところで、金魚にやってきた。女将が三十前後であることにも驚かなくなっていた。

取りあえずビールを一本飲み、酒を二合、ぬる燗で頼んだ。酔いつぶれた翌日だというのに女将はいやな顔をせず、ビールも酒も酌をしてくれた。

腕時計に目をやる。午後九時を回ろうとしていた。ポケットに入っている千円札二枚と硬貨を出し、灰皿のわきに置いた。それで勘定が間に合うかはわからなかったが、トイレに入って、目眩がすれば、同じカウンターに戻ってくることはない。

猪口を取りあげ、酒を飲む。

そのとき、表の引き戸が開き、女の声がした。

「こんばんはぁ」

「いらっしゃい」

カウンターの中で女将が立ちあがり、にっこり頬笑む。

入口を見て、仙太郎は目をぱちくりした。濡れた洗い髪の女がプラスチックの桶を小脇に抱えている。女も仙太郎を見て、目を見開いた。昨夜、銭湯の手前ですれ違った女だ。二人の様子を見ていた女将がいった。

「あら、お知り合い」

「いいえ」

仙太郎と女は同時に答える。女が苦笑するのを見て、幾分ほっとしながら女将に顔を向けた。

「夕べ、ここを出たあと、路地ですれ違いまして。どこかでお会いしたことあるような気がしたんですよ」

「私もどこかでお会いしたような気がしたんです」

女はそういいながら仙太郎のとなりに腰を下ろす。

「あなたは？」

「有馬仙太郎で……」

答えかけ、語尾を嚥みこむ。だが、女はぱっと顔を輝かせた。

「ああ、あの仙太郎君のお父さんですか」

「いえ、伯父《おじ》です」とっさに答え、女の顔を見た。「お宅様は？」

「お父さんというなら参観日にお会いしているかも知れませんが、伯父様ですか」

首をかしげつつも、仙太郎に目を向け、ぺこりと頭を下げた。

「菊池裕子《きくちゆうこ》といいます」

それから幼稚園の名前を挙げ、保母をしているという。思わず声を上げそうになった。母親といっしょに銭湯に行き、ばったり出くわした相手が目の前にいる。酒を飲み、息を吐いてから訊いた。

「幼稚園の先生ですか。それにしても園児のことをちゃんと憶えているんですね」

「仙太郎君は特別でしたから」

気弱な心臓がつまずく。裕子はにっこり頰笑んだ。地味な顔立ちだが、好感の持てる笑顔だ。

「名前が珍しかったのと、よくスカートの中をのぞかれましてね。何度もやめてと注意したんですけど、しつこくて」

まるで憶えていなかったが、背中に汗が浮かんだ。酒を注ぎ、あわてて飲み干す。噎《む》せた。

「どうかしました？」

「あ、いえ」

腕時計を見た。午後九時十三分になろうとしている。女将が入口の方に目をやった。

「あらぁ、雨？」

「えっ？」裕子も入口に目をやる。「嘘ぉ。全然降りそうになかったよ」

仙太郎は立ちあがった。女将が顔を向けてくる。

「お帰り？」

「いや、トイレ」

急いでトイレに入り、ドアに鍵を掛けた。まるで飲んでいないのに目眩が襲ってくる。吐き気がした。

こらえきれなかった。

和式便器の底に溜まったのは黄色い泡で、小さな黒っぽい粒がいくつか混じっている。今朝食った牛丼の肉片だろうか。備え付けのトイレットペーパーを引きだしてちぎり、口元を拭《ぬぐ》うと丸めて捨てた。鎖につながった取っ手を引いて、水を流す。呼吸を整え、ふり返ってドアを開けた。

トイレから出て、店内を見まわす。誰もいないと思った直後、カウンターの内側で女将が立ちあがり、心臓がつまずく。

目をぱちくりさせた女将の顔には、六十代という年齢相応の皺《しわ》が刻まれていた。

「あら、いつの間に？」

「すみません。先にトイレを使わせてもらいました」

「いいのよ。どうぞ」

女将は笑みを浮かべて、カウンターを顎で指した。笑顔が少し強ばっているように見える。

丸椅子に腰を下ろし、カウンターを見まわして気がついた。あちらのカウンターには千社札は一枚も貼られていない。

「何にします？」

「ぬる燗を」

「二合でいいかしら」

「はい」

そのとき、背広の内ポケットで携帯電話が振動する。今日一日、携帯電話を持っていることさえ忘れていた。取りだすと、背の表示窓にメールの文字が出ていた。開いて、受信ボックスを見ると、いずれも不在中の着信を知らせるもので、二十一件あったが、大半が会社からだ。

携帯電話がつながって、戻ってきたことを実感する。電話に出られなかった言い訳は明日の朝にでも考えることにして携帯電話を折りたたんだ。

結局、さほど飲む気にもなれず、お通しをあてに二合飲んだだけで金魚を出た。まだ電車が走っている時間帯だが、浅草にしろ三ノ輪《みのわ》にしろ歩いていく気になれなかった。今でも観音裏はちょっとした陸の孤島だ。

湾曲した通りに出て、最初に来たタクシーを停めて乗りこんだ。行く先を告げ、走りだして間もなく携帯電話が振動する。ため息を嚥みこみ、取りだして開いた。

息が止まるかと思った。いや、しばらくは呼吸すら忘れて液晶画面に見入っていた。

画面には、お袋とあって、その下に携帯電話の番号が表示されている。

通話ボタンを押し、恐る恐る耳にあてる。

「もしもし？」

「仙太郎？　あなた一日何やってたの。さっき麻衣子さんから電話があったんだよ。会社から何度も電話が来たって……」

「会社から、麻衣子に？」

離婚した元妻に電話してどうなるんだ、とむかっ腹が立った。

同時に母親の声を聞いて、胸の底が締めつけられる。

あのときは、何もいえなかった。

それにしてもどうなっているのか。まだ、夢は覚めてないのか。

第四章　パラレル

1

「いやぁ、飲んだ飲んだ、食った食った」

真っ赤な顔をてらてら光らせた哲教大学の月埜は丸く突きでた腹を撫でた。

また、浅草に来ていた。新薬について厚労省の認可が下りた祝いだが、月埜、天現寺、仙太郎の三人で、なぜか凜子はいなかった。

仙太郎は月埜のわきに寄った。

「もう一軒いかがですか。まだ宵《よい》の口ですよ。何でしたら、これから六本木にでもくり出してパァァっと」

天現寺も言い添える。

「例のブルーベリーハウスのアカネちゃん、先生を待ってますよ」

にっと笑みを浮かべた月埜は天現寺に向かって一つうなずき、次いで仙太郎に顔を向けた。

「あの真っ黒で、でっかい穴子《あなご》の天麩羅《てんぷら》が出てきたときには、こんなに食えるかって思ったよ。さんざん食い倒して、飲み倒したあとだったろう。だけど、ペロッといけちゃうもんだねぇ」

「ごま油を使ってますから見た目よりずっと軽いんです」

「ありがとう。さすが有馬さん、前回といい、今回といい、浅草は詳しいねぇ」

「浅草だけじゃありません。天麩羅もほかに色々ありますし、鮨なんかもいいですよ。日本橋にきちんと仕事をしてある鮨を食わせる店がありましてね。そこのカウンターで一杯っていうのもおつなもんです」

「うん。次回は鮨もいいね。ぜひ頼むよ」

「かしこまりました。それにしてもせっかく浅草までお運びいただいたんですから、飯だけっていうのも淋しいじゃありませんか。この辺りにも気の利いた店がありますし、何でしたらひとつ風呂浴びますか」

風呂といっても温泉やサウナに入ろうというのではない。浅草からなら吉原のソープランド街は目と鼻の先、タクシーなら数分でたどり着く。

「いやいや」月埜は首を振った。「この年齢《とし》になるとね、風俗はもういいよ。それに最近は酒が入るとすっかり眠くなってね。今は美味しいものを、美味しい酒で適度にいただくというのがいい」

　そういうと月埜は通りかかったタクシーに向かって手を上げた。タクシーが停まり、後部ドアを開く。さっさと乗りこんだ月埜の腕に仙太郎はすがるような格好となった。

「本当によろしいんですか」

「今晩のところは、ね。まったく歳を取るってのは情けない」

　力無い笑みを見せる月埜の手にタクシーチケットを押しこむと、仙太郎は躰を起こした。

「それじゃ、次回は鮨ということで」

「日本橋の、仕事のしてある鮨だね。楽しみにしてるよ」

　一歩下がり、歩道に立つ天現寺と並んだ。

「おやすみ」

　手を上げる月埜に向かって、仙太郎と天現寺はそろって頭を下げた。タクシーのドアが閉まり、走りだす。二人はゆっくりと上体を起こした。

「やっぱり安西先生のことが気にかかるんですかね。月埜先生が自宅に帰るんなら方向は逆でしょう。あちらに行けば、大学に戻ることになりますよ」

「そうだね」天現寺がうなずく。「今日か明日かっていわれてるからね。安西先生も九十三だもの、いつ逝《い》かれてもおかしくない」

　安西が哲教大学医学部付属病院に担ぎこまれたのは、三日前だ。すでに意識は混濁し始めているらしい。天現寺が腕時計を見た。

「まだ、十時か。大学病院に一度顔を出して、容態を見てからのご帰宅ってところかな」

「そうでしょうね」

手を下ろした天現寺が仙太郎を見る。

「この間と今日の御礼がしたいんだ。もう一杯、あそこでどうかな。前回と同じバーで」

天現寺が手で示した先には浅草ビューホテルがあった。


「へえ、有馬さんがSFをねぇ」

天現寺は実に嬉しそうな顔をしてスコッチのオン・ザ・ロックをすすった。

「何という作品?」

「それがよく憶えてないんです。先日、ある町医者のところへ行きましたら待合室にぼろぼろの雑誌がありまして、表紙も破れている上に取れかかっていたんですけど、そこに時間旅行特集みたいなことが書いてあって」

「時間旅行ってのは、古いね」

「そうなんですか。私はそっち方面にうといのでよくわかりませんけど、天現寺さんがこの間おっしゃってたでしょ、昔、SFを書いてたって。それでパラパラとめくってみて、短いのを読んでみたんです」

「何という作者？」

「すみません。それもよく憶えてなくて」

「まあ、あまり興味がなきゃ、そんなものだろうね。で、どんな内容だったの？」

仙太郎はジンソーダを一口飲み、唇に湿《しめ》りをくれると声を圧しだした。

「一人の男がべろべろに酔っぱらって、ある飲み屋に行くんです。今まで入ったことのない店で。そこでトイレに行って、用を足しているとひどく目眩がするんです。ふらふらで出てくると、場所というか、地域というか、それは変わらないんですが、三十年前に戻ってるって話でした」

「うむ」

低く唸った天現寺がじっと仙太郎を見る。仙太郎はもじもじ尻を動かし、ジンを飲んだ。

「主人公は若くなかったでしょ」

「中年というか、四十ちょいというところです」

「やっぱり」

「やっぱりといわれると？」

「三十年前っていうからさ。若い男が主人公だと自分が生まれる前でしょ。それだと江戸時代に行ってもジュラ紀に行っても同じなんだけど、中年男が三十年前に行くと若かったか、子供かは別にしても記憶にあるところへ行くわけじゃない。ストーリー展開としてはありがちなんだけど、まあ、三十年前ってのがミソだね。それで主人公は昔の知り合いに会ったりするんだろ。たとえば、とっくに死んじゃってる父親とか母親とか、初恋の人とかさ」

「そう、おっしゃる通りです。ご存じですか」

主人公が三十年前に行く小説があるとすれば、読んでみたいと思った。何かの参考にしたいわけではないが、似たような体験をしているならぜひ共有したい。

「いや」天現寺が笑みを浮かべて、首を振る。「すぐに思いつくような作品はないなぁ。悪いけど。ただ、設定としてはありがちかな、と思って」

「ありがちですか」

「タイムスリップ物っていうのは、実は過去や未来に行く原理というか、タイムマシンの仕組みとかってのは、どうでもいいというか、適当でいいんだよ。どうせお話なんだから。それっぽい感じがすれば、嘘を楽しめるでしょ」

それから天現寺は、アメリカメリーランド大学で行われたという実験について話しはじめた。

「金とプラスチックを組み合わせて、一種のメタマテリアルと呼ばれるものを作ったんだけど、これは光を操ったり、ブラックホールの研究につながるといわれている。メリーランド大学での実験装置は約百三十七億年前のビッグバン……、宇宙開闢《かいびゃく》の瞬間を再現しようという試みだった」

つづけて天現寺はミンコフスキー時空だの、特殊相対性理論だの、ローレンツ変換だのとまくしたてたが、何の話かさっぱりわからなかった。

天現寺が苦笑する。

「ごめん、ごめん。つい夢中になっちゃった。チンプンカンプンだったかな」

「ええ。私にわかるのは、今、天現寺さんの声を聞いてるな、と、それだけで」

「とにかくビッグバンを再現するモデルを使って、ビッグバンが起こった直後、ある粒子があらゆる方向に飛んでいく様子を観察したんだ。誤解を恐れずにいえば、実験によってその粒子が飛ぶ経路を変えることができて、その粒子がぐるりと輪を描いて元の場所をもう一度通過することがあれば、時間を遡ることが可能だという証明になるといわれた」

「しかし？」

仙太郎の問いかけに天現寺がうなずく。

「いくら経路を変えてやってもきれいに輪を描いて、同じコースを二度通ることはなく、つまりは……」

「時間は遡れない、と」

「そういうこと。だけどね、実験をした連中がいうには、装置は充分なものじゃないし、実験にしてもすべての条件を満たしていたとはいえないから時間遡行の可能性が完全に否定されたわけじゃない、って」

「しつこいですね」

「タイムトラベルは人類の夢といってもいいだろう」

ジンソーダが空いた。天現寺のグラスも氷だけになっている。

「どうします？　もう一杯？」

「いいね。行こう。それで、有馬君が読んだって小説の話をもう少し聞かせてよ」

「そうですね」

仙太郎は顔を上げ、バーテンに向かって自分のグラスを振ってみせ、天現寺のグラスを指して、同じものを、と告げた。

天現寺に向きなおる。

「主人公が白髭の老人に会うんです。それでこちらにいる間は、誰とも話しちゃいけないし、何も触っちゃならんと」

「それもありがちだなぁ」天現寺がにやにやする。「その白髭の老人だけどね、ひょっとしたら主人公の未来の姿なんじゃないの」

「そうなんですか」

思わず声が大きくなった。天現寺が目をぱちくりさせる。

「おいおい、その小説を読んだのは有馬君なんだぜ。ぼくにわかるわけないよ。老人が未来から来た主人公だって書いてなかった？」

「いや、実は時間がなくて結末まで読んでないんですよ。気になるんですが……」

白髪にベレー帽、白髭が顔の下半分を覆い、横縞のTシャツ、麻のジャケットを羽織っていたのははっきり憶えている。

だが、顔は？

目は？

メガネをかけていたような気もするし、かけていなかったようにも思える。記憶の中の老人は服装こそはっきり思いだせるものの顔にはボカシが入っていた。

主人公の未来の姿、つまりは自分といわれて、脳裡を過ったのは登校するのに自宅を出た小学生の自分だ。

自分のようには見えず、戸惑っていた、まさにそのとき、老人に声をかけられた。

『見知らぬ他人みたいだろ』

それから老人は自分の顔を生《ライブ》で見ることはない、といった。

「老人……、未来の主人公は、なぜ警告をしようと主人公の目の前に現れたんでしょうか」

「タイムパラドクスを引き起こさないためだよ。あるいは未来を変えないように、というか」

「未来って、変えられるんですか」

思わず身を乗りだしてしまった。天現寺は穏やかな笑みを浮かべて、首を振った。

「まあ、落ちついて。あくまでも小説の話だろ。根も葉もないフィクション、あるいは屁理屈だよ。たとえば……」

天現寺は目の前にあるガラス製の丸い灰皿を一センチほど動かした。

「ぼくたちはタバコを喫わない。今夜、このあとぼくたち以外に誰もこのテーブルを使わない可能性はある。もしくは客がついてもタバコを喫わなかったり」

「最近、タバコを喫わない人が増えてますからね」

「そう。もし、灰皿が使われて、汚れていれば、店は当然交換する。でも、使っていなければ、このまま指一本触れないという可能性が出てくる」

黙って、天現寺を見返していた。

何がいいたいのか。

「掃除は毎日しているだろう。テーブルも拭くだろうし、灰皿や紙ナプキン、爪楊枝《つまようじ》の入れ物なんかの位置もきちんと決まっているとは思うけど、今、ぼくが動かしたようにたった一センチほどなら許容範囲というか、動かしたことに誰も気づかないかも知れない。だからこの灰皿はたった今ぼくが動かした位置のまま、明日を迎えることになる。逆にぼくが動かさなければ、元の場所のまま、明日を迎えてた」

手を伸ばし、指先で灰皿に触れた。ひんやりとした硬質な感触が伝わってくる。一センチ動かし、ほぼ元の位置に戻した。目を上げ、天現寺を見る。

「つまり未来は変えられる、と？」

「たぶん」天現寺はあっさりうなずいた。「でも、思い通りに変えるというわけにはいかない。少なくとも自分の未来を変えるのに灰皿を一センチ右に動かすか、左に動かすかといった簡単なことで済むはずはないと思う」

背もたれに躰をあずけ、スコッチを飲んでから天現寺が言葉を継いだ。

「だけど、灰皿をほんの一センチ動かしただけで歴史が大きく変わってしまうこともまったくないとはいえない」

「まさか」

「そう、まさか、だね。だけど、こう考えたらどうかな。有馬君にしてもぼくにしても自分の未来をより良くしたいと考えて大学受験をした。もし、希望通りの大学に合格していたら今の自分は存在しなくて、まったく別のところで生活していた可能性がある」

天現寺は医者になりたかった、というのを思いだした。

コースターの上にグラスを置いた天現寺はハンカチを取りだし、指先を拭いた。

「受験というのは、自分一人じゃないから望み通りにはいかない。合格者の数は決まっているのが普通だろう。だけど、それにしたところで決まっているのは合格者の数であって、誰が合格するかまでは決まっていない。これまた当たり前だけど。やってみなくちゃわからないというのは、この部分だよね。すべて世の中の出来事はあらかじめ決まっているなんていうのは小説の世界か、ある種の悪意に基づいて他人を操ろうとする……、宗教とか、詐欺《さぎ》とか」

天現寺がちらりと笑みを浮かべる。

「宗教が詐欺だといってるわけじゃないよ」

「はい、わかります」

「だけど、ささいなことで結果が変わるってことが実際にあるじゃないか。ある受験生が受験当日に寝坊して、試験を受けられなかった。当然彼は不合格だけど、そのおかげで合格する人間が出てくる。どちらの人生も大きく変わるわけだよね。寝坊の原因を探っていくと、目覚まし時計の電池が切れていたとか、そんなことだったかも知れない」

脳裡に光景が広がっていった。

受験前夜、気の小さな受験生は緊張のあまりなかなか寝つけなかった。少し落ちつこうと思って布団を抜けだし、タバコに火を点ける。ライターを置こうとして、たまたま手が触れ、灰皿が一センチほど動く。しかし、彼は気づかない。タバコ一本をゆっくりと喫い、灰皿にぞんざいに押しつけて消すと、ふたたび布団に潜《もぐ》りこみ、やがて眠りこむ。

実は吸い殻の火は消えておらず、ふたたび発熱する。灰皿が一センチ動いていなければ、火のついた吸い殻はテーブルの上でくすぶっているだけだったのに、たまたま灰皿が動いたせいで畳の上に落ちてしまった。畳が焦げはじめたときには、受験生は深い眠りに落ちていた。そのまま火事となり、受験生は焼け死ぬ。

「もし、ですよ」

一度声を出し、唇を嘗めた。

「知らないで、というか、間違って過去を変えてしまったとしたら、どうなるんでしょうか」

天現寺は首をかしげ、目を伏せた。しばらく沈黙した後で顔を上げる。

「何にも起こらない」

「はあ？」

「これもSFだけどね、可能性のある世界が平行《パラレル》に存在しているというのがある。灰皿が動いた世界と、動かなかった世界とが存在している。だけど、ぼくらは今、灰皿をほんのわずか動かした世界にいるわけで、動かさなかった世界にはいけないから、自分たちの感覚としては何も起こらなかったということになる」

「パラレルに存在する世界ということですが、たとえば、死んだはずの人が生きているという世界があり得るわけですか」

「そうだね。パラレルな世界同士を行ったり来たりできるわけじゃないからまず知覚できないとは思うけど。SF的な話ではある。しかし……」

天現寺はにやりとした。

「この間もここで同じような話をしてたね。ぼくは嫌いじゃないからいいんだけどさ。そのとき、ダークマターの話をしたのを憶えているかな」

また、頭痛の予感がした。

2

天現寺といっしょに地下鉄田原町まで歩き、上野で仙太郎だけが降りた。山手線で巣鴨《すがも》まで行き、地下鉄に乗り換えて一駅で自宅からの最寄りに到着する。地上に出て、ぶらぶら歩きだした。

ガラスの灰皿を動かす天現寺の手が脳裡にちらついていた。

未来は変えられる。もしくは、変わってしまう。十五年前に死んだ母親から電話がかかってきただけでなく、自分の携帯電話には母の番号まで登録されていた。これがパラレルに存在する、もう一つの可能性ということなのか。

馬鹿な。馬鹿げている。天現寺だって、あくまでもSF、架空のお話といっていたじゃないか。

しかし……。

三十四年前に行き、コーヒーを飲み、牛丼を食った。セブンスターを一箱買い、映画を観て、幼稚園教諭の菊池裕子に会った。その後、現在に戻ってきたのだが、以前にいた世界とは違っているようだ。

すべては夢だったのか。

夢ならいつ醒めるのか。

ほぼ丸一日携帯がつながらなかったことは、どう説明できるのか。

それに自分の記憶がある。母が死んだという記憶はあったが、母の携帯電話の番号を登録したおぼえはない。

どういうこと？

それともすべては単なる記憶違いでしかないのか。

背広の内ポケットで携帯電話が振動する。取りだす。元妻からの電話だ。あちらに行っている間、会社から元妻に問い合わせがあった、と母がいっていたが、元妻にはまだ何の連絡もしていない。通話ボタンを押し、耳にあてる。

「もしもし？」

「あなた？　大丈夫なの？」

「すまん、連絡しなくて。いろいろあったものだから」

「怪我とか、してないの？」

「ああ」

怪我でも病気でもない、ちょっとした事件というか、出来事に巻きこまれて……、いくら正直に話してもとうてい信じてもらえそうにない。

「今、電話で話してもいい？」

「ああ。駅からうちに向かって歩いているだけだから平気だよ」

「紀子のことなんだけど」

気弱な心臓がまたしてもつまずく。年也につづいて、今度は紀子か。

「何があった？」

思わず語気が強くなった。

「落ちついて。怪我とかじゃないから」

「すまん」

元妻と電話で話していると、謝ってばかりいるような気がする。

「わかるよ。年也のことがあったばかりだからね。実は、今日学校へ行って来たの。夏休み前の三者面談でね」

教師と生徒、生徒の親で三者になる。

「紀子の進学について話をしてきたのね」

「うん」

「あの子、小さい頃からずっとピアノをやってるでしょ。それで音大付属に行きたいらしいの」

「ピアニストになりたいのか」

「できれば、ね。でも、それが厳しいことはあの子もわかってる」

「その学校、私立《わたくしりつ》か」

訊いてから、失敗したと思った。遅かった。元妻が押し黙り、携帯電話に充満する空気がたちまち張りつめる。

「ええ」

元妻の声は地底から響いてくるようだ。

「学費のこととかいろいろ相談したかったんだけど、無理みたいね。というか、私もおめでたいわ。今じゃ、紀子はあなたの子じゃないものね」

「いや、ちょっと待って。そういう意味でいったんじゃなくて」

月々の養育費さえ滞りがちで、今さら父親面などできた筋合いではなかった。その上、年也のことがある。

「手だてを考える時間をくれないか。ところで、取りあえずいくらくらい必要なんだ？」

「受験料とかは大したことがないらしいけど、合格したら、入学金とか授業料、制服代もろもろ含めて百五十万円くらい」

「わかった」

何とか声を圧しだした。

「年也のことで紀子に夢を諦めさせたくないのよ。今日、先生にいわれて、初めて紀子が音大付属に進学したいって思ってることを知ったの。顔から火が出るかと思った。紀子はいえなかったのね。それこそ年也のことがあるから。不憫《ふびん》で……」

妻が声を詰まらせた。耳を澄ませたが、嗚咽は聞こえてこなかった。

「おれも紀子の夢を何とかしてやりたい」

「うちのピアノには、いろいろ思い出はつまっているんだけどね」

ため息混じりだが、元妻の声はいつも通りに聞こえた。

「ごめんなさい。ピアノのことは忘れて。とにかく紀子の進学のこと、ちょっと考えてみて」

「うん」

「おやすみなさい」

「おやすみ」

電話を切った。

自宅に戻ると、まずスーツの上着とズボンを別々にハンガーに吊るし、ブラシをあてた。ワイシャツ、下着、靴下を洗濯かごに放りこみ、浴室に入る。浴槽の中に立ち、温水をざっと浴びるとボディソープで頭と顔を一度に洗う。スキンヘッド並みに短く髪を刈りこんでいるのでシャンプーでは泡立たないし、頭と顔とをいっぺんに洗う方が楽なのだ。

紀子はピアニストになりたいらしい。蛙の子は所詮蛙に過ぎないという自覚はある。だから紀子が世界的なピアニストになるなどと夢想はしない。それでも紀子が音大付属に進みたいというのなら望みは叶えてやりたいと思う。

一種の職業訓練だと考えればいい。付属中学から高校、大学と一貫してピアノを学べば、才能の多寡に応じて、それなりの職業があるだろう。昔ながらの言い方をすれば、手に職を付けるということだ。

スポンジにボディソープを垂らし、躰を洗う。

進学に際して問題は先立つもので、元妻が電話してきたのもその点を相談するためだ。もろもろ含めて、百五十万円。今の仙太郎にはため息しか出てこないほどの大金ではある。唯一の財産であるマンションを売り払うにしてもローンの残りを考えれば、一円にもならず、今しばらくはローンを払いつづけなくてはならない。ここへ来て、まことにデフレが恨《うら》めしい。

『うちのピアノには、いろいろ思い出はつまっているんだけどね』

元妻がいった。

紀子が三歳の時、中古の電子ピアノを買い、今でも使いつづけている。小学生になったころには、ヘッドフォンをつけ、少し大人びた顔をして鍵盤《けんばん》を叩いていたものだ。傍らにいる仙太郎の耳には、スカスカ、フカフカという鍵盤の動く音しか聞こえなかった。マンション暮らしではまともに音を出すわけにいかなかった。

小学校二年生のとき、ピアノ教室が主催《しゅさい》する演奏会に行ったことがある。後にも先にもそのとき一度きりでしかない。紀子の技量がどの程度のものか、専門的知識がないので判断できなかったが、少なくともほかの生徒たちよりははるかに上手だった。もっとも親の耳には、なべて我が子の演奏だけは別格に聞こえるらしいが。

いろいろ思い出が詰まっているというのは、それだけ古いということでもある。専門的な勉強をするようになれば、ピアノも買い換えなくてはならないのだろう。

泡を洗い流し、浴室から出て、バスタオルを使った。髪を短くしていると、一拭きで乾いてしまうのが便利だ。白のTシャツとボクサーショーツを着け、冷蔵庫から三百五十ミリリットル入りの発泡酒を取りだしてソファに腰かけた。住まいは1LDKで、六畳の和室――実際にはもうちょっと狭い感じがする――には洋服ダンスとベッドを置いているが、ソファで寝てしまうことが多かった。

発泡酒の缶を開け、ひと口飲む。帰宅し、シャワーを浴びて、発泡酒を飲むとようやく一日が終わったという気がする。

さすがに足元がおぼつかないほど酔っぱらっているときには飲まないが、記憶が消し飛んでしまうほど酔っていながら翌朝テーブルの上に空になった缶が置いてあるのを見ることもあり、さすがに何をしているのかと思ってしまう。

紀子を音大付属に通わせることになれば、タバコにつづいて、寝る前の発泡酒も諦めなくてはならないかも知れない。それだけでなく、毎朝のスポーツ紙、缶コーヒー、あんパンも見直さなくてはならないか。

目の前のガラステーブルに置いてあるノートパソコンの電源を入れる気にもなれず、発泡酒をちびちびと飲んでいた。ふといつまでつづけられるだろう、と思った。食費を切りつめ、タバコをやめ、娯楽に金を遣うなどほとんどない。昇給が望めないどころか、実質的目減りの方がリアルだし、定年まで勤められるのか、目一杯勤めたとしても、退職金がまともにもらえるのかもわからない。紀子の次には年也がひかえている。

立ちあがり、背広の内ポケットから携帯電話を取りだした。ソファに戻ると、充電器につなぐ。午後十一時まで、あと五分あった。少し遅いかと思いつつ、電話機を開き、着信履歴の中からお袋として登録してある番号を選んで発信ボタンを押した。

母はすぐに出た。

「もしもし?」

「遅くにすまん」

「いいよ。どうせ年寄りはなかなか眠れないんだから。あたしもお前に電話したいと思ってたんだけど、昼間は仕事だし、夜も接待とかがあるんだろ」

「ああ」目をつぶり、頭を撫でた。「この間は愛想なくて、ごめん。いろいろあってゆっくり話ができなかった」

「取りあえずは無事でよかったよ。会社の方は何ともなかったのかい？」

「無断欠勤だからな。上司には嫌味をいわれたけど、それで済んだ」目を開け、座りなおした。「それでおれに電話しようと思ってたって、何かあった？」

「あたしの左膝のこと、お前も知ってるだろ」

「ああ」

母親はとっくに死んでいる。左膝がどうなのか、知る由もないが、話を合わせるしかなかった。

「立ってるのもしんどくて。それで整形外科に通って毎日電気をあててもらっているんだけど、手術しなくちゃダメらしいの」

「手術って？」

「人工関節にしなきゃ痛みは取れないっていうの。父さんの面倒を見てもらっている上にあたしのことまで頼むのは気が引けるんだけどね。入院は一カ月くらいで済むらしいんだけど」

父が〈柊の家〉にいる点も変わらないらしい。

「いくらかかるんだ？」

ついさっき元妻と同じような会話をしていた。

「補助金が出るんだけど、それでも十万円くらいかね。ここの家賃とかもあるし、年金なんて知れてるからね。でも、人工関節にすれば、先生はまた元のように歩けるようになるっていうのよ。海外旅行だって行けるって」

海外旅行だって？

叫び出しそうになるのを何とかこらえた。

「それで問診があるんだけど、あたしゃ、婆ぁだからさ、お医者さんが何をいっているか、さっぱりわかんないんだよ。それでお前にいっしょに行って欲しいんだ」

「問診はいつなんだ？」

「来週なんだけど」

ガラスのテーブルに置いた手帳を取りあげ、訊いた。

「来週の何曜日だい？」

父につづき、母の面倒も見なくてはならない。ちょっと複雑な気持ちになった。

メロディではなく、ひたすら耳障《ざわ》りなだけの電子音を携帯電話が発した。マナーモードを解除するのは、いつも寝る寸前で、目覚まし時計代わりにアラーム機能を使っているためだ。

それに〈柊の家〉には父がいるので、いつでも連絡がとれるようにしておかなくてはならない。

目を開いた。ブラインド越しの朝の光で部屋の中がぼんやり明るい。まばたきする。切れては鳴りだす電子音はアラームではなく、着信だ。二度で止まれば、メールだが。

三度目が鳴りはじめたところで躰を起こし、テーブルに置いた携帯電話を取りあげた。背面の小さな液晶窓には柊の家ではなく、天現寺の名前が浮かびあがっていた。充電器に差したままの電話機を開き、耳にあてた。

「おはよ……」声がかすれ、咳払いをした。「失礼しました。おはようございます」

「おはようございます」天現寺の声は落ちついていた。「朝早くから申し訳ない」

「いや」

答えながら目を細め、テーブルの上の腕時計を見た。午前四時十分、確かに朝早い。起きあがった。

「何かあったんですか」

「昨夜《ゆうべ》、安西先生が亡くなってね」

「はい」

電話機を耳にあてたまま、咽仏の辺りを掻いた。腕時計のわきに置いたセブンスターが目についた。起き抜けにタバコを喫うようになれば、一気に悪習に戻っていくと聞いたことがある。しかし、ためらいは一瞬でしかなかった。一本抜いて、くわえ、マッチで火を点けた。

「月埜先生に連絡がとれないらしいんだ。我々と別れたあと、安西先生の病室に顔を出したことはわかっている。月埜先生が到着した頃から容態が急変して。月埜先生は最期を看取ったあと、何もいわずに姿を消した」

「でも、ご自宅に戻っていないんですね」

「そう。付属病院に詰めていた助手の一人が月埜先生がいないことに気づいて、携帯に電話をしたんだそうだが、つながらなくて、それでご自宅の方へも電話を入れた。奥さんは寝ていて……、まあ、時間を考えれば、当たり前だけど……、そこで初めてまだ帰宅していないことがわかった」

「はあ」

灰皿を探したが、禁煙してからは手元に置いていない。発泡酒の空き缶に灰を落とした。

「トリケラトプスのこと、どの程度知ってる？」

ふいに天現寺が訊いてきた。恐竜の話をしようというのではない。トリケラトプスとは、リューホウ製薬が開発したある抗ガン剤に付けられた暗号名である。もっともすでに販売されているので現在では名前が変わっている。

「トリケラトプスと呼ばれていた頃のことはあまり知りません。もちろん売り出してからは営業をしてますから。発売は一年前ですか」

リューホウ製薬で初めて発売した抗ガン剤だが、効能もさることながら毒性が強く、投与された患者の死亡例が多い。たった一年でほとんど使われなくなっていた。

「そうだね。あの薬にいろいろあるのはわかっている。だけど、今はそのことはいい。あの薬だが、例によって、安西先生がボスとなって厚労省の認可を取りつけた。事前の作業を担当したのは、すべて月埜先生だった。これもいつも通りだけどね」

「トリケラトプスがどうかしたんですか」

「厚労省の認可を得るまでにいろいろあってね、今になって一部のマスコミというか、フリーライターが動いているらしい。まあ、トリケラトプスだけじゃなく、安西先生にも毀誉褒《きよほう》貶《へん》というか、叩けば埃くらい出るから」

「新薬を開発するには、避けて通れないこともありますよ」

「そうだね。それで、今日、本社で会議が行われることになった。午前七時から」

異例だ。

「もう間もなくぼくは自宅を出なくちゃならない。うちの人間で月埜先生に最後に会ったのは、有馬君とぼくだから、何か訊かれるかも知れない」

「天現寺さんは……」

「何？」

「あ、いえ……」

行方不明になったりしないですよね、とはいえない。

「トリケラトプスを世に送りだしたのはぼくだ。コーディネートはすべてやった。だからもし何かあれば、安西先生、月埜先生だけでなく、社内的にはぼくがすべて背負わされるかも知れない」

電話口から力無い笑い声が漏れた。

「有馬君を巻きこもうってわけじゃないから安心してよ。ただ、誰かと話をしたかったんだ」

「いえ。わざわざお知らせいただいてありがとうございます。天現寺さん……」

「何?」

「大丈夫ですよね?」

「ああ。トリケラトプスに命を救われた患者さんも多いんだ。ぼくは自信を持ってるよ」

「会議、頑張ってください」

「ありがとう」

電話を切り、空き缶でタバコを押しつぶした。眠気はふっ飛んでいる。二本目のセブンスターをくわえた。

3

哲教大学医学部教授の安西が老衰で死んだ夜から瞬く間に二週間が過ぎた。

安西の葬儀は哲教大学が主催したが、バックアップはリューホウ製薬が行った。おかげで仙太郎は葬儀の準備から後かたづけまで四日にわたって駆りだされた。その間、月埜はおろか天現寺さえ見かけていない。

さすがに天現寺のことは気になり、数回電話を入れたが、つながらなかった。斎場で凜子を見かけたので訊ねたが、来てるはずだけどといわれただけでろくに話もできなかった。学術部の連中に訊いても答えは似たようなものだった。

もともと天現寺といっしょに仕事をすることは少なく、月埜の接待に呼びだされたのが久しぶりの再会だったのだ。それゆえ気にはなったものの安西の葬儀が終わったあと、とくに連絡がなくても不審は抱かなかった。

正直、仙太郎自身、公私ともに忙殺される日々で天現寺や月埜どころではなかった。

天現寺から電話があったその日のうちに営業本部長である常務に呼びだされ、二時間ほど天現寺や月埜とのこれまでの関わりや最近になって二度浅草で接待したときの様子などを訊かれたが、隠す理由もなかったのですべて話した。一度目は凜子も同席していたともいった。

天現寺が領収書を添付した報告書を上げていたので、ごまかしようもなかった。トリケラトプスについては何も訊かれなかった。

新聞には安西の訃報が載ったが、トリケラトプス——記事中では製品名になっていたが——について触れたものは少なく、扱いもあっさりしていた。死者を鞭《むち》打つことはしないというわけではない。安西は昭和四十年代から新薬開発においては有名人であり、薬効が怪しげだったり、副作用が強くて患者が死んだりしたような薬のときには、よく名前が出てきていたのである。昭和五十年代に入る頃、ある医薬品をめぐるスキャンダルが原因で東大医学部を追われ、哲教大学に移っている。同じ頃、月埜が助手になった。トリケラトプスの扱いが小さかったのは目立たなかったからに過ぎない。

トリケラトプスについてフリーライターが動いていると天現寺はいっていたが、新聞には安西の訃報が載っただけで、テレビのワイドショーや週刊誌が後追いすることもなかったし、社内でもまるで噂にならなかった。

不思議な気もしたが、仙太郎には関わっている余裕がなかった。

半年先とはいえ、紀子の入学金そのほかで百五十万円を用立てねばならず、その先の学資や、年也の将来についても考えなくてはならなかった。仕事の合間を縫って、銀行や信金、そのほか金融機関に勤める同級生や知人に会いまくったが、うまい方策は見つかっていない。また、母に付き添って整形外科に行き、膝の人工関節についてレクチャーを受けた。大手術になるということをなかなか理解できない母に手こずり、レクチャーはつごう三度におよんだ。

同時に安西の後任となるべきボスを探す仕事も押しつけられ、日々の睡眠は二、三時間になった。疲れきっていたせいか、六十代後半となった母と再会してもまるで感慨はなかった。一日中歩きまわって、公私ともにはかばかしい成果もないまま、会社に戻ろうというとき、鞄はことさら重かった。うつむいて歩く頭上に雷鳴が響く。

天気予報で梅雨明けが宣言されてからというもの、昼間は晴れ、体温を超えるほど気温が上昇し、夕方には激しい夕立が襲ってくるようになった。夕立とはいっても、ときに二時間以上も強い雨がつづき、都内のそこここで川が溢れ、床下浸水などのニュースがつづいていた。

それでも何とか会社に入るまで雨に降られずに済みそうだと足を速めていた仙太郎の前に人影が立った。

顔を上げた。

「この間は、どうも」

無精髭が伸び、皺だらけのスーツを着て、ネクタイを締めていない天現寺が気弱そうな笑みを浮かべている。顔は青白く、目許《めもと》が赤かった。ひどく疲れた顔をしている。無精髭をのぞけば、自分も似たような顔つきをしているだろうと仙太郎は思った。

「ちょっとお茶でも付きあってもらえないかな」

「天現寺さん……」

「いいですよ」

答えた直後、いきなり強い雨が降り出し、敷石を並べた歩道に雨粒が弾け、足元が煙った。

寝心地のいい、柔らかな椅子が営業マンの間で好評なチェーンの喫茶店に入った。地下のワンフロアすべてを一軒で使っていて、仙太郎と天現寺は周りに客のいない隅のボックス席に向かいあって座った。ハンカチで肩や袖、顔を拭いているうちに注文したアイスコーヒーが運ばれてくる。ウェイトレスが遠ざかると天現寺が切りだした。

「うちの会社が買収されかかってる」

ハンカチを持った手が止まった。天現寺は何度もうなずきながら言葉を継いだ。

「寝耳に水、青天の霹靂《へきれき》、藪から棒ってのが合わさったような顔してるね。ビックリするのも無理ない」

天現寺は周囲を素早く見まわしたあと、身を乗りだし、低い声でつづけた。

「トリケラトプスのこと、話したでしょ。でも、マスコミが一度も取りあげることはなかった」

「安西先生の訃報にちらりと出てましたが、あまり目立ちませんでしたね」

「トリケラトプスの件を追いかけてるライターのバックには……」

天現寺は右の頰に人差し指をあてると上から下へと動かした。

「……という連中がついてる。ライターなんていってるけど、もともとは総会屋の子分なんだ」

それから天現寺は外資系医薬品メーカーの名前を挙げた。仙太郎ももちろん名前を知っている世界でもトップクラスの大手である。

「フランスが発祥の地だが、現在ではニューヨークの本社が実権を握っている」

「あそこがうちなんかを買収しようっていうんですか」

「実際に動いているのは日本法人と香港《ホンコン》にある金融専門の子会社だけどね。それに狙われているのはうちだけじゃない」

天現寺は中堅どころの医薬品メーカーばかり十社ほどをすらすら並べた。

「これでも一部だって話だ。最終的には、奴らの日本法人がうちと同じくらいの規模のメーカーを十五から二十、吸収しようとしているらしい」

「それだけ集まれば……」

「そう。日本最大の医薬品メーカーになる。しかし、メーカーとしては大して期待していないだろう。欲しいのは国内の販売網と、それに新薬開発のボスたちだ」

「それだけじゃないでしょう？」

「ああ」天現寺はうなずいた。「最終的には厚労省の官僚たち、さらには許認可権限を持ってる厚労省そのものを抱きこむつもりだろう。大同合併することで、海外メーカーの日本法人から晴れて日本の製薬会社になれるし、それぞれが抱えている人脈も自分たちのものになる」

ピッチャーに入ったガムシロップとミルクをすべてアイスコーヒーに入れ、ストローでぐるぐるかき混ぜながら天現寺はうっすらと笑みを浮かべた。

「うちの会社が同族経営なのは知ってるだろう？　株式だって上場してない。だいたいうちの上の連中は会社を売る気なんてまるでない。高齢化社会はまだまだつづくからね。多少細くはなったが、金の成る木には違いないんだ。一族が裕福に暮らして行くには充分なのさ」

「だからトリケラトプスの件を蒸し返して、揺さぶりをかけようってことですか」

「ライターがたまたまつかんだネタを連中に売りこんだのか、そもそも買収をしかけようって連中がライターを使ったのか。ぼくは後者だと思うけど、はっきりしたことはわからない」

ストローをくわえた天現寺は頰をへこませ、アイスコーヒーを吸った。咽を鳴らし、ほとんどひと息に飲み干す。仙太郎は手をつけていないアイスコーヒーのグラスを天現寺の方へ押しやった。

「ありがとう」

天現寺がうなずく。目を伏せ、仙太郎が押しだしたアイスコーヒーのグラスを見つめた。

「トリケラトプスの件では、ぼくは首までどっぷり浸かっている。会社としては秘密にしておきたいことなんかもいろいろ知ってる」

目を上げた天現寺が仙太郎を見た。

「ライターって奴が接触してきた。ぼくの携帯番号なんかどうやって調べたのかわからないけど、とにかく直接電話してきたんだ。すべて話せば……」

人差し指を立てた。

「ニンベンだって」天現寺がささやくようにいった。「億、だよ」


喫茶店を出て、ビルの出入り口まで来た。雨脚はさらに強まり、自動車はライトを点け、雨を掻き分けるように行き交っていた。雷鳴は切れ目なく、腹の底まで響いてくる。

「ひどいねぇ」

ビルのガラス扉越しに外を見やった天現寺がつぶやく。言葉とは裏腹に声は明るかった。

仙太郎をふり返る。

「会社に駆けこむまでにずぶ濡れになりそうだね」

「そうですね。天現寺さんは、どちらまで？」

「最寄り駅まで歩くんだけど、この後も予定があるわけじゃないし、もう一度喫茶店に戻って一眠りしてもいいんだ」

にやりとしたが、どこか自嘲的な顔つきに見える。

「今、リフレッシュ休暇中でね。うちの会社にそういう制度があるって、知ってた？」

「ええ」

制度があるのは知っていたが、名目だけで、休暇を取った者は周囲にいなかった。

「ぼくも自分がリフレッシュ休暇を取るようになるなんて思ってもいなかったよ。この間、朝早く、有馬君に電話した日、午前七時から会議だっていったろ？　専務と常務が待ちかまえてて、休みを取るように勧められたんだ。ひどく疲れた顔してるっていわれて。で、その場から休暇さ」

安西の葬儀には出なかったのだろう。凜子や学術部の人間は、天現寺の休暇を知っていてとぼけたのか。

ふたたび外に目をやった天現寺はふっとため息を吐いた。

「勤続二十六年だよ。気がつけば、四半世紀を超えてた。有給休暇もほとんど取ってなかったからリフレッシュ休暇は何だかんだで一カ月になった。だからまだ半分消化しただけさ。でも、貧乏性なんだよね。三日もすると、何をしたらいいものか、わからなくなった。初日は丸一日寝てて、二日目は洗濯、三日目に部屋の掃除……、あとはもう何もないんだ。笑えるよね」

「ご家族は？」

「佐賀《さが》に両親がいる。どっちも八十を過ぎてるんだけど、まだ元気だ。二人でうまくやってるよ。とはいえ、もう八十だからなぁ。顔くらい見に行ってやろうかと思うんだけど、いざとなると面倒くさくなってね」

天現寺は独身なのだろうか。だが、あえて訊ねる気にはなれなかった。家族と聞いて、老いた親のことを話したのだ。推して知るべしだろう。

「最近、ふと思うことがあるんだよね。いつの間にか昨日と同じ今日、今日と同じ明日が来るのが当たり前だって思いこんでいたけど、これって傲慢《ごうまん》じゃないのかって。今日と同じ明日が来る保証なんて、どこにもない。それなのにいつの間にか明日が正確に予見できるように思いこんでた。これって、やっぱり傲慢だよ」

「想定外のことも起こり得る、と？」

「そう」天現寺が仙太郎を見て、にっこり頬笑んだ。「明日は何があるかわからない。だけど、何が起こっても生きていかなきゃならない。ごめんね、突然訪ねたりして。そろそろ夕方のミーティングだろ。皆、待ってるよね」

「はあ」

「それじゃ、また」

天現寺が手を差しだしてきた。何となく握手をしたが、いまだかつて天現寺とは握手などしたことがない。

手を離すと上着の襟を立て、雨の中へ踏みだした。

夕方の雷雨は二時間ほどつづいたが、仙太郎が会社を出たときにはビルの間から星空がのぞいていた。空気はたっぷり湿気を含んで、いくぶんひんやりしている。間もなく午後十一時になろうとしていた。

空腹だったが、食欲はなかった。胃袋にずっしり天現寺の話がもたれている。

憔悴《しょうすい》しきった天現寺の顔を見ていると、リフレッシュ休暇中というのは疲れそうだと思った。三日目にして、することがなくなる。仙太郎にしても同じだろう。

世界最大の医薬品メーカーがリューホウ製薬を買収しようとしている。業界再編はこれまでに何度も噂されていた。外資系メーカーが日本の医薬品業界をひっくり返すほどの買収を仕掛けてくるとか、企業同士の合併が大幅に進むとか。

実際に倒産する企業や合併もあったが、大半は騒ぎに較べてちっぽけなものでしかなかった。

赤信号で足を止めたとき、となりにやって来た男に声をかけられた。

「すみません。有馬さん……、ですよね？」

ぎょっとして相手を見る。

背が低く、その分横に広がっているような体型だが、肥満体というより固い筋肉が詰まっている感じだ。肩幅が広く、猪首《いくび》、癖のある髪を無理矢理七三に撫でつけ、ボストンメガネをかけている。ベージュのスーツを着ていて、ワイシャツのカラーはよれよれ、ネクタイが緩んでいた。まるで見覚えのない顔だ。

「どちら様でしょうか」

「失礼しました」

男は上着の内ポケットから縦長の手帳を引っぱり出し、中から名刺を抜いた。

「フリーライターの牟礼田《むれた》といいます」

名刺には牟礼田庸三《ようぞう》とあり、ふりがなが振ってあった。携帯電話の番号、メールアドレスが印刷されているが、会社名や住所などはない。

手を出さずに目を上げ、牟礼田を見た。ほんの一瞬、雨に打たれた野良猫のような顔をしたが、名刺を下ろそうとはしなかった。

「夕方、天現寺さんとお会いになってましたよね。この先の喫茶店で」

黙って見返す。牟礼田はまるで頓着することなくつづけた。

「いわれませんでした？　トリケラトプスの件でフリーライターが動いているって。もしくはヤー公の手先の胡散《うさん》臭いデブが嗅ぎまわってるとか」

牟礼田は口元に笑みを浮かべたが、ボストンメガネの奥の目は冷たいまま、仙太郎を凝《ぎょう》視《し》している。ちょっとした表情の変化も見逃すまいとしているようだ。

「天現寺さんは誤解されてるんです。確かに昔、私はさる先生の下《もと》で修行をしていたことがありますが、それも誤解です。世間では先生のことを総会屋だとか、乗っ取り屋だとかいってましたが、それも誤解です。先生は投資顧問をされていただけですよ。私も企業経営者のお力になれるような仕事をしたかったんですが、頭が悪かったんです。とても先生のようにはなれません。身すぎ世すぎに売文稼業をしているような次第で」

いきなり牟礼田が仙太郎の手を取り、名刺を押しこんできた。ねっとりと脂っぽい手のひらが気味悪く、思わず引こうとしたが、がっちりつかまえられた。

「日本の医薬品業界は今のままじゃダメなんです。携帯電話業界と同じで完全にガラパゴス化してるんですよ。そりゃ、今までのように美味しい目を見ることは少なくなるかも知れませんが、それでもたった今から立て直しを図れば、充分に世界中のメーカーと伍して戦っていけるんです」

「離せ」

手を振りほどこうとした。

「こりゃ、失礼」

しゃあしゃあといってのけ、牟礼田があっさり手を離す。名刺は仙太郎の手に残った。

牟礼田はメガネのブリッジを押しあげた。

「天現寺さんこそ、ある外資系メーカーの走狗《そうく》なんです。ひょっとしたら月埜先生の行方も天現寺さんがご存じかも知れない」

「何の話だ」

「そして有馬さん、あなただ。坊ちゃんの事故はまことにご不幸でした。衷心《ちゅうしん》よりお見舞い申しあげます。でも、坊ちゃんの事故でお嬢さんの夢を諦めさせてはいけない」

吐き気が湧きあがってくる。恐怖が吐き気という形になっているのかも知れない。

億《ニンベン》といった天現寺の面影が脳裡に浮かぶ。

「一度、ゆっくりお話をしましょう」

「何も話すことなどない」

きっぱり言い放ったつもりだが、声が震えていたのでは様にならず、牟礼田は冷笑して指を二本立てた。

「私の取材にご協力いただければ、お支払いしますよ」

「二億？」

牟礼田が吹きだした。

「馬鹿いっちゃいけない。有馬さんのどこにそれだけの価値があるって……」

言葉を切った牟礼田が小さくうなずいた。

「おおかた天現寺さんにいわれたんでしょう。ニンベンなんてね。バブルの時期ならともかく、今どきニンベンなんて言い回しは誰もしませんよ。まあ、金ってのはいつの時代もあるところにはあるもんですが」

食道をせり上がってきたきな臭い塊が咽を塞いでいる。

牟礼田はVサインのように立てた指を振った。

「二十万ですよ、二十万。だけどニンベンよりリアルでしょ。一度の協力で二十万。七、八回でお嬢さんの夢が買えるじゃありませんか。悪い話じゃないはずだ。じゃあ、取りあえず今夜はこれで」

牟礼田は気取って小首をかしげ、会釈《えしゃく》をしたが、首がないので似合わなかった。

4

「まず教育に必要な資金の融資を受ける前に、より負担の少ない方策について考えなくてはなりません」

名刺には学校法人つくしんぼ学園教育援助部　エデュケーショナルサポートコンサルタント　椎川美鈴《しいかわみれい》とあった。眩《まぶ》しいほどに輝く純白のブラウスの襟を立て、小顔に縁なしのメガネをかけている。髪はアップに結い上げてあった。テーブルを挟んで、仙太郎は元妻、娘の紀子と並んで椎川に向かいあっていた。

「より負担の少ない方法というのがあるんですか」

元妻が身を乗りだす。椎川が力強くうなずき返した。

学校法人つくしんぼ学園というのは、かつて紀子が通っていた幼稚園を経営しており、母体は寺である。寺の境内に幼稚園を建て、近所の子供たちを集めたのが始まりで事業を拡大していったということだ。宗教法人に学校法人、二重に丸儲けじゃないかと思った。

昨夜、元妻から電話があり、紀子の進学資金を作る方策について相談できそうなところが見つかったので一緒に来て欲しいといわれた。会社に午前中だけ休暇をもらい、やって来たのである。紀子は夏休みに入っている。

「奨学金です。現在では、どちらの学校でも独自に奨学金制度を設けています」

椎川は元妻から紀子に顔を向け、にっこり頬笑んだ。

「あなたが目指している音大にもちゃんと奨学金制度がありますよ」

紀子は固い表情のまま、うなずいた。椎川は目を上げ、元妻、仙太郎と順に見た。

「学校だけでなく、企業の教育財団や、我々のような学校法人でも独自に運営している奨学金制度もあります」

「そうなんですか」

元妻は手元に置いた手帳に何ごとか書きこんだ。

「奨学金制度の次に検討すべきは国の教育助成制度です。教育一般貸付、郵貯、年金などの種類がありますが、民間のものに較べると金利などの面で負担が小さくて済むというメリットがあります。そして民間の教育資金の融資制度ですね。これはあらゆる金融機関が行っていますので、比較検討が可能です。ですからお嬢さんの夢をかなえるためには様々な助成制度があることをまずはご理解ください」

「はい」元妻は頭を下げた。「ありがとうございます」

まだ礼をいうには早いだろうと思いながらもさすがは専門家だと感心していた。

金融機関に勤める同級生、知人を回ったが、口をそろえていわれたのが不景気のあおりを受けて審査が厳しくなっていること、審査に通っても金利が高いこと、持ち家とはいってもローンの残っているマンションであり、しかも仙太郎が離婚していることなどを挙げ、融資を受けるにはこれ以上ないくらいに不利だといわれていた。

誰一人、奨学金のことはいわなかった。知らなかったのだろうか。

椎川はふたたび紀子に目を向けた。

「ということで、あなたは安心して。これからご両親と少し込み入ったお話をしなくてはならないので、廊下で待っていてもらえますか」

「はい」紀子は立ちあがり、椅子をきちんと戻してから一礼した。「ありがとうございました。よろしくお願いします」

「お任せください」

穏やかな笑みを浮かべて椎川が会釈を返す。紀子は会議室のドアから出ていった。

紀子がいなくなったとたん、椎川の表情が一変する。穏やかな微笑は消え、口元が厳しく引き締められた。

「さて、最初に申しあげた奨学金制度についてですが、お嬢さんが受験されようとしている音大にも確かに制度はあります。しかし、あくまでも大学生、大学院生を対象としたもので、一部に高校の奨学金もありますが、条件は厳しく、また額もさほど多くありません」

元妻が生唾を嚥む音が聞こえた。椎川は表情を緩めずに言葉を継いだ。

「次に国の教育ローンについてですが」

紀子がいる間、教育ローンという単語が一度も出てこなかったことに気づいた。

「郵貯によるローンの利用にあたっては、教育積立郵便貯金があることが前提となりますし、融資を受けられるのも積み立ててある金額の範囲内です。失礼ですが、郵便局で教育積立をなさってますか」

元妻がちらりと仙太郎を見たあと、椎川に視線を戻し、首を振った。

「いいえ、ございません」

椎川が頬をふくらませ、ふっと息を吐く。

「郵政改革というのは聞かれたことがあると思いますが、その一環として、平成十九年九月末で教育積立貯金の新規受付が終了しているのです。従いまして今から積み立てするのは不可能です。ついでに申しあげると、年金を基金とする教育貸付を受けるには独立行政法人の福祉医療機構によるあっせんが必要なのですが、この機構は平成二十年三月末以降、業務を休止しています。名目は休止ですが、復活は難しいと見られています。残るのは、教育一般貸付で、融資額は生徒一人につき三百万円以内、返済期間は十五年……」

椎川が仙太郎と元妻を交互に見て、付け足した。

「母子家庭や交通遺児家庭の場合は十八年以内と返済期間が延びます」

元妻はうなずいたが、もう手帳には書きこもうとせず、シャープペンシルを挟んで閉じてしまった。

「国の教育一般貸付は確かに金利も低く、返済期間も長いので、負担は小さいのですが、それだけに申し込み件数が多く、審査が厳しいということを念頭に置いてください。だいたい審査には十日を要します。事前に申し込むこともできるので、まずは国の制度に申し込みをしてみて、ダメだったら次に民間の教育ローンを考えるという流れになります」

「あの、ちょっとよろしいですか」

仙太郎は口を挟んだ。椎川がうなずく。

「金融機関に勤めている知り合いの何人かにあたってみたんですけど、民間の方も今は結構厳しいみたいですが」

「おっしゃる通りです」

椎川はテーブルの上で両手の指をからめた。爪にはきれいにマニキュアがほどこされている。

「平均的な例として申しあげます。必ずしも五十嵐様のご家庭の事情に合うものとはいえませんが、参考までということでお聞きください」

つくしんぼ学園に連絡したとき、元妻は旧姓を使っていた。そのことに抵抗は感じなかった代わり気持ちが楽になることもなかった。

「教育費を捻出するためには、収入を増やし、支出を減らして対応するのが一般的です。収入を増やすには、ご主人が積極的に残業を増やしたりすること、奥様が働いていない場合は仕事に就かれること、すでに仕事に就いている場合、パートであれば、正規雇用を就職先に申し出るか、あるいはほかのパートを兼業されるなどの方法もあります。また、お子様自身がアルバイトをして自ら学資を稼がれるケースもあります。入学時など一時的にお金が必要な場合には保険の見直しや預貯金の取り崩しによって対応される場合もあるようです。一方、支出を減らす点については、旅行などのレジャーを控えたり、趣味などに使っていた費用を学資に回すことを考えたり、あとは一般的ですが、食費や光熱費を節約することですね。我慢すれば、節約は可能なのです」

椎川は言葉を切り、仙太郎と元妻の顔を交互に見た。

「ここで考えていただきたいのは、我慢といっても生涯つづくわけではないということです。高校であれば、三年間、その後四年制大学に通ったとしても七年間、お子様が二人だとして十年くらいでしょうか。これは経験なさった方がよくいわれることですが、渦中《かちゅう》にあっては永遠につづくように感じられてもお子様が無事卒業なさると、案外短かった、と。ですから我慢も一定期間と割り切れば、何とかなるものです」

片腕を失った年也の面倒を見なくてはならないことを考えると、元妻がどれくらい働けるか疑問だ。離婚後、元妻と子供たちが旅行や外食しているのか知らないが、我慢するといっても知れているだろう。仙太郎には我慢するべき趣味もない。

その上、〈柊の家〉に入っている父の面倒も見なくてはならない。父がいつまで生きているかはわからないが、すぐに死んでくれというわけにもいかなかった。

「くどいようですが、あくまでも一般論、平均として申しあげますが、子供二人を私立校に通わせているご夫婦の場合、住宅ローンと学費などにかかる費用は収入の四十八パーセントを占めるというデータがあります。先ほど申しあげたように確かにきついのですが、一定期間の辛抱だとお考えください」

平均という言葉は曲者だ。夫婦は共働きなのか、子供が中学生、高校生の場合と、大学、それも私立大学の医学部にでも通っていれば、当然学資も違ってくる。

それにしても四十八パーセントとは。

住宅ローンと学資で収入の半分が消え、残りで生活していくことになる。月々元妻の口座に振りこんでいる養育費は八万円で、年にすれば九十六万円、仙太郎の年収の一割ということだ。単純に五割となれば、月に四十万円……、とても無理だ。

「住宅ローンの繰りあげ返済をなさるケースもありますが、常識的に考えて、住宅ローンの方が教育ローンより金利が低い場合が多いですから、たとえローンが二つになったとしても住宅ローンは今まで通り支払っていった方が金利的には安くなるということです」

今、元妻と子供たちが住んでいるマンションはローンが残っているというものの、売却してしまえば、住宅ローン分は支払いが楽になる。月に十二万円ずつ払っており、ボーナス時には四十万円だから、その負担がなければ、紀子の学資は何とかまかなえるだろう。いざとなったらマンションを手放すしかないのかも知れない。

そのとき、会議室のドアが開いて、大柄な男が入ってきた。

「遅くなりました」

頭をそり上げ、絽《ろ》の着物に肩から斜めに袈裟《けさ》をかけている。六十前後くらいか。押しだしの堂々とした僧侶だ。

「法要が長引きましてな」

仙太郎と元妻は立ちあがった。僧侶が椎川のとなりに来る。

「つくしんぼ学園の理事長、大西《おおにし》と申します」

合掌する大西に、仙太郎と元妻はそろって最敬礼する。大西は椎川に目をやった。

「どこまで話は進んでいるのかな」

「教育ローンの現状について、概略はお話ししました」

「そうか」大西は仙太郎、元妻に視線を戻した。「では、おかけください。我が法人の奨学金について、私からお話しいたします。私どもの行っている特別奨学金制度はすべて御仏のお導きによって……」


つくしんぼ学園から最寄りの私鉄線駅まで、元妻、紀子とぶらぶら歩いていた。親子三人で歩くのは久しぶりだが、浮き浮きした気分にはほど遠い。

何が御仏のお導きか――仙太郎は胸のうちで吐き捨てた。

大西が説明した奨学金は確かに民間金融機関の教育ローンに較べれば、多少金利が低い。つくしんぼ学園系列の幼稚園を卒園している紀子には〈特別奨学金制度〉を利用する資格がある。

だが、奨学金制度の頭についている特別の意味は、奨学金制度ではないということで、中身は教育ローンに過ぎない。しかも融資を受ける際には、大西の寺の檀家となり、永代供養料を支払わなくてはならない。それが二百五十万円だという。そして融資されるのは永代供養料の範囲内、つまりは二百五十万円までてしかない。

馬鹿馬鹿しい。

元妻はつくしんぼ学園からもらったパンフレットを入れた紙袋を持っているが、資源ゴミにしかならないだろう。

腕時計を見た。昼になろうとしている。仙太郎は元妻と紀子のどちらにともなく声をかけた。

「駅前で昼飯でも食っていかないか。仕事に戻らなくちゃならないから、それほどゆっくりしてられないけど」

元妻は紀子を見た。

「どうする？」

うつむきながら歩いていた紀子が足を止め、顔を上げた。元妻に目を向け、それから仙太郎を見た。唇を噛め、声を圧しだす。

「あのね、私、いろいろ考えたんだけど、普通の中学、高校に行って、それから看護師さんの学校を目指そうと思うの」

「何よ、突然」元妻が笑った。「あなたはピアニストになりたいんでしょう」

「うん」紀子はうなずいた。「でも、年也のことがあってから考えたの。病院にいる年也を見てたら、可哀想《かわいそう》で、私に何かしてあげられないかと思って」

突然だった。

紀子が往来でぽろぽろ涙をこぼし始めたのだ。狼狽した。胸がきりきり痛んだ。一方で金銭的には楽になるとほっとしてもいた。

弟が片腕を失っているのに、よりによってピアニストになりたいという夢を抱いたことに紀子は負い目を感じたのかも知れない。もちろん私立の音大付属への進学が自分の家庭にとって大いなる経済的負担だとわかってもいるだろう。

娘の成長を喜ぶべきか、娘の夢を手助けしてやれないおのが不甲斐なさに憤《いきどお》るべきか……。

「係長」

嶋岡に声をかけられ、我に返る。部下がそろって仙太郎を見ていた。

何？　と訊きかけ、思いとどまった。午後六時を回っていた。部下たちを見まわし、声をかけた。

「皆、日報は提出済《アップ》みかな？」

決まり文句を口にする。ボタンを押せば、自動再生する録音機のようだ。全員が無言のうちにうなずく。

こいつらも今日と同じ明日が来るとまるで疑っていない、と思った。

「今の時点で何か聞いておくべきことはあるかな」

今度は全員そろって小さく首を振った。またしても無言だ。

「それでは、今日も一日お疲れ様でした」

「お疲れ様でした」

部下たちは一斉に立ちあがり、帰り支度をはじめた。残業する者もなければ、接待に行く者もない。

一方、仙太郎はこれから部下の日報に目を通し、自分の日報を書かなくてはならない。午前中休みを取り、つくしんぼ学園に行った分、午後の動きを多少脚色して日報の体裁を整えなくてはならない。次に今日訪問する予定に入れていた病院は明日以降のスケジュールに組みこまなくてはならない。

取りあえず手帳を取りだして、今日の欄を見る。青い字で訂正が入れてあった。

そして今日こそは、と思う。

安西の後任となるボスを探すため、大学をまわるスケジュールを立てなくてはならないのだ。

すでに心当たりはいくつか回っているが、行き当たりばったりでは成果は上がらず、学術部から回ってきた新しいボスの候補者リストも一度目を通しただけだ。

学術部という部署名から天現寺の顔が脳裡を過っていく。あれから連絡がないけれど、どうしているのか。

はっとした。

手帳を眺め、あれこれ予定の変更を考えているうちに一時間近くも経ってしまった。思考は同じところをぐるぐる回っているだけで、一向前に進まない。

疲れている。頭がまるで働かない。だが、今日は早めに帰って躰を休めよう、とはできない。昨日も一昨日も同じことをしている。

机に置いた携帯電話が振動する。背面の液晶窓に03で始まる番号が表示されていた。登録されていない相手からの電話だ。番号に見覚えはなかった。

取りあげ、耳にあてる。

「はい、有馬です」

「こんばんは、牟礼田です。先日は失礼しました」

「すみませんが、今取り込み中でして……」

「つくしんぼ学園の奨学金なんてインチキってのは、あなたもよくおわかりのはずだ」

電話口で牟礼田が低く笑った。

「そんなことより確実に金になる方策を講じた方がいいですよ。あのですね、トリケラトプスですが、安西教授と月埜先生が行った投薬について、患者のリストがあると思うんです。社内的にはマル秘扱いにはなっていなくて、あなたなら……」

翌朝、いつものように携帯電話のアラームで起きた。アラームだとわかっているのに電話が鳴ると心臓が縮みあがる。携帯電話を開いて止め、パソコンを立ちあげた。テレビ番組を選択して、電動カミソリを顔にあてる。

いつものように音は消してあったが、過剰な親切さでテロップが表示され、音がなくても番組の内容がわかる。

今日は、何の日という文字が画面に出ていた。

欠伸をする。

手が止まった。

身を乗りだし、ヘッドフォンを耳にあてるとノートパソコンに見入った。

第五章　もしも……

1

目の前でのれんが揺れていた。紺地に白く金魚と染め抜かれ、右端に局番が三桁の電話番号が縦書きになっている。陽に灼け、雨に打たれ、風に吹かれ、紺色がところどころ抜けていた。

三十四年前と同じものなら、あの頃には新品然としていたのかも知れない。こちらに戻れるといわれたのが午後九時十三分で、あたりはすっかり暗くなっていたし、頭の中は不安が渦巻いていて、のれんを眺める余裕などなかった。

それにしても本気なのか、と自らに訊いた。ずっと悪い夢を見ていると思っていたくせに、本当にあんなことが起こったと信じているのか。

夢じゃない……、かも知れない。

スカイツリーの代わりに体温計の広告看板を掲げた塔を見あげ、一箱百二十円のセブンスターを買った。牛丼の値段はさして変わりなかったものの、紅ショウガは毒々しいまで赤かった。手にしたスポーツ新聞の日付は昭和五十二年六月十三日だった。あれから一カ月以上経っている。いや、時間についていうなら正確には三十四年と……、思いかけて、やめた。

今朝、出勤前にパソコンで見ていた早朝ニュースワイドでは、二十二年前の今日、竹藪《たけやぶ》で黒いビニールのゴミ袋にくるまれた一億円が見つかったといっていた。拾った男性は、一躍《いちやく》ときの人となり、ニュースやワイドショーに出ずっぱりとなった。その男性は拾得物として警察に届けたが、落とし主はついに現れず、一億円は拾った人のものとなった。

濡れて、しわしわになり、一部が腐りかけていた聖徳太子の一万円札が一万枚。

当時、ニュースを見た誰しもが夢想したことだろう。もし、その男性より五分早く現場に行っていれば、黒いゴミ袋にくるまれた札束が半ば土に埋もれ、そこにあったのだ。先に自分が見つけていれば……。

今朝のテレビを見ながら思った。

おれなら可能だ、と。

目をしばたたき、頭上を見あげた。空一面をべっとり覆った雲の中に重苦しい雷鳴が響いている。風が出てきて、空気が少しひんやりと感じられた。

あれの前兆でないことはわかっていた。今までの経験からすると、雨の気配もないのに突然降りだしてきた直後に起こっていたからだ。金魚ののれんに視線を戻す。風で端がめくれた。

脚を踏みだそうとしたとき、背後から声をかけられた。

「おい」

びっくりはしなかった。予測していた通りだし、現れるのを待っていたとさえいえる。ゆっくり回れ右をする。

思った通りベレー帽を斜めに被り、横縞のシャツに麻のジャケットを着ていた。顔の下半分を覆う白い髭の先端があちこちに飛びだしていた。見ているだけで背中がむず痒《がゆ》くなってくる。

白髭の老人は人差し指を突きだした。

「二度と近づくな、といったはずだ。過去をいじくれば、未来が変わってしまう。お前だって経験したろ。死んだはずの人間が生きていたとか。おれのいう意味がよくわかるはずだ。逆の場合も……」

老人をさえぎった。

「痒くないのか」

「何?」

目をぱちぱちさせる老人に向かって、顎の周りを撫でてみせた。

「もじゃもじゃだよな。見てるこっちの方が痒くなる」

「よけいなお世話だ」

「それなら警告はよけいなお世話じゃないのか」

仙太郎の言葉に老人は目を剝いた。しげしげと眺めてみるが、本当に何十年後かの自分かわからなかった。

服装はあちら側で目にしたときのまま、つまり三十四年前と変わらない。仙太郎の時間でいっても二週間前と同じ格好……、と思いかけて、はっとした。

もし、老人が時間を思うように遡《さかのぼ》ったり、くだったりできるのであれば、あの喫茶店を出て、実家の前で仙太郎に警告を発した直後、こうして金魚の前へやって来たという可能性もある。

「あんたは、あっち側でおれにいった。何もするな。誰とも喋るなと。でも、あんたはおれに話しかけている。それは許されるのか」

「いや」老人は首を振った。「だが、緊急事態なら仕方がない。お前は気づいていないが、とんでもないことをやってるんだ」

老人が苦しげに顔を歪める。

「緊急事態？」仙太郎は肩をすくめた。「コーヒーを飲んで、タバコを買い、牛丼を食って、映画を観た。ほとんど居眠りしていたけどね。それから金魚に来て、こちら側に戻ってきた。

緊急事態というほどのことか」

「その通り。死んだ者が生きていたり、生きているはずの者が死んだり……」

「それはさっき聞いたよ。お袋とは感動の再会とまでいかなかったけどね。パラレルワールドだろ。ある可能性の世界と、別の可能性の世界が平行して存在する。実はそいつも信じられない」

「天現寺に教えられたんだったな」

目を細め、老人をじっくりと見る。天現寺の名が出てくるところを見ると、やはり未来の自分なのか。そういえば、小学生だった頃の仙太郎を目にしたとき、自分とは思えないだろうといったのも目の前の老人だ。

老人が薄笑いを浮かべる。

「おれがお前かと考えているな。ありえない。本来ならば、同じ空間、同じ時間に同じ人間が二人存在するなどありえない。だが、お前自身がいったじゃないか、パラレルワールド、と。もう一つの可能性だ。もう一つが一つとはかぎらずそれこそ無限に可能性はあるんだがね。パラレルに世界が存在するのはかまわない。ある人間、たとえば、お前にしても本来であれば、一つの可能性の中でしか生きられない。だが、パラレルに存在する可能性の世界を、あっちへ行ったり、こっちへ行ったりというのは困る。これがおれのいう緊急事態だ。このまま放置しておけば、とんでもないことになる」

「あっちへ、こっちへといったら、どうなるっていうんだ?」

「混沌《カオス》。パラレルに存在する世界同士を隔てている時空の膜が破れ、入り乱れる。混沌は必然となる。いわば、何でもありになってしまう」

「面白そうじゃないか」

「馬鹿をいうな。何でもありということは、たとえば、北朝鮮が戦争をしかけてきて、日本が戦場になることだってあるし、信じられないほどの規模で災害が起こることだってある」

「可能性というだけなら、どんな世界でも戦争や災害はあり得るだろう。それに悪いことばかりじゃないはずだ」

「問題はそこじゃない。パラレルワールドが衝突すれば、本来別々の世界で起こるはずの出来事が一度に起こって……」

老人が言葉を切ると同時に背後で引き戸の開く音がした。

「あら」

金魚の女将が素っ頓狂な声を発する。思わずふり返り、しまったと舌打ちした。あわてて老人に目を向けた。予想したとおりその姿はかき消えていた。

直後、強い雨が降りだした。

金魚に入り、まるで指定席ででもあるかのように有馬仙太郎と記された千社札の前に腰かけた。取りあえず生ビールを中ジョッキで注文する。すぐに冷たく汗をかいたジョッキと、切り干し大根と油揚げの煮物が小鉢で出された。煮物に七味唐辛子を振りかけ、割り箸でつまんで口に入れるとジョッキ半分ほどを飲んだ。

カウンターの内側に立った女将がタバコをくわえ、徳用マッチで火を点ける。大きなため息でも吐くように煙を吐き、首を振った。

「そんな馬鹿な……、だよね」

独り言にして聞き流すには声が少しばかり大きい。

「何が、ですか」

女将が目を動かし、仙太郎を見る。開きかけた口にタバコを押しこみ、吸った。火口の明るさが増し、鼻の穴から煙が立ちのぼる。

「さっきね、あんたの後ろに古いお馴染みさんが見えたような気がしたのよ。でも、錯覚だね」

「古い馴染みって？」

「いえ、いいの。何でもない」

女将はタバコをアルミの灰皿で押しつぶし、煙を吐く。

「そんなこと、ありえないもの」

「何ですか、それ。怪談ならちょっと時期が早いけど。古い馴染みって、どんな人なんですか」

「変な人」間髪を容れずに答えた女将が苦笑する。「……ってもわからないよね。クソ暑い時期だってのに気取って黒いベレー帽なんか被っちゃってるような人なのよ。それに髭生やしててね。全然手入れしてないから汚らしくてしようがないの」

ジョッキを持ちあげ、唇を嘗める。声を圧しだした。

「何という方なんですか」

「ええとね」女将は腕組みして、宙を見据えた。「何ていったっけなぁ」

女将はぶつぶつつぶやきながら二本、三本とたばこを灰にしていった。その間にジョッキは空になり、切り干し大根も食べきってしまった。三本目のタバコが半分ほどになると女将は低く唸って、コップをまな板の上に置いた。一升瓶の栓を抜き、酒を注ぐ。コップを鼻先に持っていって、短く息を吐き、顔を仰向かせて呷った。唇の端から酒が一筋こぼれたが、気にしていないのか気づいていないのか、そのまま飲み干した。コップを置き、二杯目を注ぐ。それもあっという間に飲み干し、いらだたしげに首を振るとふたたび一升瓶を手にした。

思わず声をかけた。

「すみません。おれも女将と同じのをください」

「冷やで？」

「はい」

女将は一合升を出し、そこにコップを立ててから酒を注いでいき、あふれたところで止めた。升ごとコップを受けとる。女将は三杯目を注ぎ、一口飲んで、大きく息を吐くと仙太郎を見た。

「あなた、有馬仙太郎っていうのよね」

口に持っていきかけたコップを止め、女将を見返してうなずく。

「そこの」女将はカウンターを顎で指した。「千社札の有馬仙太郎って、あんただよね」

汚れて、黒っぽくなり、ところどころすり切れた千社札に目をやって首をかしげる。

「多分」

「多分って、何だか頼りないね」

「こちらには親父が来てたんです。ずいぶん昔ですが。そのときに貼ったのかな、と思いまして」

「お父さんって?」

「有馬仙三です」

女将が目を剝き、まじまじと仙太郎を見る。二度、まばたきした。それからゆっくりと三杯目のコップ酒を飲み干したが、その間、ずっと仙太郎から目を離そうとしなかった。空のコップを手にしたまま、眉間にぎゅっとしわを寄せる。

「あの、仙ちゃんの?」

うなずいた。仙太郎は名刺を取りだし、携帯電話の番号を書き入れると女将に渡した。

しげしげと名刺を見た女将は口を開きかけたが、何もいわずに首を振り、四杯目の酒を注ぐ。椅子を引きよせて腰を下ろし、タバコをくわえて火を点ける。たっぷりと煙を吐き、難しい顔をして前髪を掻きあげる。

女将はタバコを吸い、煙を吐いて、酒をちびりと飲んだ。

「本当だったんだ」

ぽつりといった女将の言葉を耳にしたとたん、心臓が全力疾走を始めた。酒を飲んだ。舌の上にとろりとした感触が広がったが、味も匂いも感じなかった。

女将は目を伏せたまま、タバコを喫っている。

仙太郎はこらえきれずに訊ねた。

「何が、本当だったんですか」

女将が赤く潤んだ目を仙太郎に向けた。たてつづけに呷った酒が回り始めているのだろう。

「毎月三のつく日、三のつく時刻……」

何だって？　スーパーの売り出しみたいじゃないか、と思いつつも何もいわずに女将を見つめ返していた。

「雨が降りだしてくる」

そういってから女将は台所の窓に目をやった。雷鳴はつづいており、窓は雨に打たれて濡れていた。

「こんな夕立じゃなくて、もっとしょぼい雨。それも雨が降りそうな気配なんかなくて、天気予報でも雨なんていわないときにいきなり降ってくる。そういうときにうちのトイレに入ると、ひどく目眩がして、気持ちが悪くなる。倒れそうになるぐらいひどい。あたしは吐いちゃった。ま、トイレん中だから始末に困るってわけじゃないけどね。そして出てくると、同じこの店にいるんだけど、三十数年前になってる」

心臓の鼓動は激しくかすかな痛みを覚えるほどになっている。無意識のうちにコップを口に運び、酒をすすった。

店の中に視線を戻した女将は、壁にかかっているカレンダーを見た。

「カレンダーってさ、毎年同じのを、同じ場所にかけるよね。これ……」

女将は顎をしゃくってカレンダーを示した。

「近所の酒屋のなの。日付の枠が大きくて、メモを書きこめるのが便利で使ってるんだけど、もう何十年って同じところにかけてあるのよ。酒屋の親父さんは死んじまって、息子の代になってるんだけど、カレンダーは普通りなのね。まあ、変える理由もないから今でもこうして使ってる。それでね、トイレで吐いたあと、出てきて、まずこのカレンダーを見たのよ。しばらくは自分がどうしてカレンダーを見てるのかわからなかった。ぼうっと見てたのは、十八日の枠だった。そこにあたしの字で、山さん誕生日って書いてあった」

女将が見ているカレンダーに目をやったが、十八日のメモ欄には何も書かれていない。女将がつづける。

「七月十八日は、山村《やまむら》さんっていう常連さんの誕生日なのよ。毎年うちで誕生会やってたんだ。山さんは七十になろうかって爺さんなんだけどね。常連の五、六人と一緒にわいわいやるのよ。乾杯さえできれば、理由なんて何でもよかったんだね。別に皆で山さんにご馳走するわけでもないし、山さんが皆の分を払うわけでもない。いつもと同じように飲んでるだけなんだけど。皆、飲んべえだし、甘い物なんてまるでお呼びじゃないんだけどさ、山さんの誕生日だけはケーキを食べるのよ。いつの間にかそんな風になってね。丸いデコレーションケーキ。バタークリームでべたべたに甘い奴。それにローソク立てて、火ぃ点けて、ハッピーバースデー歌って、山さんが吹き消したら、あたしが皆に切り分ける。あたしはね、ケーキを用意しなくちゃならなかった。それで十八日のところには、山さん誕生日ってメモしてあったわけ。でも、山さんって爺さんだったからさ、死んじゃったのよ。もう二十五年にもなるかしらねぇ」

女将はまた酒をひと口飲んだ。目尻から涙が一粒流れて落ちた。

「毎月三のつく日の、三のつく時刻といわれましたよね」

仙太郎の言葉に女将がふり返る。女将を見返して、言葉を継いだ。

「雨が突然降ってくる。何の前触れもないのに」

女将がうなずいた。

「そのとき、トイレにはいると目眩がするわけですか」

「そうだよ」

金魚のトイレから三十四年前に行く法則がほの見えた。白髭の老人がいった言葉が脳裡を過っていく。

『そして夜の九時十三分になったら金魚に行くんだ。女将に酒でも注文しておいて、カウンターに座らず真っ直ぐ便所へ入れ。また吐くことになるかも知れないが、心配することはない』

九時十三分と老人はいった。そしてあの日は六月十三日だ。

女将が片方の眉を上げ、憤然とした様子で声を荒らげた。

「何いってるのよ。三のつく日っていったのは、あんたなんだよ。ずいぶん昔、三十何年も前にさ」

2

小学生の頃は、高校野球の選手たちがずいぶん大人に見えた。自分が高校生になってみると先輩、同級生、後輩たちが地区大会に出場し、ふと気づいたときには自分より遥かに若い連中になっている。今では高校球児の親の方が歳が近いし、ついにアメリカ合衆国大統領までほぼ同年代だ。

リューホウ製薬にしても社長は仙太郎より一つ年下で、今、会議用机を挟んで向かいあっている専務は三十代半ば、常務は三十そこそこ、干支でいえば、一回り下だ。

二年前、前社長が代表取締役会長に就任――人事権をしっかり握ったままなので、とても退いたとはいえない――、長男を後任社長に据え、同時に次男を専務、三男を常務とした。専務は主に経理を見ており、常務は営業本部長と新薬開発に携わる学術部の部長を兼務している。社長の職掌範囲は、投資と新規事業だった。監査役に会長夫人が名を連ね、そのほかの役員にしても会長の弟、妹の亭主などが占めていた。

今朝、出社すると正午に本社秘書課に来るようにとメモが来ていた。午前十一時五十五分に受付に行くと、まっすぐ役員用の会議室に通された。

待つこと二十分ほど、専務と常務がやって来た。常務は営業のトップであり、会議ではよく顔を合わせているが、専務はたまに見かけるだけでしかない。

兄弟でありながら専務と常務はあまり似ていなかった。常務は肥満体で、丸顔が腫れぼったく、分厚い目蓋のせいで目が細い。唇がいつも濡れていて、前歯がのぞいている。ひと言でいえば、口元に締まりがない。一方、専務はひょうたん型の顔をしていて、額《ひたい》が禿げあがっていた。縁なしのメガネをかけ、目がぎょろりとしていた。常務に較べてはるかに姿勢はよかったが、ワイシャツのカラーが痛々しいほどすかすかで、ムンクの『叫び』という絵そっくりだ。だが、面と向かっていう社員はいない。

前社長が会長になるとき、全社員を前に訓示した。誰もが予想したとおり、毛利元就《もうりもとなり》がいったとされる三本の矢の逸話を引き合いに出し、三兄弟が会社を大きく飛躍させるといった。

「忙しいところ、急に呼びだしたりして申し訳ない」

まず専務が切りだした。

「いえ」

仙太郎は低声《こごえ》で答え、首を振った。

専務はちらりと常務を見たあと、訊いてきた。

「さっそくだが、安西先生の後任は目処《めど》が立ったのかな」

安西の後釜に据えるボスの候補者については、学術部長を兼務する常務の下にすべての報告が上がっているはずだ。だが、安西の名前が出ても常務の表情は変わらなかった。

仙太郎は慎重に言葉を選んで答えた。

「まだ、この方という目処が立ったとまでは申せませんが、後任選びは順調に推移していると思います。私の部署でも二、三候補がおりまして、個別に話をしているところです。あとは具体的に新薬開発の話が出てくれれば、一気に進むものと思います」

「それは何よりだ」

専務の唇がねじくれた。無理矢理笑みを浮かべたのだろう。薄い目蓋がぴくぴくして、右の頬から唇にかけ、一瞬痙攣《けいれん》が走った。専務は二度、三度とまばたきし、咳払いをしてから声を圧しだした。

「実は、有馬君に来ていただいたのはほかでもない、安西先生を担当していた学術部の天現寺君に関することなんだ。最近、天現寺君と会ったんだよね」

「はい」専務をまっすぐに見て、うなずく。「安西先生が亡くなられた直後、本社に呼ばれたときにもお話ししましたが、天現寺さんから連絡をいただきまして、安西先生の助手をされている月埜先生を接待しました。本社営業部の雨宮君も一緒でしたが」

「うん。雨宮君の話も聞いている」

専務は机の上で両手を組み合わせた。血管や筋が浮いた細い指をからめる。

「実は、天現寺君は安西先生の担当が長くて、数々の実績も上げてきている。それだけにご逝去はショックだったんだろう。本人の申し出があって、長めの休暇を承認した。ここまでは、いいかな？」

「はい」

「しかしいくら休暇中といっても社員であることに変わりはないわけだから緊急時には連絡が取れるようにしてもらわないと、会社としては大いに困る。まして天現寺君くらいのベテランになると、抱えているプロジェクトの件数も多いし、たとえ休暇中とはいえ、連絡をとらざるを得ないケースも出てくる」

専務が目を上げた。瞳の色が薄く、緑色がかっているのに気がついた。

「旅行に行くんなら行くでかまわない。ただ海外旅行ならあらかじめ知らせて欲しいといってあるし、リフレッシュ休暇に関する規則にもちゃんと書いてある。国内旅行なら携帯電話で、いつでもどこにいても連絡がつく。国際電話に対応した機種も多い。ところが、いくら電話しても天現寺君が出ないんだよ。留守番電話にメッセージも入れてるんだが、コールバックもなくてね。天現寺君から何か連絡はないかね」

「いえ」首をかしげてみせる。「これといってとくにはありません」

常務が身を乗りだす。一皮目の下の瞳は小さかったが、色が薄い。兄弟で瞳の色だけは似ていた。

「牟礼田という男を知らないか」

「牟礼田?」

間をおき、考えこむ振りをしてから首を振った。

「いいえ。聞いたことのない名前ですが」

専務、常務ともに仙太郎を凝視する。見返していた。やがて専務が低い声でいった。

「そうか。わかった。天現寺君から連絡があったら、知らせてくれ。会社としても心配してるんでね」

「かしこまりました」

会議は終わった。

とっさに牟礼田など知らないと答えたのは、二重の保身だった。

天現寺に連絡がつかないといわれた直後に牟礼田の名前を出された。二人を結びつけて考えるのは当然だろうし、会社に対しては今のところ天現寺、牟礼田ともに関係がないことにしておく方が都合がいいだろう。

それに一件につき二十万円の謝礼という牟礼田の申し出も捨てきれていなかった。

本社を出て、少し歩いたところでワイシャツの胸ポケットに入れた携帯電話が振動した。取りだして、液晶窓に出ている元妻の名前を見たとたん、胃袋がきゅっとすぼまり、上の方にかすかな痛みを感じた。今度は何が起こったのかと思いながら電話機を耳にあてた。

「はい」

「お仕事中、ごめんなさい。今、電話、大丈夫?」

「ああ」

歩道の端に寄り、通りを行き交う車を眺めた。

「横内《よこうち》弁護士事務所というところから手紙が来たの」

「横内?」空を見あげた。「知らない名前だな」

「あのね、このマンションのローンのことなんだけど、あなたの預金口座の残高が不足していて、今月分が引き落とせなかったらしいのね」

「それで弁護士事務所から手紙が来たっていうのか。いきなり？　不動産会社とか、銀行からの連絡じゃなく？」

「私に怒鳴《どな》ってもしょうがないでしょう」

思わず声が大きくなっていた。息を吐き、周囲を見まわした。取りあえずどこかに腰を下ろしたかったが、座れそうな場所などどこにもなかった。

「すまん。それで手紙には何と書いてある？」

「まずあなたの口座の残高が不足していて、ローンの引き落としができないこと。その件で連絡が欲しいって。住所と電話番号は……」

「今、メモの取りようがないんだ。申し訳ないけど、この電話が終わったら電話番号と住所、それに弁護士の名前をメールにして携帯に送ってくれないか」

「わかった」

「ほかには何か書いてあるのか」

「返済が滞《とどこお》るようであれば、このマンションが競売にかけられる場合があるって」

「今、住んでるんだ。そう簡単に追い出せるはずがない」

「そうね。とにかくこの弁護士に連絡してみて」

「ああ、メールをもらったら取りあえず電話してみる」

携帯電話を耳にあてたまま、手帳を取りだし、取りあえず今夜の予定を見る。接待もプライベートな用件もない。

妻が心配そうにいった。

「ねえ、お金、大丈夫なの」

「ああ。たまたま口座に金を移すのを忘れてただけだ。給料の振り込み口座とローンの口座は別だからね。でも、同じ銀行の同じ支店だからすぐに金を動かしておく。いろいろあったからうっかりしたんだ」

「いろいろあったものね。大変だと思う。ごめんなさい」

「いいんだ。じゃあ、メールをくれ」

電話を切ると、一分としないうちにメールが来た。横内弘志《ひろし》弁護士事務所とあり、住所と電話番号が記されている。

それだけだった。ため息を嚥みこみ、電話番号を打ちこむ。呼び出し音が二度鳴ったところで相手が出た。しゃがれた男の声がいった。

「はい、横内法律事務所です」

「あの、有馬仙太郎と申しますが、自宅マンションのローンの件で電話しました。お手紙をいただきまして」

「ええっと、ちょっとお待ちください」

ワイシャツが汗に濡れ、背中や腕に張りついている。

夕方のミーティングを終えたときには、すでに部下たちの日報をチェックし終え、自らの分も上げてあった。いつものようにとくに今聞いておくべきことはないかと確認したあと、お先にと声をかけ、会社を出た。

紺屋町《こんやちょう》、北乗物町《きたのりものちょう》、富山町《とみやまちょう》と時代劇そのままの町名をたどりながら神田《かんだ》を北上していく。太平洋戦争のとき、空襲を免れたため、昭和初期の歴史的建造物が残るという通りを歩いていた。古くからの住人が焼け出されずに済んだため、町名変更に応じなかったのか、とちらりと思う。上野から東側は隅田川を挟んで向島《むこうじま》まで、いわゆる東京大空襲できれいさっぱり焼け野原となり、住民の多くが焼け出されるか、死んでしまった。

住所表示が次々変わったのは、古い人間がいなくなったせいなのかも知れない。

観音裏にかぎらず、浅草周辺は、浅草の頭に東だの西だの乗せて、あとは便宜的に数字を並べるだけ、いかにもつまらないものになった。効率亡者の役人ども、つまりは田舎から出てきた東大出役人の無粋が旧い街の名前を消していった。人間だって番号で呼ばれるのは、留置場に入ったときと、ありがたく年金をちょうだいするときくらいのものだろう。

区画を整理し、古ぼけた建物を次々潰して、のっぺらぼうの墓石みたいなビルを並べ、吸水性のある先進素材で歩道を覆うと不思議と人通りが絶え、街は死ぬ。いつもなら会社から西へ、真っ直ぐ大手町に向かってしまうので、江戸時代そのままの町名の間を歩くのは久しぶりだ。電脳都市秋葉原が世界的な最先端サイバーシティに変身したが、神田はそここにお稲荷《いなり》様と鳥居の残る、歩いているだけでほっこりできる街として残った。通り一本隔てて、二十一世紀と昭和が並んでいる。

まだ明るさの残る夏の夕まぐれ、神田はしっとり落ちついて、静かで、ふだんいかに耳障《みみざわ》りな電子音に苛まれているかわかる。

昔はよかったなどと思うのは歳を取ったせいだろう。神田の古い街並みを眺めてほっこりできるなら歳を取るのも悪くない。路地には水を打たれた鉢植えが並んでいる。

目当てのビルは五階建てで、歴史的建造物というには新しすぎたが、それでも充分に高度経済成長期の匂いを放っていた。エレベーターはなく、熱気のこもる階段を四階まで上がった。左右にドアが一つずつある。左側ドアにはめられた磨《す》りガラスに横内法律事務所と書いてあった。

ノックする。

「はい、どうぞ」

電話で聞いたのと同じ濁声《だみごえ》が応じる。真鍮《しんちゆう》のノブを回して、ドアを開ける。階段よりもむっとした、たとえていうなら発熱している患者が閉じこめられている暑苦しく、熱臭い病室のような空気が充満していた。入口のすぐ左に巨大なコピー機が置かれ、その前に黒いビニール張りのソファと傷だらけのテーブルという応接セットがあった。左右の壁には天井に届くファイリングキャビネットが並び、部屋を圧迫している。

応接セットのわきに立てられた間仕切りの向こうに机が三つ、どれもファイルが山積みになっていた。もっとも奥の、窓を背にした机に向かっていた老人が立ちあがり、仙太郎を見る。背が低く、顔が横に広がっていて、半円形のメガネをかけているため、カニのように見えた。頭頂部は薄いモヤのように白髪がただよい、半袖ワイシャツ姿でネクタイは締めていない。

「どちらさん？」

「昼に電話した有馬です。千葉のマンションの件で」

「ああ、わかってます、わかってます。どうぞそちらのソファに腰かけてお待ちください。ちょっと片づけなけりゃならないことがありますが、五分もあれば終わりますので」

よどんだ空気には異臭が混じっていた。異臭の正体はすぐにわかった。

五分後、ソファの向かい側に腰を下ろしたカニ顔の老人がテーブルの上に名刺を置いた。

「横内です」

「有馬です」

座ったまま、一礼した。プライベートなことだと思って名刺を出さなかったが、横内は気にする様子もなく早速切り出した。

「いきなり弁護士に呼びつけられて、何ごとかとご不審を抱かれているかも知れませんが、あまり大げさにお考えにならないよう、まず最初にその点をお願いしておきます。私は弁護士の仕事を世の中の潤滑油《じゅんかつゆ》のようなものと見なしておりまして、人と人とが多少なりとも触れあえば、ぎくしゃくするのは当たり前、そこのところをスムーズに進めるのが我々弁護士と、こう考えているわけでありまして」

横内は七十年配くらいだろうか、と思った。喋るほどに吹きつけてくる口臭が凄まじい。事務所にこもった暑苦しい空気に混じる異臭の正体だった。胃腸が悪く、歯槽膿漏がひどいようだ。

「さて現在有馬さんが所有されている物件ですが、これはある意味特殊なものといえます。前の所有者である滝田《たきた》ウメさんは今年九十三歳になりますが、今でもお元気で、熱海《あたみ》市郊外にある老人養護施設で暮らしておられます。年金のほかは、かつてのご自宅マンション、つまり今有馬さんがお住まいになっている物件の売却益が収入源となっています。滝田さんは面倒なことを嫌いまして、マンション売却にあたっては横内エステート、私の弟が経営している不動産会社なんですが、こちらに売却にかかわる一切をお任せになりました。まあ、不動産業界もご多分に漏れず、昨今は厳しい状態がつづいてましてね。できるだけ間に入る業者を少なくして、また、滝田さんご自身も年寄りである自分が何とか生活できるだけの収入になれば、と販売額の設定を控えめにされたんです。思い通りに売れないという状況があったにせよ、その額がいかにお買い得だったかは、有馬さんが一番よくおわかりになると思います」

「はい」

「有馬さんにすれば、月々のローンの支払いが同時に滝田さんにとっては月収になる仕組みとしたのは、手数料をむさぼるゴキブリみたいな銀行を介在させないのが目的で、それで有馬さんの負担を少しでも軽減しつつ、滝田さんも収入を確保すると、いってみれば、お互いに得をする方策を選んだわけです。この点が最初に申しあげた特殊な点です」

半円形メガネの上から目をのぞかせ、横内が仙太郎を見た。うなずきかえすと話をつづけた。

「さて、世の中、善人ばかりとはいえません。あ、誤解のないように申しあげますが、決して有馬さんのことをいっているわけではありません。我々も商売ですし、滝田さんにも生活がございます。私ども兄弟で不動産屋と弁護士をやっているもので、支払いの保証などの面で安心できる、とそれで弟にすべてを任せることにしたものです」

横内はそういうとテーブルの上に何枚もの書類が綴じられているファイルを置き、開いた。指を嘗め、書類を繰ると、そのうちの一枚を開いて仙太郎の前に置いた。細かな文字が打ちこまれた書類の一行を指さす。

「ここに月々の返済が滞った場合、債務者は一括返済しなくてはならないとあります。とはいえ、サラ金の返済じゃありませんし、現に有馬さんがお住まいになっているマンションのことゆえ、一括返済できないからといって即追いだすというわけではありません」

「競売にかけるとお手紙にあったようですが」

「話し合いの結果によっては、そのような手段もあり得るということです」

横内が身を乗りだしてくる。口臭がきつくなった。

「三日以内に月額の十二万円をお振り込みいただければ、今回に関しては何もなかったことにしようと滝田さんはおっしゃってます。二度目だと、それなりにペナルティを考えますが、私どもとしてもこのまま穏便に皆さんの生活がつづけられるのが一番、と……」

横内の事務所を出て、階段を降り、ビルを降りたところで、またしても幅広の顔をした男に出くわした。いや、相手は待ちかまえていたのだろう。

「こんばんは」

牟礼田はにこやかにいった。

3

翌日、午前中……。

JR立川《たちかわ》駅に着くと、パンフレットでふくらんだ重い鞄をコインロッカーに預けた。南口を出てまっすぐタクシー乗り場に行き、先頭に停まっていた緑色の一台に乗りこむ。学術部が入っている通称研究所《ラボ》に行く場合、いつもなら路線バスか、会社が差し回したマイクロバスを利用するところだが、時間が限られているし、会社の車を使うのは論外だ。

ラボとはいうものの、今では研究用の施設はない。富山《とやま》県内の工場敷地内に集約されて何年にもなる。ラボの敷地はかつての四分の一ほどになっており、建物も古びた四階建てのビルが一棟残っているのみで、そこに学術部の一部と電算センターが置かれていた。

タクシーの運転手は初老の男だ。灰色になった髪が耳の上にほんの少し残っているだけで、頭頂部は見事に禿げ上がっていた。

「すみません。まず、ドアを閉めさせてください。せっかくの冷房が逃げちまいますんで」

「ああ、どうぞ」

ドアを閉めると、運転手がふり返って仙太郎を見た。

「どちらまで？」

「福島町《ふくしまちよう》の……」

中学校の名を告げた。運転手はうなずき、料金メーターのボタンを押すと、サイドブレーキを外してゆっくりと車を出した。

中学校の正門からラボまでは二、三百メートルは離れていたが、直接乗りつけるわけにはいかなかった。会社のホワイトボードには病院回りと書いてあるし、もちろん日報にもラボに行ったなどと書くつもりはない。

タクシーの中は冷房がよく利いていて、じっとり汗ばんだ首筋が見る見るうちに乾いていくのが心地よかった。

車窓を流れる立川の街並みをぼんやりと眺めた。

横内法律事務所の入ったビルを出たところで、牟礼田が現れたとき、さして驚かず、むしろそういう仕組みかと変に得心がいった。

誘われるまま、近くにあった居酒屋に入り、テーブルを挟んで向かいあった。生ビールが運ばれてきても乾杯はしなかった。ジョッキの半分ほどをひと息に飲み干したところで牟礼田が切りだした。

「家族ってのは免罪符《めんざいふ》になりますね」

そういって牟礼田は唇の上についた泡をおしぼりで拭き取った。何ともいわずに仙太郎は牟礼田を見返していた。

「子供が重病になってべらぼうな治療費がかかるとか、妻と子が住む家を失って寒空の下に放りだされそうだとか……、まあ、そろそろ熱帯夜の方がぴんと来る時節ですが、とにかくそんな緊急事態となれば、一家の大黒柱としては何とかしなくてはならない。たとえ法を犯してでも何でもやろうと思うものでしょう。私は独り者ですから家族のありがたみはわかりませんが、その分、気楽にやってますよ」

背広の内側に手を入れ、ワイシャツの胸ポケットからハイライトと百円ライターを取りだして、テーブルに置いた。ビールをもうひと口飲んでからタバコをくわえ、火を点ける。煙がふわりと押しよせてくると、たまらずにいった。

「一本、分けてもらえないかな」

「どうぞどうぞ」

牟礼田はメガネの奥で目を細め、タバコとライターを仙太郎の前に置いた。口の中でぼそぼそと礼をいい、タバコをくわえて火を点けた。

「四十パーセントの値上げでしたからね。私だって家族があれば、タバコをやめようと思ったかも知れません。四十パーセント……、無茶苦茶ですな。覚醒剤の値段をつり上げるヤクザだって、そこまで阿漕《あこぎ》にはやりませんよ。知ってます？ タバコの消費量は大幅に落ちたというのに税収は増えているそうですよ。四十パーセントの威力さまさまですよね」

「ありがとう」

ようやく礼の言葉を圧しだす。相変わらず目を伏せたままで牟礼田の顔を見ようとしなかった。

「あの弁護士事務所にぼくが行くことを知っていたみたいだけど、どうしてそんなことがわかったのかは、教えてくれないんだろうね」

「教えないなんて、そんな大げさな。横内先生は昔からの知り合いなんですよ。すごいケチでしてね。給料を払うのが惜しいといって事務の女の子は雇わないんですよ。だから電話も自分で受けるし、コピーも自分で取ります」

電話をすると、濁声で返事があったことを思いだした。

「顧客が来ても女の子がいないからといってお茶も出しません。だからお茶代まで節約できるって」

牟礼田がにやりとする。前歯がタバコのヤニで汚れている男など今どき珍しい。

「明日、ラボへ行っていただきます」

「ラボって、うちの？」

牟礼田はうなずいた。

「あそこには、学術専用のデータベースがあって、それだけはオンラインされてませんよね。必要なデータは社員がメディアにコピーして運ぶようになっている」

何も答えず、タバコを喫い、ビールを飲んだ。子供じみた抵抗に過ぎない。おそらく牟礼田は天現寺からすべてを聞いているに違いない。

「トリケラトプスを投薬した患者の臨床結果を二十人分持ちだしてください。それも第一回目の二十人です」

「なぜ、第一回目の分を？」

「死亡率が高いんです」

「トリケラトプスの組成は当初から変わっていないはずだ。第一回目だろうと、二回目以降だろうと死亡率は変わりないだろ」

「トリケラトプスは変わっていません。だけど患者が違う。癌は人それぞれですからね。投薬をくり返して御社もデータを蓄積された……、つまり学習していったわけです」

自分の会社のことながらひどいことをする。もっとも新薬開発には、どこかで人体実験じみた要素がからんでいる。

「謝礼はこの間申しあげた通りですから、一人分一万円になります。妥当な線でしょう」

二十万円と反射的に浮かんだ。考えまいとして、止められない。取りあえず一カ月分のマンションのローン十二万円と養育費の八万円になる。もっとも養育費は先月分だが。

「ラボに行く用なんてないよ」

「知ったこっちゃないですね。有馬さんだって昨日今日サラリーマンになったわけじゃない。

明日一日どう動くかなんて、自分で何とでもできるでしょう」

牟礼田は折りたたんだ紙片をテーブルに置き、その上にメモリースティックを重ねた。メモリースティックには4GBの文字が印刷されている。

「ラボの端末を起動させるために必要なIDとパスワードです。有馬さんの社員IDではラボのデータベースにはアクセスできない。そうですね」

「よくご存じで」肩をすくめてみせた。「でも、どうやってラボに入る？ なるほどあんたがいう通りぼくの明日の予定くらい何とでもなる。アリバイ工作もそれなりに何とかする。だけど、ラボに入るには受付を通らなくちゃいけない。そこで社員IDを使えば、ぼくが行ったことがバレバレじゃないか」

「その点はご心配なく、こちらで手配しますから」

「もう一つある。トリケラトプスのデータを引きだすのにもう一個パスワードが必要だ。開け、ゴマみたいな呪文がね」

「明日は午前九時四十五分にラボの正門のところまで行ってください。そこに大町《おおまち》という女性が待っています」牟礼田がにやりとした。「これはお教えしても差し支えないでしょう。大町は天現寺さんの不倫相手ですよ」

ひとつだけわかった。天現寺は結婚しているか、結婚していたことがある。未婚者に不倫はできない。

中学校の正門前に停まったタクシーを降りたとたん、強烈な陽射しに脳天をぶっ叩かれ、立ちくらみを感じた。腹に力をこめ、歩きだす。たちまち汗が吹きだしてきて、ワイシャツが背中に張りついた。少し歩くと、金網を張ったフェンスが見えてくる。内側には木立《こだち》があって、中をのぞけないようにしてあった。

フェンスに沿って歩き、角を曲がるとラボの門前になる。背が低く、小太りの女がひたいに手をかざして、仙太郎を見ていた。近づきながら会釈をした。彼女はショートボブで、色のない透明なフレームのメガネをかけ、シンプルなデザインのブラウスに黒のスラックスという格好をしていた。

首から下げたケース入りの社員証にJ・OHMACHIとあり、ビックリ顔の写真が貼りつけてある。

「おはようございます。有馬です」

「お待ちしておりました。大町です。遠いところをご苦労様でした」

大町の顔に浮かんだ笑みには曇りも屈託もなく、あっけらかんとしていて、これから会社が秘密にしているデータを盗みだそうという行為にも不倫という言葉にも似つかわしくなく、肩すかしを食らったような気分になった。

「こちらを外から見えるところにかけてください」

そういって大町が差しだしたのは、ケースに入ったゴールドのカードで大きくＶＩＰと印刷されている。ケースには首から下げられるように濃いブルーの紐がついていた。受けとって首から下げた。ネクタイの前で、ＶＩＰの文字がはっきり見えるようにする。

「ボスがきたときに使うカードです」

新薬開発の中心人物となるボスを指すのはわかった。

大町がつづける。

「これ一枚でたいていの部屋には入れます。とはいっても二階にも上がる必要はありませんが。どうぞ、こちらへ」

先を行く大町のあとにつづいて歩きだす。門のわきには小さな建物があったが、中に人の気配はなかった。

「昔はここが受付だったんです。ガードマンが何人も詰めていましたが、今、ラボでは実験もしてませんし、新薬開発も行っていませんから経費節減で廃止されたんです。秘密なんて新薬を投与された患者の臨床データくらいなものです。でも、会社にとって恥部というか、汚点というだけでとてもお金になるような秘密じゃないんですけどね」

ひやりとすることをさらさらいう。

「中にも受付がありますが、私の後ろをついてきていただくだけで結構です。ＶＩＰカードは、ここではオールマイティなんです。学術部の担当者以外、口を利いてもいけないことになってるんですよ」

大町はくすくす笑いながらガラス戸を押し、中に入った。冷房が利いていて、ほっとする。右手に受付があり、女性が一人だけ座っていた。会釈をされたので、軽く頭を下げた。しばらくラボに来ていないので、受付の女性に見覚えはない。

左に行くと、高さ二メートル、幅一メートル半ほどのゲートがあり、わきに制服姿のガードマンが立っていた。帽子を目深に被った短軀の男だ。ガードマンの前には看板が立っていて、〈携帯電話、カメラ、メモリースティック等の持ち込みは厳禁です。こちらにお預けください〉とある。

「あれ、金属探知器じゃないんですか」

低声《こごえ》で訊いた。

「ええ」大町があっさりうなずき、仙太郎をふり返った。「背広のポケットに戦車を入れてませんか。そんなのが入ってると、警報が鳴ります」

じっと見返すと、大町がにっと笑みを浮かべた。

「感度を落としてあるんですよ。そうでもなきゃ、ブラジャーのホックにだって反応しちゃいます」

大町につづいてゲートをくぐったが、警報はない。ガードマンがわきを向いて欠伸をした。

廊下を歩き、突き当たりの部屋の前まで行くと、大町はドアの前に立った。ドアには目の高さくらいのところにプレートが取りつけられていて、使用中の赤い文字が出ていた。ノックをした大町だったが、返事を待つこともなく、ドアを開けた。会議用のテーブルが中央に置かれたがらんとした部屋で、隅に机とパソコンが置いてあった。すでにパソコンの電源は入っていて、暗い画面にゆっくりと社名ロゴが流れていた。

大町は社員証のケースに入れてあった紙片を取りだした。

「アクセスコードです。会議室を使えるのはあと二十分ほどですが、五分もあれば、必要なデータをコピーできます。操作は有馬さんがふだんお使いになっている社用端末と同じです。ただし、このコンピューターはラボ内にしかつながっていません」

「わかりました」

紙片を受けとった。大町はパソコンのわきにある電話機を示した。

「万が一、わからないことや不具合が生じたらこちらで私に連絡してください。受話器をとって２１３と押していただければ、私のデスクに通じます」

「２１３ですね。わかりました」

「それでは、二十分ほどしたらまたお迎えに上がります」

大町はまたしてもあっけらかんとした笑みを浮かべて一礼し、部屋を出て行った。

「どうして、ぼくなのかな」

二杯目の生ビールを注文してから訊いた。タバコを取りだそうとしていた牟礼田が手を止める。

「天現寺さんがいなくなっちゃいましたからね。ほかに適当な方がいなかったんですよ」

「適当？」

「この仕事に適した人物という意味で、いい加減のテキトーってことじゃありません。トリケラトプスの件に精通していて、ラボにも入ったことがあって……」

言葉を切った牟礼田はタバコをくわえ、ライターで火を点けた。

金に困っていて、一回二十万円も払えば、ほいほい何でもいうことをきく便利な奴とでもつづけようとしたのだろう。

「天現寺さんの不倫相手とやらにやらせてれば、もっと簡単に済むんじゃないのか」

「無理ですよ。彼女は事務系のアシスタントでしてね。しかももう勤めて十二、三年になる。どこのパソコンを使うにしても目につきます。そこで別人のパスワードを使ったりしたら……、やっぱりうまくないですよ」

「ぼくでも同じだろ」

「ラボには有馬さんのことを知っている人はほとんどいないそうですから、大丈夫、まずバレませんよ」

タバコに火を点け、ゆっくりと煙を吐いたあと、牟礼田がまじまじと仙太郎を見た。

「一つ、お訊きしてもいいですか」

「何？」

「最近、何かしたいと思うことあります？　アレが食いたいとか、あの女を抱きたいとか」

いきなり何をいい出すのか。黙って見返していたが、牟礼田は気にする様子もなくタバコを吹かし、言葉を継いだ。

「この間、テレビで見たんですよね。二億五千万年もすると、この辺り一帯は紫色の海に沈み、頭上には夕焼けでもないのにオレンジ色の空が広がっているそうです。生物といっても……、そやつを生物と呼べるのかどうかは疑問ですが、コケみたいのがね、海から突きでた岩にへばりついたり、薄っぺらな餃子《ぎょうざ》の皮みたいになったのが海面を漂っていたりするだけなんです。コケといっても窒素《ちっそ》を呼吸して、珪素《けいそ》をエネルギー源とするんで、それで生物といえるのかと疑問符をつけたわけなんですが。ゴキブリもさすがに生き残っちゃいない。まして恐竜の足元をうろちょろしていたくらいにしぶとい先住者ですけど、それでも無理。まして人間なんて誰も生き残っちゃいない。何をいいたいのか、わかります？」

何も答えず、身じろぎもしないで見つめ返していた。ヤニに汚れた前歯を見せて、牟礼田はにっこりする。

「どうせ二億五千万年後にはそういうことになっちまうのに、何をじたばたしてるんだ、おれは？　なんて思っちゃうわけですよ。でもね、じたばたする。腹が減るのは惨《みじ》めだし、不快でしょ。それにやっぱり飢え死にするのは怖い」

牟礼田はタバコを灰皿に押しつけて消し、新しいタバコをくわえると火を点けた。煙を吐きながらつづけた。

「いや、本当のところはどうかな。あっさり死んでしまうんなら、それでもいいと思うんですよ。私の理想はね、晩飯を食って、少しばかり晩酌をして、それほど贅沢《ぜいたく》でもない昨日と変わりない今日の晩飯を済ませてですよ、布団に入って、翌朝目覚めない、と、これなんです。うっとり夢見ますよ。死ぬ瞬間は苦しいかも知れないけど、でも、せいぜい一晩でしょう。できるなら眠ってる間に何も感じないまま、冷たくなってるのがいいんです。何カ月も見つからなくてもいいんです。どうせこっちは死んじまって何も感じないわけですからね。ミイラになってようが、白骨化してようが、誰に迷惑かけようが知ったこっちゃない。苦しかったり、痛かったりするのはいやだけど、そうじゃなければ、今夜死んでも別にかまわないんです。私なんか生きてたって、これから先何の保証もありませんしね。年金だって積んじゃいないし、蓄えもない。このまま歳を取って生きていれば、世間様にご迷惑をおかけするばかり。死体の始末で迷惑をかけるくらいは、これは許してもらいますけどね。自分で自分の死体を何とかしようっていうんじゃ、落語の、らくだでしたっけ、あれになっちまいます。まあ、ほんの少しですが、税金も払ってはいるし」

火の点いたタバコを差しあげてみせる。

「かといって首くる度胸はないんですな。妻と子がない代わりに責任もない。有馬さんがじたばたされているのはご家族のためでしょ。老後はお子さんが面倒見てくれるでしょう。離婚しようと血のつながりは消えないわけですから。夫婦は他人というのは、子供とは血がつながっているという事実を前にしての相対的な比較だと思うんです。子供に迷惑をかけるつもりはないとおっしゃるかも知れませんが。私の場合、歳を取ってから面倒を見てくれる人もいない代わり責任もありません。でもね、このところふと感じることがあるんです。今さらアリとキリギリスを持ちだすわけじゃありませんが、ほんの数年前まで私は私なりにそれなりにおもしろおかしくやってたんです。安くてうまいステーキを食って、赤ワインを飲んで、好みの女を抱いて。それがこのところ特にこれといって食いたいものもないし、抱きたいと思う女もいないんです。これという女が見あたらないわけじゃないんですよ。世の中、美人は多いし、見てるだけで勃《た》ってくるようなのもいます。だけど性欲っていうのかな、衝動がなくなったんですよね。面倒くさいって気持ちが先に立っちゃって、それ以上進まないんです。仕事にやり甲斐なんてありませんからね」

　牟礼田は指先で灰皿を動かした。いつか天現寺がやったのと同じ動作にはっとする。

「私のやってることなんて、他人《ひと》に頼まれて、右にあるものを左にちょいと動かして、それでいくばくかの手数料をいただいてるだけです」

　短く、太い指で灰皿を元の位置に戻す。

「翌日になれば、別の誰かがやってきて、そいつを左から右へ動かす。つまり私のやったことなんてきれいさっぱり消えちまうというわけです。歴史に残るようなものじゃない。レオナルド・ダ・ヴィンチの偉業じゃない。だけど、まあ、ダ・ヴィンチにしたって二億五千万年経てば、コケですからね。私とどれほど差があるのか。でもね、こうも思うんですよ。相手が妻であれ、子供であれ、誰かに何かをしてあげられるというのは、たとえ錯覚に過ぎなくても、それなりに幸いじゃないかとね。一時しのぎ、その場しのぎでもいいじゃありませんか。どうせ二億五千万年後には何もなくなってしまう。私も有馬さんもダ・ヴィンチも自己満足のためにあくせくしてる。何のためにとか、誰のためにとか、考えるだけ無駄というか……」

何もいわず牟礼田の長広舌《ちょうこうぜつ》を聞いていたのは、脳裡に年也をはねたという老人のことが浮かんでいたからだ。年金では生活しきれず、軽自動車でゴミ捨て場を回って新聞や空き缶を集めて、それを売って生活の足しにしている。そうでもしないと食っていけない。二億五千万年後には、その老人にしても、ダ・ヴィンチにしても跡形もなく消えている点では変わりない。

何のためにあくせくしているのか。

考えてもしようがない。

トリケラトプスを投与された患者の臨床記録はすぐに見つかった。そのうち第一回目の記録を引きだす。

画面には、投与された患者のカルテと顔写真が映しだされる。すぐにコピーが始まった。二人目、三人目とコピーがつづく。牟礼田がいっていたようにほとんどの患者はすでに死亡していた。

十八人目、十九人目のコピーが終了し、二十人目が映しだされたとき、仙太郎は息を嚥んだ。

そこには、富樫丈長のカルテと顔写真があったからだ。

「なぜ……」

かすれた声を圧しだした直後、コピーが終了した。次の瞬間、画面が暗転し、画面いっぱいに真っ赤な文字が現れた。


ALERT!


何が起こったのか、何か操作を間違えたのかとうろたえているうちに部屋のドアが開き、大町が飛びこんできた。

「一大事です。こちらへ」

とっさにメモリースティックを引き抜き、ポケットに放りこむと大町を追うように部屋を飛びだした。

廊下に人影はない。

大町は正面玄関とは反対側に向かって走りだした。

4

大町に案内され、裏口からラボを出た。少しでも遠ざかりたく、歩きだした。バスかタクシーが来れば乗るつもりでいたのだが、結局、立川駅まで歩き通す羽目になった。歩きながら牟礼田に電話を入れ、東京駅八重洲《やえす》地下の喫茶店で落ち合うことにしたのである。

喫茶店のテーブルに戦利品であるメモリースティックを置いたというのに牟礼田はまるで興味のなさそうな顔つきで一瞥《いちべつ》しただけで手を出そうとはしなかった。

冷たい水をひと口飲んだ。

端末の画面が暗転し、警告《アラート》と真っ赤な文字が浮かびあがってから二時間以上も経っているというのにまだ動悸がおさまらない。否、動悸の原因は画面に映しだされた富樫の顔写真にある。

自ら志願したのだろうか。

『人間、辞めます』

富樫の声が聞こえたような気がする。そこまでしなくても、と思う。今さらながら、だが……。

牟礼田はハイライトのパッケージを取りだすと、仙太郎に勧めるように差しだしたが、首を振った。酒を飲まないかぎりニコチンへの渇望はあまり感じない。

小さくうなずいた牟礼田は茶色のフィルターを唇の間に押しこみ、百円ライターで火を点けた。ふうっと煙を吐き、話しはじめた。

「罠《トラップ》だったようですね。御社は天現寺さんの行動を怪しんでいた。彼が失踪したことで疑惑は確信となったんでしょう。だけど、単独犯じゃないと考えた。それで協力者をあぶり出そうとして、トリケラトプスのデータベースにトラップを仕掛けておいたのでしょう」

「それじゃ……」

咽がからからで言葉に詰まった。また、水を飲む。牟礼田の小さな目が仙太郎に向けられた。

「有馬さんがラボに行ったという証拠は残っていません。大町が案内したのは、哲教大学医学部の某助手ということになっています。助手といっても月埜氏ではありませんが。もっともその某助手はラボに入っただけで、有馬さんがデータベースにアクセスするのに使ったパスワードは、また別の方のものです。だから某助手とデータベースを結びつける証拠もない」

「それを聞いて安心した」

コーヒーカップに手を伸ばし、ひと口飲む。苦いばかりで香りもコクもない。

牟礼田はタバコの煙を吐きだし、淡々とつづけた。

「一つ、見落としがありました。廊下を撮影していた防犯用のカメラの映像です。いつの間にかそんなものが付けられていたみたいですね」

「冗談じゃないぞ」

「ええ」牟礼田は生真面目な顔でうなずく。「冗談じゃありません。大町が有馬さんを案内して、あの会議室に入っていくところがばっちり映っちゃってるそうです」

飲んだばかりのコーヒーが咽もとに逆流してくるのを感じた。息を殺し、牟礼田を見つめる。

「見る人が見れば、映像が有馬さんだということはすぐにわかるでしょう。そしてどのコンピューターからトリケラトプスのデータベースにアクセスしたかもわかっている」

「おい」

身を乗りだそうとした仙太郎の鼻先を、牟礼田は手のひらで制した。

「あわてることはありません。御社はそれどころじゃありませんから。ところで、有馬さんは携帯電話で新聞の電子版を読めるようにしてますか」

「何の話だ？」

牟礼田は表情を変えずにタバコをくわえ、吸いこんだ。火口の明るさが増す。仙太郎は椅子の背に躰をあずけ、首を振った。

「してない」

「そうですか。といっても私もそんなハイカラなことはしちゃいませんから偉そうにいえた義理じゃない。夕刊はご覧になりましたか」

「いや」

うなずいた牟礼田は椅子の上に置いてあった新聞を仙太郎に差しだした。ある面を読めるように折りたたんである。

記事はモノクロの写真付きで幅五センチほど、四段あった。写真を見て、息を嚥む。

三人の男が写っており、右端に座った一人がマイクに口を近づけ、何か喋っているところを撮ったものだ。真ん中には白人、左端の男の顔に見覚えはない。白人男性は世界的な医薬品メーカーの極東地域担当マネージャーとある。

写真は記者会見の席上で、話をしているのは、仙太郎が勤める会社の社長に他ならない。

「御社と、その医薬品メーカー日本法人の対等合併となっていますが、どんな馬鹿が見たって吸収だってのはわかるでしょう。牛とね、そのどでかいけつに食いついたノミを較べて、対等なんてねぇ、誰もいわないでしょう」

短くなったタバコを灰皿に押しつけて消し、牟礼田は新しいタバコをくわえて火を点けた。記事を読み終え、新聞をテーブルに置いた。

「もうこのデータは必要ないってことか」

「はい。残念ながら。でも、契約は契約ですからね、その点はご安心ください」

落ちついた声でいい、牟礼田は内ポケットから銀行の名前が入った封筒を出すとテーブルに置き、代わりにメモリースティックを取りあげて背広のサイドポケットに入れた。

東京駅に到着すると、喫茶店に来る前にインターネットカフェに寄っていた。鞄に入れてある自分のメモリースティックに患者のデータはコピーしてあった。何かに使おうと思ったわけではなく、富樫に関するデータを手元に残しておきたかっただけだ。

「謝礼も契約通りに入っています。だけど、取引はこれっきりですね。もう有馬さんとお会いすることもないと思います。自分でいっちゃうと身も蓋もありませんが、こんな鬱陶《うっとう》しいのにつきまとわれなくなって、ほっとされると思いますよ」

牟礼田の声を聞きながらじっと銀行の封筒を見ていた。二十万円。取りあえず今月分のローンと、先月分の養育費は何とかなった。

だが、これから先、どうすればいいのだろうか。

恐る恐る会社に戻ったものの、上司に一日の行動について何か訊かれることはなかった。

あるいはいきなり電話が来るかも知れないと冷や冷やしていたが、夕方のミーティングまで何も起こらなかった。

早刷りの夕刊に出ていたくらいだから社員の誰もが合併のニュースは知っているはずなのに社内は何ごともなかったように平穏で、夕方のミーティングもいつも通りに済ませた。

誰もがそそくさと帰ったあと、嶋岡だけがぼんやりと残っていた。

「どうした？　残業しなくちゃならないことでもあるのか」

何を白々しい、と思った。嶋岡に残業するような仕事のあるはずもないことはわかっている。咽にえぐみを感じた。

嶋岡がぼんやりした目を向け、しばらくの間、何もいわずに仙太郎を見ていた。初めて見る顔のような気がして、はっとした。

合併の話を聞いたのは、三十四年前の浅草を歩いたあとのことだ。死んだはずの母親が生きていたように、会社の合併話も仙太郎が過去に行ったことが原因になっているのか。

思いをふり払い、声を圧しだした。

「おれはもう終わりにする。お前も何もないんなら飯でも食っていくか」

嶋岡がうなずいたあと、割り勘だけどなと付けくわえた。

会社のすぐ裏にあるラーメン屋に入って、餃子を二人前と生ビールを頼んだ。まず運ばれてきた突き出しのザーサイをあてにして、中ジョッキの生ビールを飲み干す。二人前が一つの皿に盛られた餃子が出てきたところで、それぞれ生ビールを追加した。

二杯目を飲みはじめても嶋岡の顔は白いままだった。

「身分制度って、今でもあるんですね」

ぽつりとつぶやく嶋岡の言葉にぎょっとする。

「何の話だ？」

「うちらの他の連中、今ごろ何をしてるか、係長だってわかっているでしょう？」

すがるような目を向けてくる嶋岡を見ようとせず、生ビールを飲む。一滴でも飲むと、タバコが欲しくなった。

冷めた餃子をつまみ、ラー油をたっぷり入れたタレに浸して口に運ぶ。また、ビールを飲む。

嶋岡のいう身分制度とは何のことはない、出身大学を指しているのだ。国立大学は国立大学、博士は博士、修士は修士と、今ごろはそこここで集まり、それぞれのクラブ内にしか流れていない情報を出し合い、付け合わせをして、会社がどうなるか、自分がどうなるかをあれこれ話し合っているに違いなかった。社内での公式なアナウンスはないが、情報はあらゆるルートを通じて流布される。

「うちらは、ダメなんでしょうね」

さっきいったうちらとは部署、今のうちらは仙太郎と嶋岡……、つまりは私立大学文系出身者を指している。

「ダメってことはないだろう」

「夕方のことなんですけどね、トイレの前で小野《おの》が井畑《いばた》さんと立ち話をしているのをちょっと聞いちゃったんですよ。私の顔を見たら二人ともぱっと話すのをやめましたけど、でも、聞こえたんです。おれたちは学術部へっていってたのを」

小野は仙太郎の下に配属された中ではもっとも若く、去年入社したばかりだ。井畑はとなりの部署の係長で、二人に共通しているのは国立大学出身、博士課程を修了している点である。

以前から噂はあった。会社は営業部と学術部を一つに統合して、より専門的な知識を持った営業集団を形成しようとしている、と。私立大学文系卒の新入社員は、嶋岡たちの年次を最後にゼロになっている。

「あっちの会社、ＭＲはほとんどいないっていうじゃないですか」

あっちとは、当然合併相手である世界的医薬品メーカー日本法人のことだ。

「ご存じですよね」

「ああ」

かろうじて答えた。医者の気質は昔とは違っていて、泥臭い営業を喜ばなくなっていた。

「でも、病院にしろ大学にしろ牛耳《ぎゅうじ》っているのは年寄りだからな」

「営業部は学術部に吸収されて、その代わり特攻隊が復活しますか」生ビールをちびりと飲み、嶋岡が首を振る。「私にはどっちも無理だなぁ」

嶋岡の口調が神経を逆立《さかだ》てて る。むらむら怒りが湧いてきたが、怒鳴りつけられる相手でもない。解決方法は一つしかなかった。

仙太郎は店主に向かって、声をかけた。

「すみません。タバコ、置いてませんか」

タバコを吸いつけ、煙を吐いた直後、携帯電話が振動した。

弁護士の横内が十二枚の一万円札を数えるのに右手の親指を湿らせていた。分厚い下唇が押しさげられる度に、入れ歯の、いかにも人造物でございといった肉色をした歯茎がのぞくのは不快で仕方なかった。

「一、二、三、四、五、ちゅう、ちゅう、たこ、かい、な、おまけに一つ、二つっと」

何という数え方か。しかもご丁寧に三度目である。唾の悪臭が漂ってくる。顔をしかめないようにするのに努力が要った。どうせ横内に渡した紙幣だから唾だらけになろうとかまわないが、乾けばいやな臭いが立ちのぼるだろう。

ようやく手を下ろした横内は立ちあがり、窓際の机まで行く。

「どっこらしょっと」

声を発してキャスター付きの椅子に座ると、抽斗から領収書の綴《つづ》りを出した。そしてまた領収書をめくるのに指を湿らせなくてはならなかった。今度は下唇の内側では足りないのか表面が白くなった舌を出し、親指をべっとりこすりつけてから綴りをめくっていった。

咽もとに餃子の匂いがこみ上げてきて、目を逸らす。

嶋岡とラーメン屋のカウンターに並んでいるとき、横内から電話がかかってきた。今日は遅くまで事務所にいる、という。おそらくは牟礼田から連絡がいったのだろう。嶋岡との実りない会話を切り上げる口実にもなったし、三十分ほどで事務所を訪ねると答えた。

ラーメン屋から歩いて横内の事務所まで行ったが、ドアを開けるなりいわれた。

『十分遅刻ですな。時は金なり、タイム・イズ・マネーですよ』

応接セットに戻ってきた横内は仙太郎の前に領収書を置いた。今まで聞いたこともない会社の名前と、代表取締役の肩書きをつけた女性名のスタンプが捺してあり、社判が重ねてあった。領収書の端には折れ目がついていて、かすかに濡れている。横内の臭い唾だと思うと吐き気がした。

「餃子ですか」

横内がふいにいった。

「は？」

目を上げると、横内は大仰に顔をしかめていた。

「息が臭いですよ。餃子にニンニク……、うんこみたいな臭いだ。人と会う前に餃子はいかんでしょう。常識的にいって」

歯槽膿漏のお前にいわれたくないという言葉を何とか嚥みくだす。

「失礼しました。会社の者と食事をしているときに電話をいただいたものですから」

「ねえ、有馬さん、こちらは好意で入金の期限を猶予してさしあげたんですよ。それなのにねぇ」

「すみません。もうこんな時間だし、横内さんの業務時間はとっくに終わったと思っていたものですから」

「勝手に判断されては困りますね」

また、すみませんといいそうになったが、何とかこらえた。

「私はね、平日は事務所に泊まってるんですよ。有馬さんが座っているソファにね。そんなことはどうでもいいんですが、歳とるとすんなりと寝つけなくてね。それにこう見えても結構忙しいんですよ。資料を読んだり、裁判所に提出する書類なんかも書かなくちゃならない。だいたい毎晩十一時過ぎまで仕事をしてます」

知ったこっちゃないよという言葉を、またしても嚥みこむ。

濡れている箇所に触れないよう、慎重に領収書を取りあげ、上着のポケットに入れた。

「今回、あなたが期日に遅れても特にペナルティがなかったのもひたすら好意なんですよ。そこのところをよくご理解いただきたい」

「オーナーの方によく御礼を申しあげてください。今回は助かりました。以後は重々気をつけ、二度とこのようなことが起こらないようにしますので」

「ぜひそうしてください。うちのクライアントのためというより有馬さんや、有馬さんのご家族のために」

「はい。肝に銘じておきます。今日は遅くまで失礼しました。では、私はこれで……」

立ちあがろうとすると、制するように横内がいった。

「まあ、まだ慌てなくても。ところで、有馬さんは弱小企業労働者ユニオンに加入されてますか」

「いえ……」首を振った。「何ですか、それ？」

「名前の通りの組織ですよ。ろくに労働組合もない中小、零細企業で働いている方々の権利を守るための組織です。今、有馬さんのお勤めになっている会社、大変らしいじゃないですか。それに同族企業の例に漏れず労働組合はないとか」

「合併話が出ただけです。世知辛《せちがら》い世の中、何とか生き残っていかなきゃならないですからね。資本面というか、もっと幅広く基盤を強化しようってことです」

「吸収合併は一大リストラの好機でもありますね。二つの会社が一つになるんですから重複する人員は必要がなくなる。半減するのにこれほどいいチャンスはないわけです」

「まず一つ申しあげますが、今回は吸収ではなく対等の合併です」

本当か。胸の底がちりちりしたが、かまわずつづけた。

「それに二つの会社が一つになったとしても、確かに管理部門は統合して、人員も整理できるかも知れませんが、売り上げは倍増します。当然営業部員も二倍必要になりますよ」

「売り上げが倍になりますか、ほう？　御社にしても売り上げが額面通りに維持されているのなら何も合併なんてする必要がないじゃありませんか。もともと同族経営、早い話が創業者一族が何十年にもわたって食い物にしてきたんだ。できることなら他人なんか入れたくないでしょうな」

「売り上げを伸ばすためには企業としての体力を強化する必要があるってことです」

立ちあがった。

横内は目だけを動かして、仙太郎を見ていた。

「私は弱小企業労働者ユニオン関係の仕事もしています。困ったときには、いつでも連絡してください。夜も十一時前なら大丈夫ですから」

これを正義というのか。お為ごかしにすり寄ってきて、弱っている奴から血を吸っていくだけのことじゃないのか。

でも、瀕死であれば、ろくに抵抗もできまい。

合併話が表沙汰になってから一週間後、仙太郎は上司である課長、部長とテーブルを挟んで向かいあっていた。

ノートパソコンが置かれ、動画が映しだされている。大町に案内され、ラボの会議室に入ろうとしている仙太郎の顔がはっきり映っていた。

第六章　嗚呼《ああ》、マンシュウ

1

はっと目を開き、反射的に枕元の目覚まし時計を見た。

「まずっ」

七時まで、あと三分しかない。完全に寝過ごした。どうしてきちんと目覚ましをかけておかなかったのか、とおのが間抜けさを罵りつつベッドから飛びだしたところで気がついた。目覚ましをセットし忘れたのではなく、セットしなかった。そもそも携帯電話のアラームは使っていたが、目覚まし時計には何カ月も触れていない。

八月二日。出社に及ばずの身になって最初の朝。五歳で幼稚園に通うようになってから毎朝決まった時刻に起き、顔を洗って、朝飯を食い、家を出るという日々を送ってきた。考えてみれば、四十年近くになる。小学校も一年生のうちは学校に通う自分が大人になったような気持ちで誇らしく、登校が楽しみだったが、二年生になるともはや決まった時間に起きることが煩《わずら》わしくなってきた。早い話、飽きた。

それでも朝起きて学校に行くことをつづけたのは、自分だけ取り残されるという強迫観念にとらわれていたからに他ならず、勤勉さとは関係がなかった。

三日前、直属の上司である課長にラボの防犯カメラ映像を見せられた。定年間際の課長は、社長、専務、常務三兄弟の叔父にあたるはずだが、なぜか冷遇されている。人の好さそうな小さい目をしていて、いつもびくびくしている印象があった。

目を伏せたまま、課長がいった。

『君のしたことはわかっています。大町君からも事情は聞いているし。本来ならチョウカイ……』

咳払いをした。

『懲戒解雇されてもおかしくはないんです。データとはいえ、会社の所有物を無断で持ちだしたんだから横領か、窃盗にあたるんで。しかし、懲戒解雇となれば、今後、有馬君の履歴についてまわることになるんです。履歴書の賞罰欄にその旨《むね》書かなくてはならない。記載しなければ、私文書偽造になるし、有馬君が次の就職先の面接を受けたとして、そのときに提出した履歴書に懲戒解雇とあれば、当然その会社の人事担当者は以前勤めていた会社……、つまりうちに問い合わせをしてくるわけです。理由を訊かれれば、うちとしても正直に答えなくちゃならない』

口を閉ざしたまま、課長を見つめていた。懲戒を言い渡されているのは仙太郎なのに、課長の方がうなだれている。課長は少し早口になってつづけた。

『しかし、一身上の都合で退職ということであれば、うちに問い合わせが来ても、有馬君というのは非常に優秀で真面目に働いてくれて、営業成績も優秀だったんだけれど、家庭の事情で仕事をつづけられなくなった。しかし、具体的にどのような事情があったかは、個人のプライバシーにかかわることでもあるし、会社としては何とも申しあげられないと答える』

顔を上げない課長は、会議用テーブルに向かって話をしていた。

『これは好意と受け取って欲しい。長年勤めてくれた有馬君に対する、会社としての好意だ、と。だから懲戒解雇ではなく、依願退職で済ませようとしてるんです』

課長にしても、さらにその上からいわれたままを仙太郎に告げているに過ぎない。

それから課長は一枚の用紙を取りだし、仙太郎の前に置いた。パソコンで作成した退職願で、日付は七月末日となっている。

『これに署名、捺印して、後で私のところへ持ってきてください。一応、八月分の給料は出ますけど、八月一日以降は出社に及びません』

目の前に座っているのが定年まで穏便、そして無為にやり過ごそうとしているだけの抜け殻《がら》だとわかった瞬間、抗おうという気持ちは失せてしまった。

その場で退職届に名前を殴り書きし、印鑑の代わりに名字を丸で囲んで、課長に向かって押しもどした。課長は何もいわずに受け取った。

それでも自分の席の片づけなどがあって、八月一日だけは出社せざるを得なかった。一カ月分の給与は支給されることになったが、退職金は一円も出ない。

用紙にサインしているとき、横内弁護士の顔がちらっと浮かんだが、口臭を思いだしたとたん、連絡をする気がなくなった。

机の後かたづけが終わり、私物の大半は捨てて退社した。自宅近くまで戻ってきて、晩飯代わりに軽く引っかけようと近所の居酒屋に入ったが、生ビールの一杯や二杯ではおさまらず、ついにはしたたかに酔っぱらった。

足元もあやしく帰宅して、スーツやワイシャツを脱ぐのももどかしく、ベッドに潜りこんだ。

ベッドで寝るのは何カ月ぶりだろうか。四十を過ぎてからというもの躰の内側にべっとりはりついた疲労を感じ、うっかりベッドに寝ようものならいつもの時刻に起きられないのではと恐れ、ソファにごろりと横になって、浅く、途切れがちな睡眠を取ることにしていた。ソファは首が極端に曲がり、腰にも鈍痛が来て、寝づらい代わり前後不覚に眠りこまなくて済む。

そうして昨夜はベッドで寝たというのに目が覚めたら、すわ、遅刻かとぞっとしてしまったのである。

いつの間にか眠りこんでしまい、ふたたび目を開いたときには午前九時を回っていた。寝室の窓を覆っているブラインドが強烈な陽光に灼かれている。

「暑《アチ》い」

Tシャツにトランクスという格好で、タオルケット一枚かけずに寝ているというのに、すでにTシャツは汗でぐっしょり濡れていた。ついにこらえきれずに起きあがる。こめかみを流れ落ちる汗がむず痒い。

ベッドから足を下ろそうとしたとき、ぽろりと言葉が漏れた。

「さて、今日は何をするのか」

自分の声に顔をしかめ、下唇を突きだした。今日一日何をするかなど、起きあがるはるか前から決まっているのが当たり前で、今の今まで考えたこともなかった。学校に行くか、会社に行くかのいずれかだけで四十年近く生きてきた。大学生だった四年間だけは、怠惰な朝寝をむさぼったものだが、それとて三日もつづかず、あまりに何もすることがないので大学に出かけていき、そのままずるずる卒業してしまった。何もせず、一日中ぼんやりしているのにも能力というか、才能が必要なのだとしみじみ思ったものだ。

リフレッシュ休暇で疲れ果てていた天現寺を笑えない。

取りあえずベッドから降りて、リビングに移ったものの、暑さは変わらず、また半睡状態の脳はうまく働かない。

「とりあえず……」

つぶやき、ソファに座るとセブンスターを取りあげる。火を点けて煙を吐き、また吸った。その間もだらだら汗が流れつづけ、まるでとまる気配がない。かといって電気代を考えるとエアコンのスイッチを入れる気にもなれなかった。

腹が減ったような気がした。何もすることがないと、空腹を感じたり、ニコチンが欲しくなったりするものなのかと考えていた。洗濯物がたまっていたし、しばらく前からトイレと浴槽の汚れが気になっていたから掃除もしなくてはならなかった。だが、やる気はまるで湧いてこない。

まずはコンビニエンスストアに行って、弁当とアイスクリームでも買ってこようかと決心し、タバコの火を消す。腹がふくれれば、掃除、洗濯に立ち向かう気力が満ちてくるかも知れない。

「その前にさっぱりしよう」

体中べたべたで気持ち悪い。シャワーを浴びるべく、浴室に入った。

何もすることがないと独り言が増えるのかも知れない。

強い陽射しに頭の後ろをちりちり焦がされながらかかとを踏みつぶした古いスニーカーを引きずって歩いていた。シャワーを浴びたあとに着たポロシャツ——どこかのスーパーで買った赤の鹿の子《かのこ》で、なぜか胸に外国製ビールメーカーのロゴが入っている——は、部屋を出て十分もしないうちに汗みずくになった。

足が止まった。

右手に五段ほどの石段があって、登った先には立派な玄関があった。ガラスのドアの内側に看板が立てられている。

〈冷房中につき、ドアを開けっ放しにしないでください〉

区立図書館だ。通勤に利用する地下鉄入口の近くにあるのは知っていたが、一度も入ったことがない。小学生の頃から取り澄ましたような図書館の静けさが嫌いだったにもかかわらずふらふら近づいたのは、冷房中の三文字に引きよせられたからだ。

冷房、冷房、れいぼう……。

ガラスのドアを押し開け、館内に入ったとたん、たちまち汗が引いていく。冷房の利きすぎではなく、外があまりに暑いからだろう。空気がさらりと乾いているのも心地よかった。

別に図書館に用があるわけではなかったが、冷房が利いた場所で時間潰しができ、しかも金がかからないのなら願ったりかなったり、この上なしだ。

右を見て、左を見る。夏休み中であるためか、小中学生が目につく。それと年寄り。六十代から七十代前半というところだろうか。定年退職して、時間をもてあましているといった風だ。そうした中に入った自分がどのように見えるかはあえて考えないようにした。

年寄りは新聞コーナーという札がかかった一角に多い。

「なるほど」

ひとりごちた。新聞をただで読み、涼んでいられるのなら一石二鳥といえる。歩きだそうとしたとき、新聞コーナーの奥にパソコンが十台ほど並んでいるのが目についた。こちらは子供が多い。一台ずつ間仕切りで囲われ、隣りがのぞけないようになっている。

二台空いているうちの一つを前にして座った。画面には図書館利用の手引きと表示されている。ディスプレイのわきには、『接続が制限されているウェブサイトがあります』と刻印された白いプレートが貼ってあった。当然だろう。公立図書館で性器を剝《む》き出しにした男女がからみあっているサイトや、接続するだけで課金されるような有料サイトにつながれたのでは都合が悪い。

だが、インターネットは利用できそうだ。それも無料、ありがたい……と思いかけたが、考えてみれば、元々税金で運用されている施設ではないか。

間仕切りに引っかけてあったヘッドフォンを取って装着し、マウスに右手を載せる。取りあえず利用の手引きという画面を消すと、矢印形のポインタをインターネットエクスプローラーに合わせてダブルクリックする。

立ちあがったのは、マイクロソフトが運営する日本語版のウェブサイトでニュースが並んでいた。

『四十七歳、無職次男、母親を出刃包丁で刺す』

『一歳長男餓死、二十歳の母親、しつけのつもりでやったと供述』

『ストーカー殺人、全身三十カ所以上をめった刺し』

『首無し猫の死体、さらに二十体見つかる』

『女子大生と母親殺し、犯人に死刑判決』

殺し、殺し、殺し……。

死刑判決という見出しを見ただけでは、どの事件なのかまるでイメージがわかない。似たような事件が多すぎるからだろう。

ふと思いついて検索用サイトの小窓に一九七七年八月三日と打ちこんでみた。結果がずらりと表示される。

明日は八月三日、三のつく日になる。金魚の女将が三のつく日に不思議なことが起こるといっていたが、仙太郎から聞いたといっていた。そんな話をした憶えはまるでない。

表示される見出しを眺めつつ、適当にクリックしているうちに個人のブログが開いて、仙太郎は身を乗りだした。

嗚呼、二十歳の誕生日／幸運を横取りされた日
浦和競馬場で一四〇〇万円馬券

汗が滴ってきたわけでもないのに顎を拭い、生唾を嚥んだ。ブログを読み進めていくうちに動悸が速くなってきた。

一九七七年八月三日は、書きこんだ男性の二十回目の誕生日ということだったが、その日、ハッピーバースデーラッキーを見込んだくだんの男は浦和競馬場へ乗りこんだというのである。そしてそこで一レースで千四百万円もの配当を受けとった幸運な奴がいて、そいつにすべてを持って行かれてしまった、という怨み節であった。

すべて読んだが、何番目のレースなのか、的中馬券が何なのかもまるで書いていない。舌打ちし、低く罵った。

「クソッ、役立たずが」

今度は日付にくわえて、浦和競馬場と打ちこみ、ふたたび検索をかけてみる。確かに高額配当はあったようだが、肝心な部分は何一つわからない。

頭の中が熱っぽく渦巻いてきた。明日、金魚から三十四年前に飛び、浦和競馬場に行って、その高額配当を横取りすれば、千四百万円が手に入る。それだけあれば、マンションのローンも養育費も途切れることなく振り込みができる。

キーワードを次々に変え、検索をくり返したが、どの記事でも肝心な部分はわからなかった。

「ダメか」

ため息を吐き、椅子の背に躰をあずけたときにはパソコンの前に座って二時間近くが経っていた。

凝りをほぐすつもりで、首を右に左にゆっくり倒したとき、視界の隅に赤いものが映った。目をやる。新聞コーナーにいる年寄りがホルダーに挟んだスポーツ紙を読んでいた。大きく、赤い見出しが目についたのだ。

次の瞬間、脳裡に浮かんだ。題字も一面の写真もモノクロの日日スポーツ……、三十四年前の浅草の喫茶店で見た。

開けていたウィンドウをすべて閉じると立ちあがって、受付に行った。メタルフレームのメガネをかけた中年の女性が立っている。小太りで紺色のエプロンをつけていた。

「すみません。古いスポーツ新聞を見たいのですが」

「古いというと、いつ頃のものでしょうか」

「一九七七年、昭和五十二年の八月分です」

レースは八月三日だから結果は八月四日付の新聞に載る。

「申し訳ありません」彼女は力無い笑みを浮かべ、小さく首を振った。「それほど古いのは置いてありませんし、スポーツ紙だと縮刷版も出ていないんじゃないかと思いますが」

地団駄を踏むというのは本当だ。意味もなく足踏みしていた。仙太郎の様子をいぶかしげに見ていた彼女がはっとしたような顔をする。

「ちょっとお待ちください」

あとは口の中でぶつぶついうと、手元にあったノートパソコンをのぞきこんだ。外付けになっている小さなマウスを動かす。くり返しボタンを押す音が耳についた。やがて彼女が画面に目をやったままいった。

「日日スポーツなら国会図書館でマイクロフィルムに記録してあるようです」

「日日スポーツでいいんです。いや、日日スポーツがいいんです」

「は？」

顔を上げた彼女に一礼する。

「ありがとう」

地団駄のおかげでウォーミングアップは充分。景色が白茶けて見える炎天下に向かって全力で駆けだした。


朝からピーカンのいい天気。しかし、晴れがいい天気って誰が決めたのか。ギラギラ照りつける真夏の太陽、おかげで午前中から気温はぐんぐん上昇、昼を待たずに三十度越えとあいなった。自慢じゃないがこちとら八十キロオーバーの大デブの上に生来の汗っかき、翌日のレースのデータを求めて、バックヤードをふらふらするうち、まるで池にでも落ちたごとく頭から爪先までびしょ濡れとなり、どこへ行っても馴染みの調教師や厩務員、はては馬どもにまで笑われるやら呆れられるやら。とにかく昼を過ぎるころには脳味噌ぐつぐつ状態（あらかじめお断りしておきますが、明日のレース予想は社に戻ってから、クーラーがんがん利かせた編集室で書いてますのでご安心を）、浮かぶは冷たいビールのことばかり。

さてようやく取材を終え、主催者の事務室に挨拶に行こうとしたら、廊下でばったり広報担当のS氏にお会いした。びっくりだよ、というのでわけを訊ねると、第八レースの大穴八―八を見事に的中させた御仁《ごじん》がいるという。ええっと驚いた。第八レースといえば、ゲートが開いた直後に本命バリバリ二重丸だった一番が落馬、そこからとんでもないハイペースでレースは進行。しかも先頭はいまだかつてハナを切ったことなどない十二番スーパーペガサス。何しろ鈍足《どんそく》が有名で、あだ名が牛だった。つづいたのが十一番ミサキスーパーで、こちらも鈍足、牛二号とでも呼びたくなるような馬。ところが、ところが、昨日のレースは下手な落語じゃないけれど、牛が速かった。そのまま一着、二着に入ったものだから、さあ大変。この馬券を獲《と》った御仁がいるという。

その時点でうろおぼえのオッズでは百八十倍を超え、誰も見向きもしていなかったはず。そういうとS氏は、オッズがどんと落ちるほど一点に大金をぶち込んだという。いったいどれほど買ったものか、そこは教えてもらえなかった。とにかくぴんと来た記者子は息せき切って階段を駆けおり、スタンドの裏口に向かった。とんでもない高額配当が出たとき、買った客の要望があれば、そっと送りだす出入り口がある。勘は的中。ところが、出てきたのは赤シャツの冴えない三十男と若い女の二人連れ。「すみません」と声をかけたものの、聞こえなかったのか、記者子のむくつけき風貌《ふうぼう》に強盗かと恐れをなしたのか、二人はそそくさとタクシーに乗りこんだ。正真正銘のハプニングの連続によって生まれた高配当、それを知っていたかのように的中させた御仁に、是非、勘の利かせ方を伝授いただきたかったのだが。タクシーは走り去り、酸っぱい臭いの排気ガスがシャクのタネと来た。

記事を読み終え、コピーを置くと、仙太郎は腕を組んだ。新聞記事のコピーは二枚ある。昭和五十二年八月四日付日日スポーツ競馬ページの記事で、一枚は前日八月三日に行われた全レースの結果を一覧にまとめたもの、もう一つが記者の書いたコラムで、どちらも国会図書館へ来て、マイクロフィルムから複写した。さらに二、三、ほかの記事をあたったあと、国会図書館を後にした。

気になったことがいくつかある。

まず一つはオッズがどんと落ちるほど大金をぶち込んだというくだりだ。国会図書館から新橋《しんばし》駅の近くにある古銭ショップに行って、聖徳太子のついた一万円札を五枚買ってきた。一枚あたり一万二千円程度で、ゆえに六万円が五万円に目減りしてしまった。果たして五万円分の馬券を買うことでオッズがどんというほど落ちるのか。

ふたつ目は記者に声をかけられて逃げだしたのがアベックという点だ。

ひょっとしてうまくいかないのか……。

兆《きざ》した不安ごと飲みくだすように猪口を呷る。

金魚には今夜も仙太郎しかいない。午前零時を回り、日付は三日になっていた。女将はカウンターの内側で黙ってタバコをくゆらせている。

そのときに聞こえてきた。夕立のように激しい雨の音だ。顔を上げた女将と目が合った。

仙太郎は古銭ショップで買ってきたのとは別の一万円札をカウンターに置いた。

「釣りは次回来たときに」

「はい」

女将がうなずく。

仙太郎はカウンターに置いてあった携帯電話をジーンズのポケットに突っこむと、トイレに向かって歩きだした。

2

便器を前にすると小便がしたくなるというのもある種の条件反射かも知れない。ジーパンのファスナーを下ろし、ぐったりしている器官を引っぱり出すと放尿を始めた。燗酒の前に生ビールを二杯飲んでいるせいか、案外大量に出る。いつあれが来るかわからないというのになかなか止まらない。

「まいったな」

つぶやいたところへ来た。

まずはほとばしりつづける小便の放物線が鈎《かぎ》状に曲がって見えた。それで便器からはみ出すかというと、小便の落ちていく先に合わせて便器も移動してきちんと受けとめている。いや、違う。目の当たりにしている光景が……、いやいや、空間そのものが折れ曲がっているのだ。

しかもその折り目が徐々にせり上がってきて、太腿、股間、腹部へと移ってくる。痛みはないが、どうにも不思議な光景で気味が悪く、くらくら目眩がしてきた。左手を壁について躰を支えた。それでいて小便の勢いは一向衰えず、止めようがなかった。折り目が腹から鳩《みぞ》尾《おち》まで上がってくると、今度は吐き気が襲ってきた。熱い塊が食道を駆けのぼってくる。歯を食いしばり、何とかこらえた。折れ目が胸、咽と上昇し、ついに歪めた口元が鼻先に来たのを呆然と眺めていた。直後、視野が縦に引き延ばされ、無数の縦線に埋められ、あっという間もなく周囲が真っ暗になる。

闇が去ると、金魚の古めかしい便所に立っているのは変わりなく、左手は水色のタイルと白壁を仕切る木枠をつかんでいて、小便はまだ出つづけていた。さすがに勢いは弱まり、放物線がだんだんしょぼく、下向きになっていく。最後に二度ほどいきんで残りを絞りだすと止まった。

嘔吐しなかったのは初めてだ。少し馴れてきたのかも知れない。

しんと静まりかえっている。便器の底には黄色の小便がたまって、周囲に白い泡が浮かんでいた。

頭上のタンクからぶら下がっている鎖の先についた取っ手を引っぱって水を流した。

短く息を吐き、下腹に力をこめる。次いでジーパンのポケットから携帯電話を取りだした。背面の小窓に表示された時刻は午前零時二十三分……、今、二十四分になった。そして圏外の文字が出ている。

来た。

携帯電話を開き、四歳のころの娘が一歳の息子を抱いている待ち受け画面に出ている時刻と赤い圏外の文字を確かめつつ、躰を反転させ、ドアの鍵を外した。ドアを開けようと手を伸ばす。その指先からドアノブが逃げていくのをおやと思って、顔を上げようとした刹那、頭にどんと衝撃が来た。

目の前の火花が散ると、女がトイレの前で尻餅をつき、頭を両手で押さえている。

「痛《いった》ぁ」

菊池裕子だった。


「いやぁ、三のつく日の三のつく時刻なんて、まるでどこかのスーパーのタイムサービスみたいなんだけどね、どういうわけかそのときに起こっちゃうからしようがない」

「何が起こっちゃうってのさ」

訊きかえしてきたのは、金魚の女将だが、三十四年も遡《さかのぼ》って、歳は三十を一つか二つ出たくらいだから、カウンターの中に立ち、タバコを手にしている姿も芸者時代そのまま、それこそ婀娜《あだ》とか粋とかいうのだろう。髪は黒々、艶々していて、肌は張り、しわもない。

仙太郎は猪口を持ちあげるとひと息に飲んだ。すかさず裕子が徳利を差しだしてくれる。受けた。ほどよいぬる燗の黄桜《きざくら》である。

「何が、と訊かれるとちょっと難しい」

「いやにもったいぶるじゃないか」

「もったいぶってるわけじゃないんだが」

二合徳利が目の前に四本並んでいて、裕子が手にしているのが五本目である。あちらの金魚で生ビールを二杯飲み、二合徳利を一本空けてきているので、今宵はすでに一升酒ということになる。三十四年のブランクは、この際関係ない。

それにしても初めて狙い通りにタイムスリップできたことがよほど嬉しいのか、それとも目眩と吐き気をこらえつつ飛んだこと自体に気持ちを高揚させる働きがあるのかはわからない。

どっちも違うだろ、と胸のうちでつぶやくもう一人の自分がいた。浮かれている理由ははっきりしていた。

また、酒を飲み干す。すぐに裕子が徳利を差しだしてくれる。

「どうも」

小さく頭を下げて、酒を受けつつ、裕子の顔を見ていた。日本人形めいた大人しげな顔立ちながらなかなか整っている。十人に訊けば、八人か九人までが美人だと答え、残りも皆がそうだというなら認めるのにやぶさかではないという態度を取るだろう。

裕子も少しばかり飲んで、目許がほんのり赤くなっている。

あちら――二十一世紀ではすっかり死語になってしまった〈慎ましさ〉とか〈奥ゆかしさ〉、〈しとやかさ〉などという言葉が次々浮かんでくる。

あちらの金魚で会ったことはなかった。それどころか、あっちの金魚に客がいるのもほとんど見たことはない。客が少ないという点ではこちらの金魚もいい勝負だが、それでも三十年以上は商売をつづけている。

金魚のことはともかくとして、裕子もあちらでは観音裏を離れ、どこかで幸せに暮らしているのだろう。実際の年齢は仙太郎より十四、五は上のはずだから今なら五十代後半といったところか。孫がいてもおかしくない年回りだ。

裕子の手から徳利を取り、差しだすと、両手で包みこむように猪口を持った。仕種《しぐさ》ひとつが愛らしい。手指もいかにも若い女のそれで、すべすべしているのが見ているだけでもわかる。ついでに女将にも注いだ。

徳利を置き、小さく咳払いをする。女将が横を向いて、へっと笑ったが、気にせず話をつづけた。

「最初のときは、おれにも何が起こっているのかまるでわからなかった。浅草に来ること自体久しぶりだったし、まして観音裏に足を踏みいれるのは何年ぶりかわからなかった。二十二で大学を卒業して、今の会社に入ると通勤に不便だからとこの土地から出ていったんだ。いや、正確にいえば、実質的にこの土地を離れたのは小学校を卒業したときなのかも知れない。中学、高校、大学まで一貫の私立校に入って、十二のときから東京を横断して通学するようになった。以来、小学校までの友達とはほぼ音信不通……、いやなガキといえば、いやなガキだ」

「まったくだ」

女将の合いの手にうなずき、また酒を飲むと言葉を継いだ。

「その通り。ガキの頃、おれはここいらの土地がいやでいやでしようがなかった。言葉遣いは悪いし、何かってぇとすぐに手や足が出る。そのくせ寂しがり屋で、独りぼっちになると満足に息もできない。それでべたべたしてるわけだが、そいつを人情だなんていいやがる。よしてくれ、気味が悪い。何が人情か。暑い時期ならうっとうしくてしようがない……、なんてことを腹の底で思っていた。だけど、四十を過ぎてからかな、何だか皆懐かしくなっちまった」

「所詮、生まれからは逃れられないってことさ」

女将の言葉に素直にうなずいた。

「そうだね。東京を横断して、向こう側に通うようになった中学一年の頃から、おれはずっと背伸びして、肩肘張ってた気がする。笑われまいとしてね。仕事でも人に遅れは取るまいとしてたのも煎じ詰めれば、馬鹿にされたくない一心からだ。それで人並みに結婚して、子供も二人生まれたけど、見栄なんて、裏側から見れば、粗末なつっかい棒が見えちゃうもんでね。すぐに見透かされたよ。で、あえなく夫婦別れ」

「わけは別のところにあるような気がするけどね」

女将がつぶやく。顔を上げ、女将を見た。タバコの煙をふうっと吐きだして、女将はいった。

「ま、いいけど。つづけて」

「マンションも無理して買った。今から考えれば、分不相応の見栄だったのさ。いざ離婚ってなったとき、女房、子供にくれてやったのも格好つけただけ。結局、月々払わなくちゃならないローンと子供の養育費にひいひいいってる。情けないったらありゃしない」

「疲れちゃったのね」

裕子の声が耳からすとんと胸の底まで落ちてくる。じんわりと温かい。

仙太郎は腕組みし、カウンターを見つめたまま いった。

「所詮、おれは山谷堀を泳いでた金魚なんだと思う」

「へっ、あんな汚い溝《どぶ》に金魚なんかいないよ」

女将が混ぜっ返す。苦笑して、うなずき、話をつづけた。

「ここから出てってから会った連中は皆熱帯魚だった。熱帯魚に見えた。淡水なら金魚はどこでも生きられる。だけど、熱帯魚に交じって泳ぐのはしんどかったんだな」

裕子が仙太郎の二の腕に手を置いた。

「自分が何者かわかるって、とても大事なことだと思う」

うなずいた。

女将が割りこんでくる。

「それで最初のときって、何さ」

「そうそう、その話だった。お客さんを接待して、久しぶりに浅草で飲んだ。浅草っても六区辺りがせいぜいだけどね。相手を帰してから一人でこのあたりを歩いた。ガキの頃に住んでた街だ」

「懐かしかった？」

裕子が訊くのへ首を振った。

「全然。すっかり様変わりしててさ。おまけに暗かった。あの頃……」

あの頃ではない。今、だ。

「とにかくこの店を見つけて入って、便所を借りたあとに出てきたら親父がカウンターで飲んでやがった。今じゃ、すっかり惚《ぼ》けちまって、柊の家って特別養護老人ホーム《とくよう》に入ってるけどね」

「トクヨウ？」

裕子が怪訝そうな顔をしている。時代が違う。無理もない。

「老人ホームだよ。とてもおれ一人じゃ面倒見切れないからね。お袋は死んじまってるし……」

いや、死んでない。

頭の中でアルコールの海が逆巻いている。

それでも喋りつづけた。

「ここで会った親父は、おれより若くて……」

じいわ、じいわ、じぃぃぃっ。

じいわ、じいわ、じぃぃぃっ。

じいわ、じいわ、じぃ……。

重なって降ってくる蟬の声で目を覚ました。右に目をやる。開け放した窓を覆っているすだれが陽光に灼かれていた。

じっと寝ているだけで汗が滲んでくるほど暑いのは確かだが、ところどころに細い涼風が混じっているような気がした。子供の頃に馴染んだ暑気のように感じられ、どことなく懐かしかった。どこの家にもエアコンなどなく、扇風機があれば上等という時代、玄関先の棚に並べた植木や路地に朝、夕と打ち水をするだけでしのげた暑さだ。

鉄筋コンクリート造りのマンションで窓という窓をすべて閉めきり、エアコンをぶん回して熱気と湿気を排出することで生じるヒートアイランドという現象がいかに人工的でアブノーマルかが実感できる。

夏は暑くて当たり前ということを忘れていたように思う。どこへ行っても、何をしていても暑くて暑くて、でも、それが夏なのだ。

木製のシングルベッドの上で上体を起こした。足元にライトグリーンのタオルケットが丸まっている。

左に目をやった。裸の女が横たわり、背中を向けている。部屋にはむんとする暑気がこもっているというのに白い肌はさらりと乾いているようだ。淡い陰を宿す肩胛骨《けんこうこつ》からすんなり降りていく背筋へと視点を動かしていく。すぼまった腰と意外にボリュームのある尻、そして双丘の割れ目と眺めていったとき、女が低く唸った。

「むう」

そして寝返りを打つ。

裕子。

昨夜の情景が脳裡に浮かぶが、白いもや越しに眺めているようで心許《こころもと》ない。しばらく顔を見ていた。寝息が元の規則正しさを取りもどしたのを確かめて、ふたたび視点を下げていく。糸切り歯をそっとあてただけでたちまち破れてしまいそうに薄い皮膚を透かして、血の色が見える二つの乳首は、記憶にあるままだ。鳩尾《みぞおち》、腹、へそと見ていくうちに唇を嘗《な》めた。

日本人形めいた大人しい顔立ちを裏切って、股間の毛は黒々しており、密集して、少しばかり猛々しさすら感じさせる。さながら黒い火炎のようでもある。

「そんなにジロジロ見られたら、穴、あいちゃうよ」

首をすくめた。まさしく覗き見しているところを見つかってしまった。裕子が忍び笑いを漏らす。

「あのときと同じ目をしてるね」

「あのときって？」

「銭湯で会ったとき、私のおっぱいを真剣に見てた」

頬が熱くなる。それでも裕子の股間から目を離せなかった。裕子がつづける。

「有馬仙太郎君はお母さんに連れられていつもの銭湯に来て、幼稚園の裕子先生に会っちゃった。先生の裸なんか見て、どきどきして、恥ずかしくて、でも、目を離せなかった」

「憶えてたのか」

「ええ」

また、忍び笑い。

「嘘。全部、君が喋った。昨日の夜ね。おれは二十一世紀から来たんだって。二〇一一年には押上《おしあげ》に東京タワーの倍も高いタワーができるって」

奇妙な空間に放りだされ、ふわふわ漂っているような気がした。自分より二十も若い女に君呼ばわりされながら不自然さを感じない。実際には、一回り以上も上で、幼稚園のときの先生である。だが、目の前にいるのは若い女でしかなく、先生といって甘える気になれるはずもない。

「証明してくれるんでしょ？」

「証明って、何を？」

「あなたが二十一世紀から来たこと」

「どうやって？」

「浦和競馬場で。本日の第八レース。大儲けしてみせるって」

すべて喋ってしまったようだ。名残惜しかったが、股間から目を逸らし、裕子の顔を見た。口元には笑みの残滓《ざんし》が浮かんでいたが、不快ではなかった。

「幼稚園はどうするんだ？　今日は平日だぜ」

裕子は身じろぎし、枕元の目覚まし時計を見た。咽の白さにどぎまぎし、裕子の視線を追って時計を見る。文字盤にとぼけた顔つきの男の子のイラストが描かれている。間もなく十時になろうとしていた。

「裕子先生は、本日体調が悪くてお休みです」

あっけらかんと口にしたあと、大きな欠伸をした。


「お腹、空いてない？」

アパートを出たところで裕子が訊いてきた。

「いや」首を振る。「それほどでもない。そっちは？」

裕子を何と呼べばいいのか、決めかねていた。かつてのように裕子先生というわけにはいかない。本来であれば、菊池さんとでもいうべきなのだろうが、同じベッドで全裸で寝ていて、今さら菊池さんもないだろう。もっとも昨夜のことは何も憶えていないのだが。

奇妙な空間を漂っているような感じはまだ残っていた。目の前にいるのは若い女だが、実際には遥かに年上でもある。名前を呼び捨てにするのは馴れ馴れしすぎるようにも思えるし、腰が引けてもいた。

おれはこちら側の人間ではないのだ、とも思う。

「それじゃ、バスに乗る？」

「暑いけど、ＪＲの鶯谷《うぐいすだに》駅まで歩こうか」

「ジェイアール？」

国鉄が北海道、東日本、東海、西日本、四国、九州の六つに分割され、民営となったのは一九八七年、今から十年も先だ。民営化される前までの国電はE電と呼ぶことになった。一般公募をして、六万通の中から選ばれたのだが、はしゃいだのは一部の政治家だけで、ほとんど人々の口の端《は》に登ることなく消滅した。

「ごめん、忘れてくれ」

説明するには気温が高すぎる。道路脇の並木にとまっている蝉もうるさいし。

千束、入谷《いりや》、下谷《したや》と抜け、根岸《ねぎし》をかすめて鶯谷駅にたどり着いた。南浦和までの切符を買ったらインクが乾ききっていなくて、指が黒く汚れた。

階段を昇り、ホームに出る。ほどなく電車がやってきた。

そうだった。京浜東北線の車輌は、全体がべったりと青く塗られていたのだ。もう何年も見ていないと思いながら近づいてくる電車を見ていた。行き先は大宮《おおみや》になっている。

3

カレーライスは一皿百五十円だが、二十円足すだけで大盛りになった上、スープ——そばつゆを延ばし、揚げ玉と長ネギを浮かべただけの代物だったが——がつくので、大盛りにして、さらに一枚五十円のメンチカツをトッピングした。しめて二百二十円也。

カウンターで注文した品を受け取り、隣接するテーブル席へ運んでくる。まずはカレーとメンチカツにテーブル備え付けの中濃ソースをだぶだぶかけまわした。

並んで座った裕子は月見そばを前にしている。

カレーはスパイスの香りよりうどん粉の匂いの方がきつかった。腹が減っては戦《いくさ》にならないと、浦和競馬場に着くなり食堂に寄ったのだが、二人とも場内に漂うカツオ出汁の匂いに逆らえなかっただけだ。

もっとも注文したのはカレーライスである。しかも、大盛り。大勝負を前に麺類ではいささか頼りない。いざというときは、やっぱり米なのだ。

ちょうど昼をまわった頃ということもあって、ざっと四十ほど並んだテーブルはほぼ満席だった。大半のテーブルには、ランニングシャツやTシャツ姿の男達が予想紙を広げ、おでんや焼き鳥を肴にカップ酒を飲んでいる。ほとんどがタバコを喫っていて、アルミの灰皿はどれも吸い殻が山になっていた。場内禁煙の赤い文字は目に入らないらしく、分煙など言葉すらないのだろう。タバコを喫わない裕子も平気な顔をしてそばをすすっていた。

えび茶色のシャツをぞろりと着て、ひどく痩せた男が下駄を引きずりながら食堂のわきを通りかかった。手にした予想紙から目を上げようともせずにくわえていたタバコをコンクリートの床に捨て、痰を切って吐いていったが、誰も気にしていない。床には破り捨てた馬券や丸めた予想紙、そのほか得体の知れない紙くずが散乱している。

食堂の目と鼻の先にはトイレがあり、男達がひっきりなしに出入りしている。アンモニアと消臭剤、錆びたパイプの臭いが入り混じって漂ってきたが、皆、平気で酒を飲み、タバコを喫って、飯を食っていた。

あちらでは考えられない光景だ。

ひょっとすると田舎の競馬場に行けば、残っているのかも知れないが、府中《ふちゅう》にある東京競馬場では見られなかった。少なくとも建物内の喫煙スペースはガラスの檻で密閉されていた。酒はレストランかしゃれたオープンカフェで飲むもので、歩きながらワンカップを傾ける者はなかった。まして痰を吐くなど……。

整然と仕分けられ、匂いのしない清潔な空間は、子供連れでも安心して遊べるアミューズメント施設であり、馬券を買いに来ただけの男達も従順にルールに従う。荒《すさ》んだ博打場《ばくちば》というイメージはない。

だが、目の前の光景はまるで違った。

考えてみれば、夢のような未来社会として二十一世紀を描いてみせた大阪万博からまだ七年しか経っておらず、バブル景気に狂奔《きょうほん》するまでには、あと十年ある。

今、目の当たりにしている不潔で臭い混沌がはらんでいるエネルギーこそ、十年後、純金製の便器を作って、成田空港駅のホームで世界一早くボジョレヌーボーの封を切り、ピンクのドンペリニヨンにコニャックを混ぜて飲む状況を生みだすのかも知れない。二兆数千億円を相場に注ぎこむ小料理屋の女将や、お立ち台の上でひらひらした羽根扇を振り、ミニスカートからパンツを剝き出しにするボディコン姉ちゃんを許容、銀座から赤坂までのタクシー代三万円を常識にして、九州の山奥にF1レースを開催できるサーキットを作ってしまう。

仙太郎にも思い出はあった。ほぼ一年というもの大学にはほとんど行かずアルバイトに明け暮れ、ひたすら金を貯めた年だ。十二月二十四日の赤坂《あかさか》プリンスホテルのセミスィートを予約したのは七月で、貸衣装のタキシードも予約していた。当日にはティファニーのオープンハートペンダント——品物より淡いブルーの包装紙の方が価値があった——を持参、六本木のレストランでは隣席の客と肩が触れあうほどに押しこまれ、きっちり九十分で終了するフレンチのコース料理を詰めこみ、ホテルの部屋でシャンパンを抜いた。翌年には、すっかり熱が冷め、なぜあれほどまでに一生懸命金を注ぎこんだのかを不思議に思った。今となっては相手の顔すら満足に思いだせない。

戦争が終わって二十年足らずでオリンピックを誘致し、焼け野原に高速道路、新幹線、高層ビルを作りあげてみせ、四半世紀後には大阪に二十一世紀を展示し、急成長に次ぐ急成長と全力疾走した挙げ句、たった三十数年後にはてんこ盛りの黄金《うんこ》にして流してしまった。今、一九七七年の浦和競馬場でうどん粉カレーを食べていると、それほど慌てなくてもよかったんじゃないか、とも思う。

カレーを食べおえると、裕子と連れだって、パドックに向かった。

聖徳太子は四人いたが、伊藤博文は一人になっており、あとは小銭が少々あった。昨夜、金魚でいくら払ったのか、まるで憶えていない。

紙幣をまとめて二つ折りにし、ジーパンの前ポケットに突っこみ、代わりにコピーを取りだした。大金をせしめたアベックを追いかけたという記者のエッセイの方だ。

まず、〈うろおぼえのオッズでは百八十倍を超え、誰も見向きもしていなかったはず。そういうとS氏は、オッズがどんと落ちるほど一点に大金をぶち込んだという〉という部分が気になった。

四万一千円分の馬券を買うと、オッズがどんと下がるのか、そこが気になった。

一方、〈出てきたのは赤シャツの冴えない三十男と若い女の二人連れ〉の部分は理解できた。仙太郎はすでに四十を超しているが、こちらの世界では若く見え、記者が三十男と思ったのも無理はない。また、裕子は間違いなく若い女だ。

コピーを折り畳み、尻ポケットに入れてある財布に移した。財布の中身はあちら側の金――といっても夏目漱石が二人いるだけで、福沢諭吉は不在――だし、クレジットカードの有効期限は二〇一三年になっている。こちらで落とせば、ひと騒動持ちあがるのは必至だ。

もう一枚のコピー、今日のレース結果一覧を取りだす。気になるのは、肝心の第八レースの倍率だ。三〇・五倍でしかなく、これでは四万一千円分買ったとしても百二十万円ちょっとにしかならず、自宅そばの図書館にあるパソコンで読んだブログの金額には到底届かない。

「いや」

つぶやいた。いざとなれば、百二十万円でもいいと思う。当面しのぐには充分だし、今回うまくいけば、またこちらに来て一稼ぎすればいい。コピーを畳んで、軍資金を入れたジーパンの前ポケットに入れる。

壁に背をあてた。トイレの個室にこもる熱気のせいで、ポロシャツはふたたび汗まみれになっていた。袖を鼻先に持っていき、匂いを嗅いだ。酸っぱい。裕子には迷惑だろうと思いながら和式便器の前にあるレバーを踏んで水を流した。

個室を出る。ずらりと並んだ小便器の前には三人ほど立っていたが、いずれも予想紙を手にしたまま用を足している。何だかおかしかった。

トイレを出ると、どこからともなく裕子が現れ、近づいてきた。

「大丈夫?」

「え?」

「結構長かったから。緊張してお腹でもこわしたのかと思って」

のぞきこむ裕子の口元にはからかうような笑みが浮かんでいる。

「平気、平気。おかげですっきりしたよ」

並んで歩いていくと、発売窓口の近くで男が喚きちらしているのに出くわした。白髪がまばらで無精髭もすっかり白くなっている。U首のシャツと灰色の作業ズボンがところどころ汚れていた。

「第四レースはトーサンだよ、トーサン」

近くにいた中年の太った男が金歯をひらめかせていった。

「会社でも潰したか、爺さん」

「何をぉ」老人が目を剝く。「そっちの倒産じゃねぇよ。十と三、第四レースは十番、三番で決まりだっていってんだ」

「よせよ。第四レースは鉄板だよ。一番、五番以外に走れる馬はいない。三も十も潰もひっかけねぇって」

裕子の手を引き、柱の陰に行くとコピーを引っぱり出した。素早く第四レースの結果を確かめる。馬番で一着が十、二着が三となっており、枠連三—八の配当は八十五倍になっている。

「ちょっと待ってて」

「どうしたの?」

「本番前にちょっと運試しだ。すぐに戻る」

いい置いて駆けだした。締め切りまで、あと一分しかない。

第四レースは十二頭立てで行われたのだが、今までに一度だけ医者のお供で府中競馬場に行っただけの仙太郎の目には、二分足らずのレースなど何が何やらさっぱりわからなかった。肝心のゴールにしても何頭もの馬がひとかたまりとなって飛びこみ、通りすぎていったようにしか見えなかった。どれが一着か、何が二着やら……。

それでもレーストラックの向こう側にある巨大な電光掲示板に一着十番、二着三番と表示され、周囲で言い交わされるのを聞いて、買った馬券が的中したのだとわかった。もっとも仙太郎は明日の新聞に掲載された結果を見て馬券を買っているのだから的中というのはおこがましいと思いなおした。

スタンドの建物に入り、天井から払戻という赤い行灯が吊り下げられた一角に向かいながら馬券を買った窓口でのやり取りを思いだした。

『十と三を千円分ください』

窓口の中に座っていた中年の女が訊き返した。

『第四レース、枠の三―八ですか』

『はい。まだ、間に合いますか』

『三―八を千円、特券でよろしいんでしょうか』

『特券って何です？』

聞いたとたん、背中をどんと小突かれた。ふり返ると目つきの悪い、陽に焼けた男が睨んでいる。アロハシャツの襟元に太い金のネックレスがのぞいていた。あわてて前に向きなおる。

『それでいいです』

千円札を出し、定期券ほどの馬券を受けとって窓口を離れた。いまだ特券の意味はわからない。

払戻の窓口にくだんの特券を差しだす。中にいる事務服の女性は表情を変えずに一万円札八枚と千円札五枚を重ねて押しだしてきた。受けとって、そそくさと離れる。

後ろめたさはあった。結果がわかっていて賭けたのだから当然といえば、当然だろう。

駆けよってきた裕子に二つ折りにした一万円札、千円札の束をみせた。裕子が目を剝《む》く。

「どうだった？」

「すごい」

「咽が渇いた。ビールでも飲もう」

「祝杯ね」

メンチカツをのせた大盛りカレーを食べた食堂まで戻ると、裕子に千円札を渡した。ほどなく大きな紙コップを二つ持った裕子が戻ってくる。紙コップを仙太郎に手渡し、握りこんでいた釣り銭をテーブルに置く。

「乾杯」

勝利を祝ったのだが、紙コップ同士を合わせても音はなく、しまらない。口をつけ、咽を開いて流しこんだ。飲むほどに渇きが募っていき、止められない。ついに飲み干してしまった。釣り銭を裕子の前へ押しやった。

「すまんが、もう一杯頼めるか」

「何かおつまみも買ってこようか」

「いや」首を振った。「おれは腹が一杯だ。何か食べたいものがあれば、買ってくればいい」

「私も要らない」

裕子が買ってきた二杯目を少し飲む。ようやくビールの冷たさや咽の粘膜に突き刺さる泡の刺激を味わうことができた。息を吐く。

裕子が身を乗りだしてくる。

「それで、いくら勝ったの？」

「千円が八万五千円になった」

「嘘……、私のお給料より多いよ」

喜ぶどころか、釈然としない顔つきになって裕子はつぶやき、ギャンブルなのねぇと付けくわえた。

ほんの二分足らずで千円が八十五倍に増えた。的中すれば、たちまち虜《とりこ》になるだろうが、食堂の前を行き交う男達を見れば、ほとんど外れているのだと察せられる。

今、仙太郎は夢から覚めたようにぼんやりしている。現実味に乏しかった。リアルなのは、早い動悸だけ。両手で顔をこすってみる。脂と汗でぬるぬる、ベタベタしていた。

手を下ろすと、裕子と目が合った。ふっと息を吐き、告げた。

「もう一杯」

さらに一杯ずつビールを飲んで食堂を離れた。発売窓口のところまで行くと、先ほどの老人がまた喚いている。

「第六レースは七―八だ、七―八。間違いないって」

発売窓口の上に取りつけてある大型テレビに目をやる。七―八の倍率は二百四十八と出ている。老人をからかっていた金歯の中年男が真剣な顔つきで画面を見ていた。柱の陰でコピーをのぞきこむ。第六レースは一―三で、四倍に過ぎない。勝利の女神が老人に頰笑んだのは一度でしかないようだ。

それにしても女神の微笑は人並みの生活を引き換えにしたくなるほど価値があるのだろうか――薄汚れたシャツと作業ズボン姿の老人を見てふと思う。人並みの生活って、本当のところ価値のあるものだろうか……。

競馬場を行き交う男達は予想紙から顔を上げようとしない。夢中になれる何ものかがある方が幸福ではないのか。


「ああ、まったく今日は何て日なんだよ。第四レースが八千五百円で、第五レースはマンシュウなんだぜ」

「何だよ、マンシュウって?」

「万馬券のこと」

目の前を二人連れの若い男が歩いている。一人は背が高く、ブックバンドを巻いた本とノートを持っていた。もう一人はずんぐりしていて、手ぶらだ。学生かも知れない。

「万馬券？　獲ったのか」

ずんぐりの方が大声をあげる。

「馬鹿。うるせえよ」背の高い方が耳の穴をほじるような仕種をする。「声がでけぇっての。獲れてたら、こんな不景気な面してるかってんだよ」

「いわれてみりゃ、不景気な面だ」

「大きなお世話だっての。マンシュウもマンシュウ、聞いて驚け、一万九千八百円だぜ」

一万九千八百円、百九十八倍？　思わずジーパンの前ポケットに手をやりそうになって何とかこらえた。第四レースと同じく特券一枚買っていれば、二十万円近い配当が転がりこんできたところをみすみす見逃していた。

いったい、おれは何を見てるのか。

腹が立ってしようがない。

「予想紙頼りで獲れるわけないか」

ずんぐりの方がうなだれる。

「しようがねぇよ。そんなとんでもない馬券、獲れる方がどうかしてる。理屈とか超えて、よっぽど幸運がなきゃダメだ」

そういいながら背の高い方はずんぐりの肩をぽんぽんと叩いた。

「次は固く本命でいこう。いいか、頭は三番、枠連は一―三だ」

「確実なのか」顔を上げたずんぐりの声は切迫していた。「朝から五レースやって一万近くいかれてるんだ。次の仕送りまでとてもじゃないけどやってけない」

「バイト、紹介してやるよ。板橋の印刷屋なんだけどな。ビニ本運びだ。一日一万にはなるから今日の負け分を取り戻せる」

「本は重いから嫌だ」

「贅沢いうな。それにな、博打に確実なんてないんだよ。勝つか負けるかわからないからこそひりひりして楽しいんじゃないか」

「楽しくない。おれは勝ちたい」

「勝ちたいんなら流れを読め。次のレースで勝てたら、その次は自分の流れを信じて、もう少し大胆に穴を狙っていく。中穴くらいかな。そして流れが来た、と思ったら、どんと行くんだ。勝てるときに一円でも妥協しちゃダメだぜ。みすみす勝てるときに見《けん》するのが最悪だ。負けるより悪い。流れが来たら一円でも多く、情け容赦なくいく」

「それ、麻雀放浪記に書いてあっただろ」

ずんぐりの方が首を振り、ため息混じりにぼやいた。

「今日が二十歳の誕生日だってのに、ついてないや」

ずんぐりした男の背中をまじまじと見つめた。背筋に沿って汗の滲みができている。自宅近くの図書館で読んだブログを思いだした。

まさか……。

「大丈夫だって」背の高い方がずんぐりした男の肩を音高く叩いた。

「バースデーラッキーってのがあるんだ」

「痛いよ」ずんぐりの男が身じろぎする。「誰かに横取りされなきゃいいけどね。世界中で八月三日が誕生日って人間が何人いるか」

誕生日ではないが、と思いつつ、仙太郎は前を歩く二人に胸のうちで手を合わせた。金魚からこちらへ飛んできたそもそもの理由を思いださせてくれた上、博打の心得まで教えてくれた。

情け容赦なく、最後の一円まで、だ。発売窓口に行くと、第六レースは一―三の特券を百二十枚、十二万円分買った。

所持金がゼロになった。

4

第四レースでは千円が八万五千円となった。それで元の所持金が四万一千円から十二万六千円にまで増えた。第六レースでは、このうち十二万円を一―三の一点に賭け、四十八万円にまでなっている。わらしべ長者だって、これほどとんとん拍子にはいかなかっただろう。

配当の大きなレースが二つつづいたあと、順当な本命が来たためか、場内は落ち着きを取りもどしたように見える。学生風の若い男二人連れは、第六レースを獲っただろうか。ずんぐりした方には、三十四年後、あんたが書いたブログがきっかけとなってここまで来たんだといってみたかった。あんたのハッピーバースデーラッキーを横取りしたふてえ奴はすぐ後ろを歩いていたよ、と。

もちろん声をかけるつもりはなかった。まして礼をいう気などさらさらない。まだ、最後の、もっとも肝心な大勝負が残っている。

スタンドの中段くらいに裕子と並んで腰かけ、コースを見下ろしていた。間もなくファンファーレが鳴りわたり、第七レースのスタートとなる。

ジーパンは尻ポケットまで聖徳太子で膨らんでいた。前ポケットに入れた紙幣の角が腹に突き刺さるが、不快ではない。

「本当に二十一世紀から来たのかな、この人」

裕子が仙太郎の横顔をのぞきこんでいった。

「信じてなかったのか」

「ゆうべは飲んでたし……」裕子は首を振った。「素面でも信じられないよ、あんな話。ねえ、本当にあの有馬仙太郎君なの？」

真っ直ぐ見返し、うなずいた。裕子はしばらくの間仙太郎の目を見ていたが、やがてコースに視線を戻してつぶやいた。

「やっぱり信じられない」

「何が？　おれが二十一世紀から来たということ？　有馬仙太郎だってこと？」

目をすぼめ、裕子はコースを見つづけていた。鼻はそれほど高くない。むしろ低い方か。しかし、そこが愛らしかった。

「どっちも」

「しようがない。それじゃ、とっておきの証拠をみせてあげよう」

そういうと裕子がさっと仙太郎に顔を向けた。小さくうなずいて見せ、左足を伸ばすとジーパンの前ポケットからコピー用紙を取りだした。何度か出し入れしているうちに折り目は黒ずみ、少しばかりすれている。レース結果の一覧を開いて、裕子に差しだす。恐々といった風に手を出した裕子は一覧を見た。

裕子の横顔を見ていた。目が動いているが、怪訝そうな表情は変わらない。意味がわからないのかも知れない。手を伸ばし、第四レースを指さした。

「これが最初に獲った第四レース。数字が並んでいるだけだから、ちょっとわかりにくいかも知れないけど、ここに三―八ってあるだろ、そしてすぐ後ろに八五〇〇って。これは配当が八十五倍って意味で、百円が八千五百円になる。おれは千円分買ったから十倍で八万五千円になった。わかるかな？」

指を動かし、第六レースを示した。第五レースはやはり一万九千八百円になっている。見落としていた。逃がした魚は大きいという言葉を実感する。

「ここがさっきの第六レース、一―三で四百円。つまり四倍ってことだ。だけど、おれはどんと十二万円……」

「ちょっと待って」

裕子が遮り、顔を上げて仙太郎を見た。その目にははっきりと恐怖の色が浮かんでいる。

「さっきから何いってるの？」

「信じられないことの連続だと思うけど、これがおれが未来から来たって証拠なんだ。こいつはね、明日の新聞のコピーなんだよ。日日スポーツのね。スポーツ新聞なんて縮刷版もないから苦労したよ。国会図書館に行って、マイクロフィルムから複写したんだ。ここにあるのはね」

声を低くした。

「今日のレースの結果。明日の新聞に載ってたんだ」

裕子が仙太郎の手にコピーを押しつけた。恐怖の色はますます濃く、後じさりしそうなほどだ。

「やっぱり……、その……、信じられないよ」

ゲートが開いて、十頭の馬が一斉に飛びだした。スターティングゲートには1から12までの数字が振られていて、全部で十二基のゲートがあるようだが、第七レースでは十頭しか走っていない。最初から十頭立てだったのか、何らかの理由で二頭が出場を取り消されたのかはわからない。競馬ファンであれば、出場する馬の数や、どの馬が出て、どの馬が抜けるのかによっても勝負の織りなすアヤが変わってくるのだろうが、仙太郎にわかっているのは結果だけでしかない。

向こう正面の端――仙太郎と裕子が並んで座っている場所から見ると右の方になる――に置かれたゲートを出た馬は、まず直線を右から左へと走り、左にカーブしながら大きなコーナーをまわって、スタンド前の直線コースに入ってくる。手前側では左から右へと走り、直線を三分の二ほど走ったところにあるゴール板の前を駆けぬける。いわば巨大なUの字をなぞるように走るわけだが、レースによっては距離が異なり、スタート地点が変わってトラックを一周することもあるようだ。

向こう正面の直線を走りきり、左曲がりのコーナーに差しかかった馬群を裕子が指さした。

「もうどの馬が一等になるか、わかっているんでしょう?」

手元のコピーをちらりとのぞいた。

「一等は六番、ついでにいえば、二等は八番」

「ここにいる何千人かの中で、今そのことを知っているのはあなた一人なのね」

「そうだ」

うなずきながらも胸のうちでは、多分と付けくわえていた。自分がこちら側に来ている以上、ほかに誰もいないとはいえない。白髭の老人を思いだした。ひょっとしたら未来の自分であるかも知れないし、まったくの別人かも知れない。そもそも鏡でもないのに向かいあって話しているのだからたとえ未来の自分であったとしても別人だろう。

裕子が仙太郎の手元をのぞいた。

「私には何も見えないけど、あなたには見えている」

「今日は三度馬券を買った。どれも一点買いで、これまでの二レースともあたっている。偶然にしてはできすぎだよ。おれは馬券に詳しいわけでもないし、競馬場に来たのも数えるほどでしかない」

U字の底を回りきった十頭はコースいっぱいに広がりながら直線に突入してきた。ゼッケン八番をつけた馬は内側にいて、先頭から二番目を走っているが、一頭だけぽんと外に飛びだした六番はどんじりだ。

「六番、八番の順よね」

「ああ」

「六番は今はビリだけど、これから他の馬を全部追い抜いていく」

まるで裕子の言葉が聞こえたかのように六番がぐっと加速する。そのとき、すでに八番は先頭に躍りでていた。

二人の目の前を通りぬけたとき、八番が先頭、二頭はさんで六番が走っている。ゴールまであとわずかでしかない。

直後、裕子が喚声を上げ、立ちあがった。

「わぁっ、見て見て。他の馬が止まってるみたい」

まさしく裕子のいう通りだった。六番の加速はそれほど凄まじかったのだ。だが、当たり前だが、他の馬がその場で停止しているはずはなく、とくに八番は早かった。

八番に六番が並び、そのままゴールに飛びこむ。

「六番の方が先ね」

「見えた？」

「まさか」首を振った裕子が仙太郎を見下ろす。「私にわかるのは、たった一つだけ。あなたは嘘をついていない」

それでも元々持ってきた金と、二つのレースで稼いだ金のすべて、四十八万円を第八レースの八―八一本に全部注ぎこむというと、裕子は、自分の給料の半年分だといって反対した。

「信じられないよ、そんな大金を……」

裕子の唇は震え、今にも泣きだしそうに見えた。

「おれはそのために来た。そうしないと……」

すべてを失うといいかけ、言葉に詰まってしまった。

何を話せばいいというのか。

子供たちの養育費やマンションのローンが滞《とどこお》っている、と？

年也が片腕を失う大怪我をした、と？

紀子がピアニストになる夢をあきらめ、看護師になるといいだした、と？

金に困って、会社のデータを持ちだし、おかげでクビになった、と？

言葉に詰まったのは、仙太郎にも不安が兆していたせいでもあった。

たとえ一秒後でも未来は未来であり、第四、第六レースで勝ったことが第八レースの結果に影響を及ぼさないとはかぎらないからだ。だが、ここまで来た以上、今さら方向転換というわけにはいかない。

「わかってくれとはいわない。だけど、これだけはやらなくちゃならないんだ」

裕子が頬笑んだ。

「何だかんだいっても君も浅草の男だね。どうにもならない頑固者だ」

窓口に行くと、四十八人の聖徳太子を積みあげ、八―八の一本、特券四百八十枚というと、中にいた中年女性は目を剝いた。

「いいんですか、八―八で？　本当に？」

動悸をこらえつつ、うなずいた瞬間、全身に汗が吹きだしてきて、はいという返事が震えていた。

百八十何倍だかの倍率は一瞬にして三十・八倍に落ちたが、これでコピーにある倍率と一致した。

濡れたポロシャツがずっしり重い。

第八レースの本命はまぎれもなく五番のニシキスターで、二番人気は六番トモエカイザー、対抗は十番ドンベェとなっており、十二番のミサキスーパーも、十一番のスーパーペガサスもまるでお呼びでなかった。だが、記者の書いたコラムによれば、スタート直後、ダントツ一番人気が落馬の憂き目に遭うことになっている。

ファンファーレも上の空で聞き、そのうちすべての音が消えて、耳を打つのは我が心臓の鼓動のみ。無声映画のスクリーンを眺めているような気持ちでスターティングゲートが開くのを見ていた。

各馬一斉に飛びだし、きれいなスタート……。

目を凝らしたが、落馬など起こらない。そのまま一群となった馬たちが向こう正面の直線を走っていく。

「馬鹿な」

思わず立ちあがった。やはり第四、第六レースを獲ったことが未来に微妙な影響を与えたのか。裕子が見あげているのもかまわず尻ポケットから財布を抜き、もどかしい思いでコピー用紙を取りだす。

広げた。

真っ白な紙が陽光を目映く反射している。

ひっくり返してみたが、裏側も真っ白、何も印刷されておらず、落書きすらない。折り目があるばかりだった。

「ねえ、ちょっと」

裕子にポロシャツの裾を引っぱられ、顔を上げた。馬群はコーナーに差しかかろうとしている。先頭はドンベェで、ニシキスターは中間辺り、すぐ後ろにトモエカイザーがいる。ミサキスーパーは何とか馬群の最後尾につけているものの、スーパーペガサスにいたっては四、五馬身も離され、淋しく一人旅だ。

「大丈夫なの？」

裕子の声が心配そうだ。

「わからない」

「そんな無責任よ」

ふと見ると、裕子の手にも馬券が握られていて、〈8―8、10000円〉とある。いつの間に？

「あれじゃ、牛よ、牛」

「十二番も十一番も全然ダメじゃない。皆が走ってるのにあいつだけ歩いてるみたい。

「ああ、何てことを……」

「当たり前でしょ。あなたが絶対大丈夫だっていうから」

「買ったのか」

落語みたいなことといってるんじゃねぇ、という言葉を嚥みくだす。胃がきりきり痛み、奥歯をぐっと噛みしめた。

馬群はそのままコーナーを回りきり、正面の直線に入ろうとしていた。先に動いたのは、トモエカイザーだ。ニシキスターの内を通って、前へ出ようとしていた。いつの間にかミサキスーパーがトモエカイザーのすぐ後ろについていて、スーパーペガサスも何とか馬群に潜りこもうとしている。一方、先頭を走っていたドンベェが急減速したように馬群に呑みこまれ、コーナー出口が一瞬、渋滞のようになる。

そのとき、はっきり見えた。ニシキスターのジョッキーが外側、後方を見ようとした刹那、当のニシキスターが内側をすり抜けようとしたトモエカイザーに噛みつこうとでもするように大きく内側へ首を振る。たまらずジョッキーが前のめりにはじき飛ばされる。

ジョッキーが大きく口を開けていた。

悲鳴が聞こえてきそうだった。

第八レースが終了すると、コラムのコピーは元に戻っていた。いったん消えた文字があぶり出しみたいに浮かんだようにも感じたが、実際には記者が第八レースの結果を見て、今夜原稿を書き、明日の新聞に掲載されたのだろう。それを三十四年後、国会図書館で探りあて、マイクロフィルムからコピーしてきたのだ。

第四、第六レースを獲ったことで、第八レースの結果が流動的になったのだろう。本命のニシキスターが一着になっていれば、ごく当たり前の結果であり、記者はあえてコラムのネタにしようとはしなかったに違いない。

5

朝からピーカンのいい天気。しかし、晴れがいい天気って誰が決めたのか。ギラギラ照りつける真夏の太陽、おかげで午前中から気温はぐんぐん上昇……

出だしの部分は、レース中、コピー用紙が真っ白になる前と変わりない。変わったのは、レース展開のくだりだ。

さてようやく取材を終え、主催者の事務室に挨拶に行こうとしたら、廊下でばったり広報担当のS氏にお会いした。びっくりだよ、というのでわけを訊ねると、第八レースの大穴八—八を見事に的中させた御仁がいるという。ええっと驚いた。第八レースといえば、第四コーナーを回り、各馬が直線に入ってきたところで、とんでもない大事件が起こったのである。本命バリバリ二重丸、鉄板この上なしだったニシキスターがまさかの落馬、あおりを食って二番人気のトモエカイザーまでがよれよれとなった。このトモエのすぐ後ろをつけてきたのがミサキスーパー。そこにいるはずのない馬が飛びこんできたのだから他の馬も色めき立った。しかもゴールは目の前。ごちゃごちゃになり、牽《けん》制《せい》に牽制が重なって、気がつけば、トップに躍りでたのが十二番スーパーペガサス。おい、冗談だろと思った。何しろ鈍足が有名で、あだ名が牛なのだ。かわされたミサキスーパーが懸命に追う。実はこちらも鈍足、牛二号とでも呼びたくなるような馬。ところが、ところが、昨日のレースは下手な落語じゃないけれど、この牛が速かった。そのまま一着、二着に入ったものだから、さあ大変。この馬券を獲ったという。

ニシキスターはジョッキーをふり落とし、空のままゴールを駆けぬけたが、もちろん落馬の時点で失格となっている。ゴールしたあと、なおも亢奮して走りまわるニシキスターをつかまえるのに厩務員がどたばた走りまわった。落ちたジョッキーが怪我をしたらしく救急車で運ばれていったが、怪我の程度はわからない。また国会図書館で日日スポーツのマイクロフィルムを閲覧すれば、わかるかも知れない。

「すごい」

目の前に立っている裕子が圧し殺した声でいった。払戻窓口の前である。結果的に八—八が的中したので、裕子は三十万八千円を手にしたはずだ。引っぱり出した現金をそそくさとハンドバッグに入れ、すぐ後ろに立っている仙太郎をふり返った。

「こんなにたくさんのお金、ボーナスでももらったことないよ」

喜色満面かと思ったら、意外にも緊張して、顔が白っぽくなっている。それほど大金ということだろう。

裕子に代わって窓口の前に立つ。八—八を、四十八万円は、最終倍率三十・八倍だから千四百七十八万四千円になる。暗算では心許なくて、先ほどコラムのコピーの裏側で計算してみた。検算をした上、二度くり返しているので間違いないだろう。

窓口で馬券を差し出すと、「少々お待ちください」といって係員の女性が馬券を持って窓口を離れた。

何？

肩から提げたバッグを両手で抱きしめるようにしている裕子が仙太郎を見た。

「どうしたのかしら」

「さあ」

ほどなく半袖のワイシャツを着た係員が制服のガードマンをともなってやって来た。痩せていて、頬骨が突きでている。

「お宅が?」

訊かれて、すぐに返事ができなかった。仙太郎は制服姿のガードマンに目を奪われていた。

係員が咳払いをする。はっとして目をやった。

「あ……、はい。そうです。私です」

「どうぞ、こちらへ。ついてきてください」

「ちょっと待って、馬券は係の女の人が持っていったままなんですが」

「ご心配なく」

男は裕子に目をやり、ふたたび仙太郎に視線を戻した。

「お連れさんもごいっしょに?」

「はい」

男の後ろについて歩きだすと、裕子が仙太郎の腕に手を回してきた。二人の後ろにはガードマンがついている。

まるで人気のなかった馬の一、二着だけに払戻窓口に人影は少なかったが、それでも何ごとだという顔つきの男達が仙太郎を見ている。その中にひょろりとしたのと、ずんぐりしたのと二人連れの若い男がいた。ひょろりとした方はブックバンドに挟んだ本とノートを手にしているところを見ると、先ほどの二人連れかも知れない。ずんぐりした男が細い目で仙太郎を睨んでいた。バースデーラッキーを横取りされたとでも思っているのか、ぎらぎらした眼光にはうっすら殺意まで浮かんでいるようだ。

しばらく歩き、関係者以外立ち入り禁止と書かれた看板のわきを通って、さらに奥へ進んだ。階段を昇り、また、廊下を歩く。どこまで歩かされるのかと思っている内にようやく窓のないドアの前に男が止まった。

ドアには〈競馬場長室〉と刻印された白いプレートが貼ってある。男はノックもしないでドアを開けた。

九枚の一万円札をそろえ、横向きにした一万円で挟み、一束が十万円になる。どれも使い古した紙幣でしっとりとしていた。売上金なのだ。誰もがなけなしの一万円札を握りしめ、馬券を買った、そういう金だ。汗がしみこんでいるのだろう。どのようにして稼いだのかは考えないようにした。

「お確かめください」

係員が落ちついた声でいう。

うなずいて、一束ずつ確認していった。裕子と手分けしたが、全部で百四十七束になる。

終わったときには、結構な時間がかかっていた。最後に一万円札八枚、千円札が四枚で、しめて千四百七十八万四千円。

顔を上げ、係員を見た。

「確かに」

「では、こちらは受け取りということでいただいておきます」

係員が見せたのは、八—八と打ち抜かれた特券がつながったままのロール紙だ。うなずいた。係員はロール紙を置き、ワイシャツの胸ポケットからタバコを取りだした。一本をくわえ、マッチで火を点けると煙を吐き、ソファの背に躰をあずけた。

「高額配当の場合は、こちらでお渡しすることになっていまして。ほかのお客がいる前で大金を出すと、事故が起こることもありますから」

「わかります」仙太郎は男をまっすぐに見返した。「あなたが競馬場の責任者ですか」

「いえ」係員はにやりとした。「私はただの事務員で。場長は厩舎の方へ行っておりまして。開催日はいろいろ忙しいんですよ」

「そうでしょうね」

「それにしても凄いのをあてましたね。確か、お客さんがこんなに買う前は百八十何倍だったかですよね。スーパーペガサスもミサキスーパーもまるで人気がなかった。これは他意があるわけじゃなく、あくまでも好奇心でお訊ねするんですが、どうして八—八をあんなにたくさん買われようと思ったんですか」

「夢を見たんです」

「夢？　神様が夢枕に立ったとか」

「いや、それほど単純じゃないんです。このところずっと同じ夢を見てましてね。くり返し同じシーンを見ているわけじゃなく、ずっとつながっているんです。眠るたびに前回のつづきを見ているような。そのうち自分がもう一つの世界にいるような感じがして」

「あまりいい夢とはいえそうもないな」係員は顔をしかめて、つぶやき、すぐに首を振った。

「あ、失敬」

「実際、悪夢ですよ。苦しくて。そのうちこの競馬場で、第八レースの夢を見た。もし、夢の通りになれば、悪夢からも解放されるんじゃないかと期待して」

「それにしても大金だ」

「そうですね」

第四、第六レースで軍資金を増やしたことには触れなかったが、すらすら口をついて出たのはあながち嘘でもなかったからだろう。係員は納得したようには見えなかった。仙太郎にしても納得できているわけではない。

係員はガラスの灰皿でタバコを押しつぶした。

「これから、どうされます？　最終レースまでおられますか」

「今日は帰ります。今度は夢無しで遊びに来ますよ」

三十四年後に、という部分は嚥みこんだ。

タクシーを呼んでもらい、さらに係員の配慮で建物の裏口につけてもらうようにした。金は新聞紙にくるんだあと、デパートの紙袋を二重にして、その中に入れた。

ほどなくタクシーが来たという連絡が入り、ふたたび係員に従って歩いた。仙太郎と裕子の後ろには、先ほどのガードマンがついてきている。

今度は階段を降りただけで、裏口に出た。右手にぶら下げた紙袋がずっしり重い。

裏口の真ん前にタクシーが停まり、ドアを開けている。

「いろいろお世話になりました」

ていねいに頭を下げると、係員はようやくほっとしたような笑みを見せた。

「いいえ。また、来てください」

躰を起こした仙太郎は意を決して、傍らに立っているガードマンに近づいた。いきなりのことにガードマンは目をぱちくりしている。

「富樫丈長……、君だね」

ガードマン——二十歳そこそこの富樫が目を剝く。

「一つだけ、伝えておきたい」

若い富樫は怪訝そうに仙太郎を見返すだけで、何もいわなかった。構わずつづけた。

「トリケラトプスは使っちゃだめだ」

「はあ？」

首をかしげた富樫が眉根をぎゅっと寄せる。

「とにかく、それだけは忘れないで。トリケラトプスだよ。でも、恐竜の名前じゃなくて……」

抗ガン剤とはいえなかった。

「今から三十年後だ。いいかい、絶対に忘れないでくれ」

そこまでいったとき、大声が響きわたった。

「ちょっとぉ、すみません」

目をやると、ずんぐりした男が駆けよってくる。裕子が仙太郎の腕を押してささやいた。

「さっき私たちを変な目で見てた二人組がいたの。あのデブ、きっと片割れよ。急いで」

タクシーに乗りこむ。後部座席に裕子と並んで座ると、ドアが閉められた。禿頭の人の好さそうな運転手がふり返る。

「暑いですねぇ、今日も。それで、どちらまで」

「浅草までやってください」

「おお」運転手が相好《そうごう》を崩す。「こりゃ、豪勢だ。あてましたね」

タクシーが走りだす寸前、窓越しに係員と若い富樫に一礼した。ずんぐりした男がタクシーを呆然と見送っている。

おそらくはコラムを書いた記者だろう。

胸のうちで礼をいった。


祝い酒というのは、すいすい、ぐいぐい、いくらでも入るものだ。浦和競馬場からまっすぐ観音裏まで乗りつけたときには、日が暮れかかっていた。金魚は開店前で、女将は仕込みの真っ最中だったが、とにもかくにも一杯ということでビールの大瓶を抜き、乾杯と喚声をあげた。一杯が二杯、二杯が三杯となり、女将も仕込みを放りだして飲みはじめる。そのうち裕子が語りはじめた。

「ねえねえ、女将さん、聞いてよ。一万円分も馬券買ったんだよ、一万円だよ。私にしたら清水《きよみず》の舞台から飛び降りるなんてもんじゃなかった。今になってみると、どうしてあんな真似ができたのかなって思うくらい。お金はね、お財布の小さなポケットに畳んで入れてあった虎の子の一万円だったの。本当に困ったときに遣うんだと思ってた。初めてもらったお給料に入ってた一万円札だったのね。いくら欲しい物があってもそのお金にだけは手をつけなかった。この人がね、窓口に行って、持っているお金を全部賭けるのを見ていたら、今遣わなくて、どうするって気持ちになったの。不思議よね」

仙太郎はビールを飲み干し、空になったコップに手酌で注ぐと、裕子、女将にも瓶を差しだして注いだ。裕子を思いつめさせたのは、ひょっとしたら息子が片腕を失った話だったのかも知れない。

ビールを呷り、口元を手の甲で拭った裕子が話をつづける。

「ところが、どっこいなのよ、これが。私たちが買った馬と来たらダントツのビリッケツ。他の馬が華麗に走ってるのに、あいつだけのそのそ歩いているって感じなのね。話が違うじゃないと思って、この人を見たら、この人も顔を真っ青にしてて。唇の色まで変わってたの。こっちにしてみれば、なけなしの一万円よ。何年もお財布に入れてあった。本当に冗談じゃないって感じだった」

「でも、勝ったんでしょ」

「まあね」

「いくら勝ったのよ」

うふふとでもいうように裕子が目を細め、女将は片方の眉を上げた。

「ねえ、もったいぶらないでよ」

「三十万と八千円」

「さんじゅうまぁん」

「でも、最初に一万円分の馬券を買ってるから差し引きで二十九万八千円だけどね」

「おふざけじゃないよ。三十万は三十万だろ」

女将がビールをひと息に飲み干す。仙太郎はすかさず瓶を差しだした。ふたたび一気飲みすると女将は空のグラスを突きだした。また、注ぐ。つごう四杯飲んだところで落ちついたらしく、げっぷをした。裕子の三十万円で目を剝くぐらいだから、足元の紙袋にいくら入っているか知ったらぶっ倒れるんじゃないか。

裕子が話しつづけるうちにビールから日本酒に切り替わり、今夜は豪勢に行こうというと、女将は近所の鮨屋に電話した。二十分ほどで届いたのは、鯛の活《い》け作り。もちろん尾頭付きである。

裕子と女将は日本酒をぐいぐい飲みながら、三十万円の使い道をあれこれ話し合っている。

「貯金して結婚資金だなんて、みみっちいことはよしなよ。博打で大当たりしたお金だもの、ぱっと遣っちゃった方が粋ってもんだよ」

「他人《ひと》のお金だと思って」

「そうじゃないの。ぱっと遣っちまった方があんたの人生にとって、もっともっと大きな財産になるってこと」

「そうかなぁ」

裕子が首をかしげたとき、戸が開いて、男が顔をのぞかせた。父だ。胃袋の酒が逆流してきそうになる。父は眉間にしわを刻み、女将を睨んだ。

「どうしたってんだ？　のれんが出てねぇぞ」

「今日は祝い事があってね、それで貸し切り」

とたんに父のこめかみで青筋がのたくった。

「何だとぉ、貸し切りだぁ？」

ちらりと仙太郎を見た女将は父に視線を戻した。

「でも、仙ちゃんは別。身内みたいなものだから」

間違いなく、身内だ。

女将はカウンターに並んでいる裕子と仙太郎を手で示した。

「裕子ちゃんは何回か顔見てるでしょ。お隣りがフィアンセで、あ……」

さっと立ちあがり、一礼した。

「安西と申します」

とっさのことで、あで始まる名字は安西しか思いつかなかった。


「うちは倅が一人なんだがね、これが誰に似たもんだか、どうしようもなく暗い奴でさ」

くらぁいやつといった。父は話しつづけた。

「とにかくいつも仏頂面してて、親の顔見てもろくに話もしやがらねぇ。まったく何考えてんだかわからねぇのさ。まだ、小学生だってぇのに」

父が入ってきて、まずはビールでの乾杯からやり直した。父もすぐ日本酒に切り替え、先に飲んでいた仙太郎たちに追いつこうと早いピッチで飲み、追いついたかと思うとあっという間に追い越していった。

タバコを喫い、だらしなく吐きだした煙が顔面を伝って立ちのぼっていく。

女将が首を振った。

「何いってんのよ。神経の細かいところは、仙ちゃんによく似たんじゃないの」

「何を？　誰が気が小せぇってんだ」

「ちゃんとお聞きよ。神経が細かいってのは、相手のことをちゃんと気遣えるってことさ」

「当たり前《めえ》だろ。いいか、おまんまってのはな、世間様が可愛がってくれて、ようやく口に運べるもんなんだ。ズンベラボンでやっていけるかい」

「それに息子さん、学校の成績がいいんだろ」

そういって女将が仙太郎をちらりと見る。うつむきそうになる。父はおしぼりで顔を拭いていて、女将の目配せに気づいてもいない。おしぼりを投げ捨てた。

「冗談いうねぇ」

「いつもうちに来ちゃ自慢してるじゃないか。ありゃ、鷹だって。おれは鳶《とんび》だけど、倅は鷹になりゃがったって」

「馬鹿野郎。よそ様がいらっしゃる前でなんてこというんだ」

「でも、嘘じゃないだろ」

「あれはかみさんに似たんだ」

「しのぶさんは頭のいい人だからね。末は博士か、大臣か」

女将がにやにやしている。仙太郎は中学から一貫して大学まで進み、結局しがないサラリーマンだった。身が縮む。

「おれの倅が大臣だぁ？　博士だぁ？　馬鹿も休み休みいえっての。せいぜい医者か弁護士よ」

父の夢を裏切っていた。不肖の息子はますます身を縮め、消えてしまいたくなる。

いきなり立ちあがって、親父が怒鳴った。

「小便」

「いちいちいわなくたっていいよ。便所は、そこだよ」

女将が顎をしゃくると、父はトイレに向かった。調子っ外れの歌をがなる。

「どんぶり鉢《ばちゃ》ぁ、浮いた浮いた、捨ててこ、シャンシャン」

歌いながらトイレに入り、勢いよくドアを閉めた。タバコに火を点け、煙を吐いた女将がくすりと笑う。

「仙ちゃんは照れくさくなると、いつもアレなの」

「アレ？」

「どんぶり鉢よ。人に褒められると全然ダメなの。体中がかゆくなるってね。自分の気持ちを隠したいときはどんぶり鉢ばっかり」

トイレの中から父が叫んだ。

「おい、紙がねぇぞ」

「あんた、いつから女になったんだい？　小便だろ」

ふたたびどんぶり鉢が始まった。

唐突に思いだした。酔っぱらって帰ってきた父は深夜だろうとかまわず同じ歌をがなっていた。仙太郎はそれが嫌いだった。母が近所迷惑だからと止めると、ますます意固地になって声を張りあげた。

感情を圧し殺す不器用な手段だったのだ。

女房、子供を持ち、マンションのローンに追われる身になって、初めてわかることがある。一時の感情を爆発させれば、すべてを失ってしまう。

午後十時を前に父はすっかり酔いつぶれ、カウンターに突っ伏して寝入ってしまった。わずかに開いた口から透明なよだれが垂れている。女将がどこかに電話すると、ほどなく現れたのは母だ。戸を開けた母は、大きく目を見開いて仙太郎を見たが、ほんのわずかの間でしかない。すぐに女将に頭を下げた。

「いつもごめんなさいね。すぐ連れてくから」

「いいってことさ。その前にいつもの、ほら」

そういって女将が差しだしたのは、コップ一杯の冷や酒である。

「でも」

母はちらりと仙太郎と裕子を見る。

「こちらの二人はね、気にしなくていい。身内みたいなもんだから。しのぶさんだって大変だろ。これから亭主担いで帰らなくちゃならないんだから。景気づけだよ」

「それじゃ」

母はコップを受けとると、一気に飲み干し、ふうと息を吐いたあとにつぶやいた。

「美味しい」

母が酒を飲むところなど見たことがない。性悪な酔っぱらいである父を持てあまし、むしろ酒を嫌っているように見えた。女将が仙太郎を見る。

「おか……、しのぶさんはイケる口なんだよ。本当はね。仙ちゃんよりずっと強い」

「よしてよ」

恥ずかしそうに笑った母はコップを置き、父を起こした。半睡状態の父は悪態をつきながらも母の肩を借りて立ちあがる。母は何度も頭を下げながら金魚を出ていった。

女将が改めて仙太郎を見る。

「それで、これからどうなるの？　3の付く日っていっても今日はあと二時間もないよ」

「次は十三日でしょ」裕子はカウンターにかがみ込んで何かを一生懸命書きながらいった。

「うちに泊まってればいいよ。お金ならあるし、十日くらいなら私が食べさせてあげる」

女将が目を細める。

「大きく出たね」

「ぱっと遣っちゃった方がいいんでしょ。博打で稼いだあぶく銭なんだから」

そういうと裕子は顔を上げた。

「できた」

「何?」

仙太郎と女将が同時に訊く。

「千社札。そこに帳簿に貼るシールと細字のマジックペンがあったから借りちゃった」

幅二センチ、長さ三センチほど、紺色の枠がついたシールに仙太郎の名前が書いてある。

「見事なもんだな。本物にしか見えないよ」

「当たり前でしょ。私、本当は職人になりたかったんだ。それで籠文字《かごもじ》を習ったのよ」

「カゴモジって?」

「これ」書き上がったばかりのシールを仙太郎に見せながら裕子がいった。「江戸文字の一種なんだけど、千社札はこの字体を使うの」

裕子はシールの裏紙を剥がすと、仙太郎が座っている前に貼った。女将がのぞきこむ。

「ちょいと、あんた、何してるのさ」

「ここは有馬仙太郎の指定席ってね」

「うちの店、汚さないでおくれ」

「いいじゃないの、叔母さん」

「店じゃ、叔母さんはよしなっていってるだろ」

「お母さんの妹だもの、叔母さんには違いないでしょ。それに今晩は身内ばかりだし」

それからしばらくは静かに飲んでいた。午後十一時半をまわった頃、台所の窓を叩く雨の音が聞こえてきた。

仙太郎は紙袋を手にすると、立ちあがった。腕時計を見る。午後十一時三十三分だった。

「それじゃ」

「行くのかい」

「たぶん、行けると思う」

裕子は何もいわずに仙太郎を見あげていた。裕子に目をやり、うなずいてみせる。ふたたび女将を見やる。

「二〇一一年六月三日、おれは初めてこの店に来る。それから何回か」

「二千……、何だか、ややこしいね」

「そのときに3の付く日にこちらへ来られるってことだけ教えてやってくれないか。そうしないと今日、ここへ来られないから」

「3の付く日ね」眉を寄せ、宙を睨んだ女将がうなずいた。「わかった。何とかやってみるよ。憶えていたらね」

「大丈夫。ちゃんとやってくれる。そうじゃないと、今、おれがここにいるはずがない」

もう一度裕子に目をやりたかったが、あちらに戻れなくなりそうなのでやめた。トイレに入り、ドアを閉める。

目眩はすぐに襲ってきた。

ドアを開け、トイレを出るとカウンターには女将が立ち、ぼんやりした顔でタバコを喫っていた。

「お帰り」

「びっくりしないみたいだね」

「さっきまでお月様が出てたのに雨が降ってきてさ。時計を見たら、時間だろ」

「ありがとう」

「え？」

「黙っててくれて」

「約束だからね」女将はタバコを灰皿に押しつけた。「飲んでく？」

手書きの千社札が貼られた指定席に座った。

「酒、冷《し》やで」

ぬる燗で勝利の美酒を味わっているとき、金魚の戸が開いた。女将は洗い物をしながら顔も上げずにいう。

「すみません。今日はもう看板なんですよ」

相手はかまわずに店の中に入ってくる。女将はむっとしたような顔をした。入ってきたのは、白髭の老人だ。いつもと同じく横縞のTシャツに麻のジャケットを羽織り、ベレー帽を斜めに被っている。

何もいわずに仙太郎のそばまで来るとカウンターの上に新聞を放りだした。

「お前が何をしたか、よく見るんだな」

新聞には黒々とした巨大な横見出しが打たれ、北朝鮮、三十八度線を突破とあった。仙太郎は白髭の老人を見返した。やはり誰なのかはわからない。

「おれが何をした、と?」

「だから過去をいじくるなといっただろ。とんでもないところに影響してくるんだ」白髭の老人が仙太郎の足元にある紙袋を顎で指した。「千四百七十八万四千円」

黙って酒を飲み干した。

やはり少しずつ違っている。目の前にいるのは、自分であって、自分ではない。

徳利を取り、空になった猪口を満たす。

6

「この金は、お袋が長い間押入の中にしまいこんでいたものでして、それがつい最近見つかったんですよ。いわゆる箪笥《たんす》預金っていうことになりますか。泥棒とか火事とか、何かと物騒でしょう。だからきちんと銀行に預けた方がいいとなったんです。ただ、母も結構な歳でして……、おわかりいただけるとは思うんですが、相応に惚けてきてるんです。それで名義は私にしておいた方がいいだろうということになりまして。一応、名義だけということなんですけどね」

テーブルの上には封筒に入れた二百万円が入っている。向かい側には、若い男性行員が座っていた。

すでに銀行も三軒目で、言い訳というか口上というか、喋るのにもいい加減慣れてきそうなものだが、声は上ずり、ときどき震えた。やたら咽が渇くが、どこへ行っても麦茶の一杯も出てこない。

封筒の中身は、あちら側から持ち帰った紙幣で、いずれも使いこんだ聖徳太子である。そのまま使うと一々説明を求められるのが煩雑《はんざつ》だし、何度も使っているうちに目立つ恐れもあった。

だからまずは向こうに行く前に旧紙幣を手に入れた古銭商に持っていったのだが、五枚ばかりである。すんなり買い取ってくれたものの一万二百円にしかならなかった。買うときは一万二千円だったはずだが……。

聖徳太子を福沢諭吉に替えるのが目的だから同価でもかまわないのだが、一度に五万円では効率が悪すぎる。参考までにと、親の箪笥預金が最近見つかってと話したら古銭商は明らかに面倒くさそうな顔を見せた。

『帯封の付いた、つづき番号のピン札でも大したお金にはなりませんよ。旧紙幣というより銀行にでも預けて、額面通りに使うのがよろしいかと』

たしかに旧紙幣でも口座を作ってしまえば、引きだすときには現行の一万円札になる。

さっそく自宅近くの銀行に行き、二百万円で総合口座を作りたいと告げた。行員は愛想よく応対していたが、聖徳太子の団体を目にしたとたん、表情が変わり、少し待たされたあと、奥へといわれて応接室に案内された。

副支店長という仙太郎と同年配の男が出てきて、金の出所、とくになぜ旧紙幣がこれだけあるのかと訊かれた。決して詰問口調ではなく、むしろ声音は優しく言葉遣いも慇懃《いんぎん》だったが、真綿で逆関節をキメられているような気分になった。

何とか口座を作ることができ、二軒目は信金を選んだが、応対はほとんど変わりなかった。

三軒目で、目の前にいる若い男に金を見せたとたん、ぎょっとしたような顔つきとなり、またしても応接室へ、ということになったのである。

「お話は承りました。恐れ入りますが、このまま少々お待ちいただけますか。お手間は取らせませんが、お時間の方、よろしいでしょうか」

またか、と思ったが、できるだけにこやかに応じた。どうせ失業中の身、暇を持てあましている。

「はい。かまいません」

「では、失礼します」

若い男が応接室を出て行くと、仙太郎はソファにもたれ、天井を見あげてため息を吐いた。今までの流れからすると、上司とともに戻ってくるのだろう。そしてまた詮索が始まる。

金の出所に犯罪性はないが、まるで麻薬で儲けた金の資金洗浄《マネーロンダリング》でもしているような気分になる。

しばらくして、ドアがノックされ、仙太郎は躰を起こした。先ほどの若い男が上司をともなって戻ってきたようだ。

「副支店長の笹部《ささべ》と申します」

一礼したのは女性だった。

古銭商で五万円、銀行、信金の三つの口座にそれぞれ二百万円ずつ、計六百五万円は福沢諭吉になる目処がたった。取りあえずふだん使っている口座に必要額を移し、住宅ローンと養育費を引き落とせるようにすればいい。あとはほとぼりが冷めて……、またしてもマネーロンダリングをしているような気持ちになる。

そのとき、左のすぐ後ろでクラクションを鳴らされた。

ふり向いたときには、目の前に白い軽自動車が迫っていた。声を出す間もなく、はね飛ばされ、そのまま真っ暗闇に落ちていった。

いやな夢だ。

墨汁のような水の中で懸命にもがいていた。水面《みなも》を見ようと目を凝らすと真っ黒な水が眼球に流れこんできて、何も見えなくなった。

息がいつまでつづくのかと疑ったとたん、苦しくなってきた。夢だというのに意識が遠のきそうになる。

馬鹿な、夢じゃないか。

何も見えないはずなのに、時おり人が浮かんでいるのが見えた。どれも知った顔だ。元妻が幼い娘と息子の手を引いて漂っている。父や母が流れていく。金魚の女将、裕子、会社の上司、同僚——その中にはとっくに辞めていった奴までがいる——、そして部下。嶋岡は相変わらず前髪をいじっていた。天現寺や月埜、凜子……、そのほか諸々。

いや、ぼんやり眺めている場合じゃない。溺死しかかっているのだ。

手足を動かし、垂直に平泳ぎをつづけた。だが、まだ水面は見えてこない。

息がつづかない。苦しい……。

もうダメだと思った直後、ぽっかりと水面に顔が出た。いや、周囲の光を感じるようになったのだ。何もかもぼんやりしているが、光も感じるし、呼吸もできた。

視界の隅で白い物が動き、先生という声が聞こえた。

少しでも視界をはっきりさせようとまばたきした。

いきなり鼻先に男の顔が現れる。

「目が覚めた？」

呆然と男を見ていた。青い手術着姿で、同じ色のマスクを引き下ろしている。髪は汗に濡れて、頭にぺったりと張りついていた。

「ぼくがわかるかい？」

「天現寺……、先生？」

とっさに先生と付けくわえたのは、職業的な条件反射だろう。手術着なら医者、医者ならすべからく先生なのだ。まだ、夢を見つづけているのか。

「ここは？」

声を圧しだした。咽が渇ききって、ひりひりしている。

「哲教大学病院の救急救命センターだよ。いやぁ、偶然ってあるもんだねぇ。ぼくが当直のときに搬送されてくるなんて。一目見て有馬さんだとわかったから身元確認の手間が省けたんだ。すぐ会社の方に連絡したら、院内でばったり学術部の人に会ってね」

学術部はあんただろう、という言葉は嚥みこんだ。天現寺が女性看護師に何かいい、彼女は病室を出て行った。ふたたび天現寺がのぞきこんでくる。

「何があったんですか」

「交通事故だよ。有馬さんは歩いていて後ろから来た車にはねられた。スピードは大したことなかったらしいんだけど、何しろ相手は車だからね。ふっ飛ばされて、右腕と頭を強く打ったんだ」

「右腕……、切断したんですか」

「切断？」天現寺が目を剝く。「まさか。ただの骨折だよ。今は応急処置だけ済ませてあるけど、改めて手術すれば、元通りになるよ。でも、右腕に感謝しなくちゃね。右腕が折れてくれたおかげで、衝撃を吸収してくれた。だから頭の方は脳震盪は起こしてるけど、骨折とか脳内出血は免れたようだ。そっちの方は検査してあるから」

「はあ」

「何も憶えていない？」

「目の前に白い車が迫ってきて……、あとは憶えていません」

「そこで失神したんだろうね。でも、脳に障害はなさそうだ」

足音がして、背広姿の男が入ってきた。天現寺に向かって深々と一礼する。

「先生がいらっしゃってくださったおかげで助かりました」

「大げさですよ。ここならどのドクターでもきちんと処置できます。設備も整ってますし。有馬さんは右腕骨折の重傷だけど、脳の方は一応大したことがなさそうなので」

「いえいえ、先生のおかげです」男はもう一度礼をすると、仙太郎の顔をのぞきこんだ。

「有馬君、大変だったね。大丈夫……、ってそんなわけないか」

「あなたは……」

「いやだな、脳の方は大丈夫なんだろ。忘れたのかい。学術部の月埜だよ。ついこの間、浅草で一緒に飲んだばかりじゃないか。君があの辺に詳しいんで助かった。憶えてないの？」

「あ、いや、憶えてます」

そのとき、入口で別の声がした。

「失礼します。この度は大変お世話になりまして」

月埜がふり返って、手を挙げた。

「こっちこっち。早かったねぇ。ちょうど今有馬君が意識を取りもどしたところでさ。グッドタイミングだよ。骨折の重傷だけど、脳とかは平気みたいだから、取りあえずはよかった」

ベッドに近づいてきた男を見て、また失神しそうになる。

「馬鹿野郎。命の捨てどころが違うだろう」

富樫だった。

ベッドのそばに丸椅子を引きよせて座りこんだ富樫をしみじみと見た。記憶にあるより鬢の白髪が多いような気もしたが、すでに五十の坂を越して三年になるはずだから白髪そのものが増えたのかも知れない。顔のしわも増えているように見える。生きていれば、老化するという当たり前のことがこのうえなく嬉しかった。

「それにしてもついてなかったな。お前さんをはねたのが年金暮らしの年寄りっていうじゃないか。それも年金だけじゃとても食えなくて、ゴミの集積所を回っては新聞だの空き缶だの集めて売ってたって。賠償金を取るのは難しいかも」

「どこで、それを?」

「さっきここの看護師さんたちが立ち話しているのを聞いたんだ。お前さん、知らなかったのか」

そこまでいって富樫は自分の頭をぽんと叩いた。

「いけね。さっき目を覚ましたばかりだったな」

自分の息子も似たような環境の年寄りにはねられて、ということは黙っていた。三十四年前の浦和競馬場に行き、戻ってきたことが未来に影響を与えているのだろう。あるいは出発したときとは別の平行世界《パラレルワールド》に入っているといった方がいいのか。何が起こっていて、何が起こっていないのか、じっくり確かめる必要がある。

「もう一つ、いい報せがある」

にやりとする富樫を見返した。

「お前の解雇は取り消しになる。多少込み入っているから事情は落ちついてから話すけど、早い話、横内って弁護士に情報を流してたのは社長でね。うちの会社が買収されるに際し、できるだけ安く買いたたかれるように画策してたんだ」

「どうして、そんなことを？」

「そもそもケチくさい話でね。弟たち、つまり専務と常務だな、それに役員になってる親戚連中に分け前を渡したくなかった。そもそも買収を仕掛けたのも社長なんだぜ」

「社長が？」

「ああ、それがちょっとおかしな話でさぁ。実は半年ほど前から社長のところに変な爺ぃが出入りするようになってね。経営コンサルタントだか、占い師だか知らないけど、とにかく胡散臭い奴なんだよ」

「胡散《うさん》臭い爺ぃ……、ですか」

「ああ。せめてきちんとスリーピースのスーツとか、羽織袴っていうんならまだしも、今どきベレー帽に横縞のTシャツだぜ。汚らしい髭なんか生やしちゃってさ」

思わず生唾を嚥んだが、富樫は何も気づかなかったように話しつづけた。

「買収後、今いる役員のうちで、社長ただ一人が新会社の副社長に就任するって密約ができてたらしい。横内ってのは酒にだらしない奴でね。ちょっとばかり飲ませてやったらぺらぺら喋ったよ」

富樫は背広の内ポケットからICレコーダーを取りだしてみせ、すぐに元に戻した。

「結局、ケチくささが社長の首を絞めた。弁護士も安く済ませようとしたのが裏目に出たんだ」

「買収話をぶっ潰すんですか」

「いや。そこまでは考えてない。ただ、一点先取しておけば、お前の復帰にも役立つと思ってさ」

「どうしてそこまでして、私のことを……」

まさか三十四年前の浦和競馬場でいったひと言を憶えているわけではないだろうが。

富樫の顔に屈託はなかった。

「死なばともに。特攻隊の仲間を見捨てられるかよ、といえば、格好つけすぎか。まあ、おれはまだしばらくお前さんと一緒に仕事がしたかっただけだよ」

　そのとき、病室の入口付近で月埜の声がした。

「これはこれは。お疲れ様でございます」

　富樫が立ちあがり、入口をふり返る。入ってきたのは、元妻、長女、そして長男だ。真っ先に長男の腕を見た。Ｔシャツの袖からは両腕が伸びている。

　もはや驚かなかった。タイムスリップによって未来が変化し、交通事故は長男から仙太郎へと移行していた。仙太郎が行き着いた時間の流れに関する見方からすれば、誰が交通事故に遭うかが変わる程度は範囲内の出来事といえる。

「あなた」

　のぞきこんできた元妻の両目には涙が溢れそうになっていた。元妻の涙など、何年ぶりで見ただろうか。悪くないと思った。

「大丈夫？」

　仙太郎は小さくうなずいた。

「何もかも大丈夫」

　娘、息子と順に見ていくと、そのとなりに母が立っている。

「仙太郎」

　母に向かって小さくうなずいてみせた。

「おれは平気だよ。いってもわからないと思うけど、親父にも無事だと伝えておいて」

「お父さんって、お前」母が目を見開く。「あの人はお前が高校二年生のときに亡くなってるじゃないか。だいたい、お酒の飲み過ぎだったんだよ」

ふいに耳に蘇った。


どんぶり鉢ぁ、浮いた浮いた、捨てて こ、シャンシャン――。


今度こそ父とじっくり話せると思っていた。昨日のことのように観音裏や金魚の話をしてやれば、喜んだに違いない。今朝食ったものは忘れても何十年も昔のことは、それこそ手を触れられそうに鮮明に憶えているものなのだ。

「いや、さっきまで夢を見てたんだよ。昔、観音裏に住んでたころの」

「わかったよ。帰ったらお仏壇に線香をあげておくね」

すみませんと声がかかって、銀色のスタンドを押しながら若い医者が入ってきた。スタンドには血液の入ったプラスチックパックがぶら下げられている。

ベッドのそばまで来ると、若い医者は仙太郎を見下ろした。

「お加減は如何ですか。気分が悪いとかありませんか?」

「はい」

「腕の手術の準備で、輸血をしておくように天現寺先生にいわれまして。といってもこれからすぐ手術をするわけじゃないですけどね。一度に大量の輸血をするわけにいきませんので」

何げなく、血液パックに目をやってぎょっとする。パックに貼られたシールにはBと大きく印字されている。

「それ、B型の血液ってことですか」

「そうですよ」

「私、A型ですが」

「まさか。有馬仙太郎さんですよね。間違いなく私が交差適合試験をやりましたからご心配なく。有馬さんはB型です」

どこかで聞いたような気がすると思ったら、よく見ると息子に輸血しようとしていた医者だ。

まぁ、いいか。

仙太郎は胸のうちでつぶやいた。B型はA型に較べて、細かいことを気にしない。

同時に一連の出来事がなぜ起こったのか、誰が起こしたのか、そして描かれた筋書きが見えてきたような気がしていた。

果てしなき流れの途中で

金魚の前にトラックが停まっていた。店先は工事用のブルーシートで覆われている。女将がトラックのそばに立っていたが、ダウンジャケットをがっちり着込み、頭には白いネットがかぶせられていた。頭頂部に貼ったガーゼを白いネットでおさえている。

近づいて声をかけた。

「こんばんは」

女将がふり返った。胸に何か抱えている。

「ごめんなさいね。電話しちゃったりしてさ」

昨夜、金魚の女将から電話があった。桃山《ももやま》ですが、といわれてわからなかった。考えてみれば、金魚の女将の名前を一度も聞いていなかった。

「いいえ、かまいません。そろそろおれも来なくちゃいけないと思ってましたから」

「そうよねぇ、ホント、久しぶり。どうしちゃったの、あれから？」

「実はあの直後、車にはねられまして」

「大丈夫なの？」

「右腕を骨折しましたが……」右手を上げ、動かしてみせる。「この通り、もう平気です。それより女将さんも怪我されたんですか」

「そうなのよ。ちょうど一週間前にね、トイレを使ったらタンクが落っこちてきて」

金魚の古いトイレを思いだす。頭上には木製のタンクが取りつけられていて、使用後は鎖で吊りさげた取っ手を引っぱるようになっていた。

「そいつが頭に当たってご覧の通り。でも、石頭だったおかげで三針縫っただけで済んだわ」

「災難でしたね」

「まあ、うちのトイレはボロだったからね。どうせ修理しなくちゃならないんだったらと思ってリニューアルしようと思ったんだけど、とてもじゃないけど費用がまかなえなくて。仕方ないからトイレだけ新しくすることにしたの。今日、取り壊しだから立ち合ってくれっていわれて」

それから女将は手にした物を差しだしてきた。黒い箱状で、銀色のパイプが何本か付いている。箱の中央にデジタル時計のような掲示板があって、赤い文字で何列か数字が並んでいた。

1977／12／15／18：36。一番上に出ている数字を見て、ぎょっとする。

はっとして女将を見あげる。女将が顔をしかめた。

「電話したのは、こいつのことだったのよ。何だか気味が悪くってさ。有馬さんに預かってもらおうと思って」

「はあ」

受けとった。ずっしりと重い。

「アレに関係あるのかしらね」

「どうでしょう」

首をかしげつつも確信はあった。表示されている日付を見れば、察しはつく。

「それで、お店はいつから？」

「二十日には再開するわよ。年末のかき入れ時だもの閉めていられないわ」

「そうですね」

顔を上げたとき、少し離れたところに立っている男に気がついた。女将に失礼と声をかけ、男に近づいた。白髭とベレー帽は変わりなかったが、さすがにジャケットは麻からツィードになっている。

老人を眺め、静かに切りだした。

「現れると思ってたよ」

だが、老人は何もいわず仙太郎が手にしている奇妙な機械を見つめていた。やがてぼそりといった。

「そいつをどうするつもりだ？　お前には使いこなせないぞ」

「それはどうかな。多少試行錯誤はするかも知れないけど、何とかなるんじゃない？　現にあんたがここにいるんだから」

そういいざま、機械を老人に向かって放り投げる。ただし、真似だけ。

「ひゃっ」

老人がおかしな声を発して、手を伸ばしてくる。すかさず老人の右手を握手でもするように握った。

声も出せず、老人がまじまじと仙太郎を見つめる。顔にははっきりと恐怖が表れ、血の気が引いている。

仙太郎はのんびりした声でいった。

「本来、存在するはずのない二つの物体、たとえば、同一の人間が同一の場所と時間で巡り会い、もし、両者が触れあうようなことでもあれば、宇宙のすべてを消滅させるほどの大爆発が起こる。でも、結果はご覧の通り、何も起こらない」

手を離すと、老人は後ずさりし、かすれた声を圧しだした。

「なぜだ？」

「パラレルワールドってのは、結局、まったく別の世界だからさ」

浅草ビューホテルの地下にあるバーで、まだ学術部員だったころの天現寺がいったことが今、理解できた。

天現寺は手にしたロックグラスをゆっくりと揺らしはじめた。

「小学校低学年のときに特撮番組に夢中になったんだよ。いわゆる怪獣物って奴。あのころの番組って、ほかの星にも簡単に行けたし、巨大な宇宙ステーションとかばんばん出てきた。そのうち宇宙の果てって、どんなふうになっているんだろうって考えるようになって。そういうのってなかった？」

訊かれて、唸った。

「多分、ありません。申し訳ないですけど」

「申し訳ないってことはないよ」

天現寺は低く笑い、なおもグラスを回しつづけた。

「ある日、ふと思った。宇宙に果てがあるとして、その果ての向こう側はどうなってるんだろうって。その向こう側にも宇宙が広がっていて、また、果てがあるのかなって」

宇宙は無限でいいじゃないかと思いつつも仙太郎は何もいわずジンソーダを飲んだ。

「それからSFを読むようになった。海外のも、日本のも。どちらかといえば、日本人の書いた物が好きだった。そのうち小説だけじゃなくて、天文学とか、物理学とか、いろいろ読むようになった」

天現寺が揺すっているロックグラスの中では、氷を浮かべたスコッチが渦を巻きはじめていた。

「宇宙は渦を巻いてるといわれる。このグラスの中みたいにね。中心の氷はほとんど動いてないけど、外側に行くほど速く動いているのがわかるだろう」

「はい」

「外に行くほど速くなって、遠心力が強くなる。宇宙もこんな感じ。今はグラスがあるけど、宇宙全体がすっぽり収まるような大きなグラスはない」

「はあ」

「計算が合わないんだな」

「何の計算ですか」

「宇宙の外縁……、つまり円周に近い縁の方ってことだけど、そこにある銀河のスピードと質量を計算すると……」

「そんな計算できるんですか」

「できるよ。観測と計算はね」

「それで何の計算が合わないんですか」

「めちゃくちゃ大きな大きな宇宙が渦を巻いているんだから、外縁付近では凄まじい速度で回っている。ちょうどこの氷みたいにね。だから巨大な遠心力がかかっているんだけど、そこにある銀河の質量からすると、とっくに外側に放りだされていなきゃならないんだ」

天現寺が素早く仙太郎の鼻先で指を立てた。

「宇宙の外側って何だよって質問はこの際、なしね」

「はい」

苦笑して、また、ジンソーダを飲んだ。

「銀河が宇宙の中にとどまっているためには、その遠心力に打ち勝つだけの重力が必要になる。それだけの重力を発生させるには、相当大きな質量の物質、単純にいえば、重い何ものかが存在して、その重力をもって銀河を引きよせていないと宇宙はばらばらになってしまう。そこにある何ものかを、暗黒物質《ダークマター》と呼んでいる。光を発しないからダークなんだけどね」

「そんなものがあるんですか」

「推定、だよ。観測した結果と合致するように推定されている。光を発しないから見ることはできない」

天現寺はグラスの中身を飲み干し、ふうと息を吐いた。

「そしてダークマターは宇宙のあらゆるところに存在する。存在しなくては、宇宙が……」

「弾けてしまう」

仙太郎の答えに天現寺がにっこりした。

「一リットルの中に一個あるといわれている。だから有馬君とぼくの間にも一個、ダークマターがある」

ぎょっとした。カウンターがあるだけだ。

「銀河を引きよせられるだけの重力があるんだったら、ここにじっとなんかしていられないでしょう」

「一個の重力は小さい。それに見えないし、触れないし、感じることもできない。一方、このバーの中にはそれこそ何千個というダークマターがある……、と推論されている」

はぐらかされ、からかわれているような気がした。

「ぼくはね、そのダークマターこそ、パラレルワールドじゃないかと思ってるんだ。ぼくの想像だよ。時間が違えば、見ることも触ることもできない。だけど、質量だけはあるんだ」

天現寺は仙太郎に躰を向けた。

「過去は記憶や記録でしか見られないし、未来は想像するしかない。触れるのは不可能だ。それでもごくまれにパラレルワールド同士が衝突する。その証拠が……」

岐阜県飛騨市《ぎふひだ》、旧神岡町《かみおかちょう》にある鉱山を利用した宇宙線研究所がある、と天現寺はいった。

そこでは宇宙からやってくる素粒子をとらえる実験をしているという。

「それがダークマターの正体を突き止める方法の一つだというんだな。そこでぼくは想像するんだ。パラレルワールド同士が衝突したとき、とてつもない現象が起こって、時間とか空間にかすかな痕跡を残すんじゃないかってね。それが素粒子という形で観測される」

天現寺は空になったグラスを差しあげ、バーテンに振ってみせた。

「同じものを」

バーテンがうなずく。

グラスを置いた天現寺が仙太郎に顔を向けた。

「宇宙に存在する物質で、人類が観測できているのは四パーセントに過ぎないといわれている。ダークマターを含め、残りは謎だってね。ただ一つだけいえるのは、今認知されている四パーセントの物質だけが宇宙全体を均質に埋めているとしたら、何も起こらなかった」

首をかしげるしかなかった。

「生命の誕生も含めて、つまり有馬君とぼくがここで酒を飲んでいることもなかった。衝突が何かを生みだす。だけど、ぼくらには触れることも見ることもできない。パラレルワールドだからね。たとえ触れあったとしても素粒子が一個か二個飛びだすくらいで、何も感じない」

バーテンが天現寺の前のグラスを交換した。天現寺はグラスを手にすると、また、ゆっくりと揺らした。

「人間は宇宙の果てにでも、パラレルワールドにも行ける」

「未来には、ですか」

「今すぐに、でもだよ。昔から行ったり来たりしていたさ。想像力でね」

「そういうことですか」

少しばかりがっかりして、ジンソーダを飲み干し、空になったグラスをバーテンに向かって差しあげた。

天現寺がぽつりといった。

「二十年前、ぼくらは携帯電話なんか持っていなかった。でも、子供の頃から夢想はしていたさ」

「もうおれはあんたじゃない。パラレルってのは、そういうことなんだ。どこかでとなりの世界に入っちゃえば、当人同士とはいっても、もはや同一人物ではない。別の誰かさんになっている」

「信じられん」

「今、証明してみせただろ。信じられないというなら一連の出来事はすべて信じられないけどさ。そうそう、あんたに会ったら一つ教えてあげようと思ってた」

「お前が？」

老人の訝しげな視線をはね返す。

「過去をいじくれば未来が変わるって話だけどね、限度があるんだよ。たとえば、おれが当事者ならおれの周辺だけ未来が変わる。もちろん一人で生きているわけじゃないから周囲の人からさらにその周囲の人へと影響は広がっていく。同じ地平に立っているんだから当たり前だよね。だけど、おれが馬券で大儲けしたからって、北朝鮮が侵攻したわけじゃない。風が吹けば、桶屋が儲かるってのと同じこと。何かが起こった原因なんて、それこそ無数にあって、さらに複雑にからみ合っている。どれが原因なんて特定できない」

三十八度線を越えて、一斉に驀進した北朝鮮人民軍の戦車、装甲車、兵員輸送トラックは八キロほど進行したところですべて停まってしまった。燃料切れを起こしたのだ。兵士たちはもはや無用の長物でしかない車輛を飛びだし、勇躍突進した。

誰が最初だったのかはわからない。いずれにせよ最前列にいた一人であるには違いなかった。いきなり手にしていた自動小銃を捨てると、肩から斜めに吊っていた弾帯も外してしまった。それを見た他の兵士たち、さらには将校までも武器を捨て、弾薬を投げだし、さらにはヘルメットと階級章の付いた軍服の上着まで脱ぎ捨てて、そのまま全員が投降した。その数、二万人余。対峙していた韓国海兵隊を中心とする二千の兵士たちは完全武装のまま、包囲したが、さすがに丸腰の人間を撃つわけにはいかない。

それから約四カ月が過ぎたが、いまだアメリカ、韓国、北朝鮮、そして中国の睨み合いはつづいており、投降した北朝鮮軍兵士は非武装地帯に急遽建てられた仮設住宅で越冬している。

「世間の末端に過ぎないお前には世界を変える影響力などないということか」

老人が鼻を鳴らした。

「その通り。そうはいってもおれのようなちっぽけな存在であれ、この世界のこの時間の一因子であることには変わりない。その点では、アメリカ大統領であれ、北朝鮮の将軍様であれ、誰もが結局は同じなんだ。勘違いするのは勝手なんだけどね」

「だが、おれとお前が別人だとなぜいえる?」

「簡単だよ」

ひと言いって、機械をアスファルトに叩きつけた。表示されていた赤い文字がすっと消える。老人は悲鳴を上げ、機械に飛びつこうとした。

「心配するな。この機械を大事に抱えたおれは別の世界にいる。つまりあんただ。そっちにはこの機械もある。じゃなきゃ、あんたがここにいられるはずはないんだから」

老人は躰を起こし、眉間にしわを刻んで仙太郎を睨んだ。

「どうやって、そのことに気づいたんだ?」

「あんた、知らなかったもんな。あちら側から戻ってきたばかりのとき、あんた、おれの足元にあるデパートの紙袋を見て、千四百七十八万四千円っていっただろ。でもね、あの袋には九百万円とちょっとしか入ってなかったんだよ」

「馬鹿な、おれは確かに」

「それは、そっちの世界のあんただよ」

背を伸ばした仙太郎はまじまじと老人を見たが、やはり自分だとは思えなかった。

「何もかもあんたが仕組んだとはいわない。だけど、ある程度はあんたが仕掛けた。リューホウ製薬の社長に取り入るのは難しくはなかったろう。あんたは未来がわかるんだから。でも、どうしておれ、つまり今のおれなのかが不思議だった」

仙太郎は上着の内ポケットから手帳を抜いた。

「こいつのせいだったとはね」

老人が口と目をいっぱいに開き、仙太郎を見つめている。

「なぜフリーライターの牟礼田が年也や紀子のことを逐一知っていたのか。不思議だった」

右手に持った手帳を左手にぽんぽんと打ちつけた。

「人の記憶なんてたかが知れてる。だけど手帳に書いてあるスケジュールを見れば、何月何日にどこへ行ったかが大体わかる。おれは仕事だけじゃなく、プライベートな用件も書いておいた。年也の事故……、今はおれの事故に変わったけど、その件で警察署に行ったり、紀子の学資の件でつくしんぼ学園に行ったり、お袋に付き添って整形外科に行った日もちゃんと書いてある。そこまで書いてあれば、一日一日の出来事を細々と思いだすのは難しくない」

「それをどうするつもりだ？」

「どうもしないよ。あんたにもわかっているはずだ」

手帳は過去二年分ほどは保管しておいたが、その後は捨てていた。だが、今手にしている手帳だけは捨てられなかった。

表紙の裏を見る。プリクラが貼ってあった。まだ、紀子が六歳、年也は二歳にもなっていない頃、元妻と四人で撮った最後の一枚なのだ。今年二月、たまたま財布の整理をしていて見つけた。何となく手帳に貼ったが、今では貴重な思い出となっている。

何十年後かの自分がある年の出来事を子細に思いだすのに手帳は役に立っただろう。唯一手元に残っていたのが、この一冊ということだ。

「おれは気づいたんだ。自分が山谷堀生まれの金魚だってね。熱帯魚の真似をしてもしようがない。まして竜ってか、とんでもない大物でもない。だから果てしなくつづく時の流れの中で、精一杯泳ぐだけだって」

老人に向かって、頰笑んで見せた。

「おれは自分のひれで泳ぐことを選んだ。未来も過去も金魚は金魚らしく受けいれるだけさ」

背後でクラクションが鳴り、ふり向いた。黒塗りの大型リムジンはいかにも路地に似合わない。はっきりいって邪魔だ。金魚の女将が怒鳴っている。

「何考えてんだよ、唐変木《とうへんぼく》」

前に向きなおると、案の定、老人は消えていた。別れの挨拶のつもりで小さくうなずくと、きびすを返してリムジンに近づいた。後部ドアが開いて、女が降りたった。高そうなスーツを着て、完璧に化粧をしている。美顔に惜しみなく金を注ぎこんでいるために年齢よりははるかに若く見えたが、それでも五十七歳になっているはずだ。

呆然と立ちつくす女将に向かって、女はにっこり頬笑んだ。

「お久しぶり、叔母さん」

「裕子ちゃん？」

仙太郎は二人のそばに立った。裕子が顔を向けてきて、眩しそうに目を細めた。

「変わらないわね。当たり前だけど」

「そっちこそきれいだ。お世辞じゃないよ」

「ありがとう。それなりにお金を遣ってるから。あなたのおかげってことになるのかな」

「いやいや」首を振る。「それにしても平河町の女神様とはねぇ。連絡を取るのに苦労したよ」

「女神様にもいろいろ事情があるの。でも、そうなれたのもあなたのおかげね」

浦和競馬場から乗ったタクシーの中で、仙太郎は裕子に五百万円と一枚のコピーを渡した。

国会図書館に行って、日日スポーツのマイクロフィルムにあたったあと、ふと思いついてある経済雑誌のバックナンバーを調べた。そして一、九、八、七年十一月号に目的のページを見つけた。

裕子に渡したのは、そのコピーである。そこには、過去十年間における成長企業百社ランキングが掲載されていた。

最初から裕子に渡すつもりでコピーしたわけではない。万が一、こちらの世界に戻れなかったら生活費を稼ぐのに利用しようと思っていた。

「あのコピーより大事だったのは、あなたのひと言だった。昭和六十二年十二月までに株はすべて売却することって。不思議だったわ。あなたは年号をすべて西暦でいっていた。でも、平成二十三年の今から考えると当たり前よね。平成なんていわれても、あの頃の私たちにはわからないもの」

昭和六十二年、一九八七年十二月末、兜町《かぶとちょう》の東京証券取引所大納会において、平均株価は三万八千九百十五円をつけた。バブルのピークだが、登りつめれば、あとは降りていくしかない。肝心なのは、そこがピークとわかっていることだ。

「まあね。バブルの頂上までは教えたけど、あとは自分の才覚で登っていったんだろ」

「周りの方々のおかげ。私の買う銘柄はどれも急成長するって、自然と信者が集まってきたのよ。そしてあの年の末、私はその後の下落を予言して、株から一切手を引いた。でも、信者は私の周りから離れなかった。それからの私は適当に右とか、左とかいってただけ。予言なんてシンプルなのがいいのね。あとは周りの皆が好きなように解釈してくれる」

リムジンの運転席ドアが開き、すらりとした男が立った。仙太郎に黙礼し、裕子に目を向ける。

「いつまでもここに停めておくわけにいかないよ。皆さんにも迷惑だし」

「わかった。すぐに済むから中で待っててちょうだい」

「はい、母さん」

男がふたたび運転席に戻り、ドアを閉める。

「息子さんか」

「お金を守るには最高の手段ね。秘書兼運転手、なかなか優秀なのよ」

「それはよかった。で、ご主人は？」

「結婚はしてないの。でも、子供だけは授かった。幸運にもね」

裕子の口元にゆっくりと笑みが浮かぶ。

「あの子、今、三十三歳で、仙一郎《せんいちろう》っていうの」

光文社文庫

文庫書下ろし
路地裏《ろじうら》の金魚《きんぎょ》
著 者 鳴《なる》海《み》 章《しょう》

2013年3月20日 初版1刷発行

発行者 駒 井 稔
印 刷 堀 内 印 刷
製 本 フォーネット社

発行所 株式会社 光 文 社
〒112-8011 東京都文京区音羽1-16-6
電話 (03)5395-8149 編 集 部
8113 書籍販売部
8125 業 務 部

落丁本・乱丁本は業務部にご連絡くだされば、お取替えいたします。
ISBN978-4-334-76546-0 Printed in Japan

組版 萩原印刷

お願い　光文社文庫をお読みになって、いかがでございましたか。「読後の感想」を編集部あてに、ぜひお送りください。

　このほか光文社文庫では、どんな本をお読みになりましたか。これから、どういう本をご希望ですか。

　どの本も、誤植がないようつとめていますが、もしお気づきの点がございましたら、お教えください。ご職業、ご年齢などもお書きそえいただければ幸いです。当社の規定により本来の目的以外に使用せず、大切に扱わせていただきます。

光文社文庫編集部